UN AMOR DE OTRA ÉPOCA

ADA WEST

UN AMOR
DE OTRA ÉPOCA

Rocaeditorial

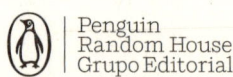

Penguin
Random House
Grupo Editorial

Primera edición: febrero de 2024

© 2024, Ada West
© 2024, Roca Editorial de Libros, S. L. U.
Travessera de Gràcia, 47-49. 08021 Barcelona

Printed in Spain – Impreso en España

ISBN: 978-84-19449-96-2
Depósito legal: B-20.282-2023

Compuesto en Mirakel Studio, S. L. U.

Impreso en Liberdúplex
Sant Llorenç d'Hortons (Barcelona)

R E 4 9 9 6 2

Para Paul,
mi gran amor

Preliminares

ntonces me cogió por la cintura y creí que me moría.
De deseo.

Había oído con frecuencia aquello de «me tiemblan las piernas», pero nunca lo había experimentado en persona.

Y sí. Ocurre. Las piernas tiemblan. Tiemblan de miedo y a veces… de otras cosas.

Cuando me recostó sobre el suelo de paja, clavó sus ojos en los míos y me puso la mano en la rodilla… noté que ocurría. ¿Era la prueba de amor definitiva? ¿Estaba loca por él hasta tal punto?

Jonathan notó mi temblor bajo su mano, se rio y me dijo:

—¿Tienes miedo?

Por toda respuesta, lo agarré del cuello ancho de la camisa de época que llevaba y lo besé con una pasión que nunca antes había sentido.

No se lo esperaba, pero le gustó. Mucho. Aquel beso largo, que le fue atrayendo más y más sobre mí…

De pronto, separó un momento sus labios y bajó la vista hacia mi complicado corpiño.

—Estás atada —susurró—. ¿Quieres que te libere?

Pasó los dedos por los lazos que me comprimían, como si tocara el arpa de mi cuerpo. Suspiré y mis piernas volvieron a temblar.

—*Nos van a descubrir* —le dije al oído, con una tímida sonrisa que no vio—. *Déjame atada.*

—Estás hablando en español otra vez —respondió en su perfecto inglés de Nueva Inglaterra—. *No comprendo* —bromeó con acento extranjero.

Esa sonrisa suya me mataba. Me dejaba sin palabras.

Me reí.

Intenté recomponerme y traducir al inglés lo que acababa de decir:

—He dicho que nos van a pillar aquí, en el establo…

Él enredó los dedos en los lazos del corpiño, como queriendo romperlos.

—Me muero de ganas de estar contigo —murmuró.

—Yo también —confesé, besándole de nuevo con fuerza, decidida a hacerlo allí mismo a pesar del riesgo.

Justo entonces, el reloj de la torre entonó su melodía y dio las cinco.

Las cinco.

Jonathan se mordió el labio.

A mí se me cayó el alma a los pies.

Apoyó la cabeza sobre mi pecho y susurró:

—Lo que daría por quedarme así para siempre.

«Quédate», pensé.

Me ardían las mejillas. De deseo. Quizá también de amor. Pero, sobre todo, de rabia.

El reloj había dado las cinco. Era la hora de volver a casa. La hora en la que nuestras ropas se transformaban en disfraces. La hora en la que los turistas y los trabajadores debíamos abandonar el recinto.

La hora de encaminarse al parking, de comprobar los mensajes del móvil, de arrancar el coche, escuchar canciones del siglo XXI y volver a la ficción de nuestras propias vidas.

Sin saber ya ni quiénes éramos.

Ni en qué época teníamos el corazón.

O make me a mask and a wall […].

Oh, hazme una máscara y un muro […].

DYLAN THOMAS

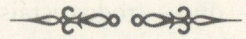

1

La llegada

Toma, este será tu vestido —me dijo mister Ruskin—. Creo que es de tu talla.

Me pareció enorme. Kilos y kilos de tela. Menos mal que estaba terminando el verano y ya no hacía demasiado calor.

El estampado era amarillo mostaza con pequeñas flores violetas. Recordaba el de las muñecas antiguas. De pronto me vino olor a lavanda. La imagen del armario de mi madre. De mi familia. De España.

—Aquí tienes otro igual, para que puedas cambiarte —añadió.

Volví a la realidad.

—¿Llevaré este mismo modelo todo el año?

Mister Ruskin levantó la ceja, divertido.

—¿Crees que vas a estar aquí todo el año?

Bajé la cabeza. Tenía razón. Mi visado solo duraba seis meses. Aquel era un trabajo temporal, y ni siquiera yo sabía cuánto querría que durase.

—Ya. —Enrojecí y acepté su duda—. Si me cogen en algún casting…

Sabía que ser totalmente sincera con tu jefe no era la mejor idea del mundo, pero aquel hombre parecía comprender bastante bien la situación. Me miró con aire paternalista.

—No te preocupes —dijo—, todos estáis igual. La mayoría sois actores, y entiendo que tengáis otras aspiraciones. Eso sí, debes avisarme quince días antes de dejar el puesto. Si no, no cobrarás la última paga.

El paternalismo se había convertido en clara superioridad. Asentí.

—Los que no son actores o actrices aquí, ¿qué hacen? —quise saber.

—Son estudiantes de otras cosas. Algunos están en prácticas, pero también hay especialistas en lo suyo, como el zapatero, el carpintero… La granja es funcional, al margen del turismo. Hay cosecha, hay animales… Una de tus responsabilidades será ayudar a que todo siga su curso, en función de las necesidades de cada puesto en cada estación del año. Plantar o cosechar —continuó—, ordeñar a la vaca que ha parido, hacer quesos, faroles de hojalata, herraduras, cestas, barriles de madera, salar la carne tal y como se hacía en el siglo XIX …

—¿Tengo que hacer todo eso? —pregunté un poco inquieta.

—Todo eso y entretener a los turistas —respondió entre risas—. Tu localización será distinta cada semana. Pero no te preocupes, que son cosas fáciles y las aprenderás de una en una. Por ahora empezarás en la escuela, explicando a las familias que vengan las rutinas escolares y los juegos infantiles de la época. Te lo vas a pasar bien, jugando al *battledore and shuttlecock* con los niños…

—¿Jugando a qué? —Mi nivel de inglés era muy alto, pero aquello no tenía ni idea de lo que era.

—Es como el bádminton, nada del otro mundo. Abigail, que lleva aquí cuatro años, pasará un rato contigo para enseñártelo todo y explicarte lo que tienes que decir. Es pan comido.

Intenté aparentar seguridad, sobre todo para que confiara en mí. Parece que funcionó, porque me sonrió y dio por zanjada la conversación.

—Bueno, pues mañana te esperamos a las nueve y cuarto. Watermill Village abre a las diez. Recuerda: nada de móvil, gafas de sol, relojes ni accesorios contemporáneos. Queremos que los turistas disfruten de una inmersión total en el pasado.

—Entiendo que, si me preguntan, debo responder que soy de esta zona, ¿verdad?

—Así es. Eres de Massachusetts y estás viviendo en 1830. En esta época, el puritanismo ya no es lo que había sido un par de siglos antes, pero aún perviven algunos de sus ideales, como la importancia de la educación, el esfuerzo, el decoro, la lucha contra la vanidad…

—Y tampoco me llamo Valentina, ¿no?

Negó con la cabeza.

—Prefiero que te llames Sophia, Rose, Eliza… Nombres frecuentes de la época.

Asentí. Aquello empezaba a divertirme. Siempre me ha encantado interpretar otros personajes.

—Eliza es perfecto, gracias.

—Muy bien, Eliza. Si puedes practicar con Abigail el acento local y aprender expresiones típicas del siglo xix, mejor que mejor.

—De acuerdo —dije, intentando no agobiarme—. Perdone, una pregunta más: vuelvo a dormir a mi apartamento, ¿verdad?

—Sí, sí. Los trabajadores que viven aquí, como miss Milton, son una excepción. Pero si en algún momento te interesa, veré qué se puede hacer.

—No se preocupe, prefiero volver a casa —afirmé.

Me apetecía la aventura, pero no sabía hasta qué punto quería dejarlo todo por ella. De hecho, ya me pesaba el brazo de sostener los vestidos…

Estaba a punto de salir por la puerta cuando oí a mis espaldas:

—Espera un momento. ¡Tu pelo!

Ya me extrañaba que no me hubiera dicho nada todavía. Cerré los ojos y me giré lentamente hacia él.

—Es natural —le dije, levantando la mirada.

—¿Natural? —me preguntó con incredulidad.

—Se lo prometo. Lo tengo así desde pequeña. Le puedo enseñar fotos...

—Nada. Aunque sea natural, no lo parece. Cámbiate el color por uno más tradicional antes de mañana.

Bajé la cabeza y asentí resignada.

Pensaba que mi estancia en Estados Unidos iba a ser una experiencia de libertad, pero la libertad se me estaba complicando día a día.

Ahora tenía que buscar un supermercado y comprar un tinte oscuro.

Ya sabía en qué iba a tener que emplear la tarde.

Me fijé en él incluso antes de entrar en Watermill Village. En el parking.

Era guapísimo.

Había aparcado cerca de mi coche. Conducía una camioneta azul, de esas que llevan la parte trasera abierta para transportar cosas, y llevaba puesto el traje de época. Yo, por el contrario, venía de calle. Pensaba cambiarme al llegar, en algún cuarto de baño.

«¿No le da corte salir disfrazado de casa?», pensé.

A mí, desde luego, sí. Todavía tenía unos cuantos complejos que superar si quería ser actriz.

Pero bueno, volviendo a ÉL: ese estilo le favorecía. Contemplé desde el interior de mi coche cómo cogía un sombrero del asiento de atrás. Llevaba una camisa blanca de mangas amplias, con el cuello alto, cerrado por un pañuelo, y un chaleco ceñido. En realidad, cualquier cosa que se hubiera puesto le habría quedado bien. Pero ese traje le daba más presencia que una sudadera con vaqueros.

Bajé un momento la vista hacia mi propia ropa: una sudadera con vaqueros. Suspiré. «En fin… Da igual», me dije. Enseguida me pondría el traje de época, me sentiría atractiva y empezaría a sentir la magia. La magia del teatro. De jugar a ser alguien… Alguien de otro siglo.

Al menos, eso esperaba.

Salí de mi coche, saqué del maletero la enorme bolsa de papel en la que llevaba el vestido y me acerqué a la entrada de Watermill.

Iba diez o quince metros por detrás de él.

Al llegar a los tornos, puse en el detector la tarjeta que me había dado mister Ruskin y avancé. Se me enganchó la bolsa y estuve un rato forcejeando con el torno, sin demasiada elegancia. Por fin conseguí pasar, pero con la bolsa rota. Al menos, el traje había salido indemne.

El chico había desaparecido. Ojalá no me hubiera visto…

Me detuve un momento a contemplar la belleza del lugar.

A la derecha estaba la casa principal, donde se encontraba la recepción, la oficina de mister Ruskin, la enfermería y unas cuantas salas en las que se exponían objetos de la Guerra de Independencia. Frente a mí había un gran prado salpicado de flores por el que zigzagueaba un riachuelo con puentes de madera y un camino de tierra que conducía a los diferentes lugares del pueblo.

El verde intenso de la hierba, el toque amarillo de las caléndulas, las margaritas y los girasoles aquí y allá, y el color azul y fucsia de varias flores cuyos nombres aprendería más adelante me llenaron de alegría.

Respiré hondo.

Me quité de la cara un mechón de pelo teñido de negro, como el que aparta un mal presagio, y me dije a mí misma: «Puedo ser feliz en este trabajo».

Después miré la bolsa rota donde esperaba mi vestido.

—Que empiece la función —pronuncié en voz alta, y me dirigí a la casa principal en busca de un baño donde poder cambiarme.

Me miré en el espejo. ¿Cómo podía ser? ¿Había en el mundo algún vestido menos favorecedor que aquel?

Imposible. Era como un saco de patatas floral que escondía todas mis curvas.

«Seguro que en España llevábamos vestidos mucho más atractivos que estos en el siglo XIX», pensé.

¡Por supuesto que sí! Me vino a la cabeza la imagen de las majas y las campesinas de Goya, con sus corpiños ajustados y sus escotes. A principios del XIX nuestro país era erotismo puro... ¡Era una peli porno, comparado con la moda de Nueva Inglaterra!

—Desde luego, esta ropa sí que ayudaba a «luchar contra la vanidad»... —dije en voz alta, recordando las palabras de mister Ruskin.

Sacudí la cabeza con resignación y me miré de nuevo en el espejo. Con el cuello amplio que me caía por los hombros, los botones cerrándome el escote por completo y la falda larga me sentía como una niña de estampita antigua. Una niña con cara de malas pulgas. Y todavía fue peor cuando me puse la capota (un sombrero de visera grande con el mismo estampado del traje) y me anudé su lazo bajo el cuello.

Sinceramente, estaba muy decepcionada. Me imaginaba que el vestido me iba a quedar mejor.

¡Qué se le va a hacer! «La belleza está en el interior», decían en *La Bella y la Bestia*. ¡Aquella frase nunca había sido más verdad!

Salí del cuarto de baño con la cabeza gacha y las mejillas coloradas de vergüenza, y me dirigí hacia las casas del pueblo por el camino de tierra.

Poco a poco, el paisaje me ayudó a olvidarme de mí misma, y cuando comencé a ver más mujeres vestidas como yo todo empezó a ser más natural. Me fui animando de nuevo.

Me detuve delante de un poste con varias flechas: HERRERÍA, IGLESIA, TABERNA LA ENCRUCIJADA, ALFARERÍA, GRANJA, MOLINO DE AGUA...

—¡Escuela! —exclamé en voz alta.

Ahí debía dirigirme.

I'm Nobody! Who are you?
Are you – Nobody – too?

¡Soy Nadie! ¿Tú quién eres?
¿Eres – Nadie – tú también?

EMILY DICKINSON

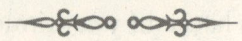

2

Primer encuentro

a escuela era una casita pequeña de madera pintada de blanco.

Nada más entrar en el lugar sentí una extraña sensación de nostalgia.

El centro de la sala estaba vacío para dejar espacio a los turistas, pero junto a las paredes había tres pupitres con sus bancos, una mesa más grande y una serie de objetos en vitrinas. A un lado, dos maniquíes amarillentos: una niña y un niño. Miré sus encajes, de color blanco mustio, sus abriguitos de lana… y pensé en cómo serían las criaturas a las que pertenecieron, tanto tiempo atrás. ¿Llegarían a hacerse mayores? ¿Fueron felices?

Empecé a tararear distraída una nana andaluza que cantaba mi abuela.

—Qué bonito —escuché que alguien decía en inglés a mi espalda—. ¿Cantas?

Me volví.

En la puerta había una chica algo mayor que yo con un vestido marrón verdoso.

—Pues… —titubeé. Decidí ser sincera e intentar hacer una amiga—. Sí. Me gusta cantar. Y actuar. He venido a Estados Unidos para ser actriz. Aunque tengo que superar todavía la vergüenza escénica —comenté, haciendo un gesto despectivo hacia mi ropa.

—Es normal —respondió ella—. El primer día es muy raro. —Dio un par de pasos hacia mí y continuó—: Yo también quiero ser actriz. Me llamo Abigail.

—Ah —asentí—. Yo soy… Eliza. Así me llamo ahora. Me dijo mister Ruskin que me explicarías un poco todo esto.

—Sí, deja que te lo enseñe —dijo acompañándome a una de las vitrinas.

Allí, con mucha soltura, empezó a hablarme de las piezas expuestas, tal y como tendría que explicarlas yo durante toda la semana. Al principio se entretuvo en los detalles. Al final, simplemente las nombraba.

—Eso es un ábaco… Eso es un abecedario enmarcado, hecho con punto de cruz. Eso es un tintero… Eso es papel secante… Eso es un armario para los abrigos…

Entonces pasó por delante de la ventana el chico del parking, con una azada al hombro. Las dos lo miramos sin poder evitarlo.

—Ah, y ese es Jonathan —señaló Abigail con una sonrisa enigmática—. Es mío. No te acerques a él.

Me reí, tomándome a broma su advertencia, pero me quedé con la duda de si lo había dicho en serio.

Cambié de tema:

—Ha comentado mister Ruskin que tendría que jugar con los niños a… ¿*battlew…*?

—*Battledore and shuttlecock* —dijo Abigail con seguridad—. Sí, ahora te enseño. Y también algunas expresiones del inglés de la época que debes utilizar. Mister Ruskin habló conmigo ayer.

Asentí.

Salimos de la escuela y nos acercamos a un palo del que colgaba una cesta de mimbre. Sacó un par de raquetas de madera y una pelotita ligera con plumas atadas. Y durante el rato siguiente nos dedicamos a lanzar la pelota emplumada de un lado a otro, con vestidos muy poco prácticos para ello, mientras repetíamos expresiones antiguas.

En cuanto empezaron a llegar los turistas paramos de jugar. Abigail se despidió de mí y me invitó a charlar con las familias.

—¡Disfruta! —me dijo—. La escuela es uno de los sitios más agradables de Watermill. Yo me voy a asar viva forjando el hierro en la herrería.

¿«Forjando el hierro» había dicho?

Antes de aceptar el trabajo tenía que haberle pedido a mister Ruskin que me explicara con exactitud cuáles eran los oficios que debía hacer.

Ahora era demasiado tarde.

Reuní valor, puse cara de simpática y me acerqué a una parejita de niños pequeños para animarlos a jugar.

Todo fue muy bien. Enseguida empecé a sentirme cómoda en mi papel de profesora.

Pero la mañana fue un no parar. Jugar al *battledore and shuttlecock* (*battle*, para los amigos), entrar en la escuela y hablar de los objetos de las vitrinas, responder a las preguntas que surgían, inventarme algunas respuestas, y todo en inglés de época… ¡era francamente agotador!

Ya estaba al borde del ataque de nervios cuando llegó una familia bastante particular. Se trataba de un matrimonio y su único hijo, los tres vestidos de arriba abajo con ropa de marca, de color blanco. La madre se había puesto tacones altos para venir a pasar el día en el campo. El niño era bastante tímido. Un preadolescente.

Les expliqué lo mejor que pude cómo era la vida en la escuela y los utensilios que usaban, y me ofrecí a enseñarle a su hijo a jugar al *battle*.

En eso estaba, dándolo todo para que aquel niño soso y ya no tan niño soltara alguna sonrisa, cuando oí de fondo que el padre decía:

—Con lo que cuestan las entradas de Watermill Village, no deberían admitir extranjeros y hacerlos pasar por gente local.

Aquello me llegó al corazón. Fue como si me clavaran un puñal. ¿Lo decía por mi físico? ¿Había notado mi acento español? Tenía un certificado de *Proficiency* de la Universidad de Cambridge. ¡El grado más alto! ¡Y me había esmerado al explicarles las cosas!

Le lancé aquella absurda pelota con plumas un par de veces más al niño, pero los ojos se me empezaron a llenar de lágrimas y decidí parar.

—¡Gracias! —le dije a mi compañero de juego, levantando el brazo—. Debo volver a la escuela.

Le quité la raqueta de la mano, la dejé en la cesta y, despidiéndome de sus padres con un gesto seco y una sonrisa apretada, entré apresuradamente a cubierto.

Tiré al suelo la capota que llevaba en la cabeza y busqué un lugar en el que esconderme.

«Rápido».

«Rápido».

«Antes de que vengan más turistas».

«¿Dónde?».

«¡El armario!».

Lo abrí a toda prisa, me metí en él y me eché a llorar con todas mis ganas contra uno de los abrigos.

Creo que también lloraba por otras muchas cosas. Por la habitación tan cutre en la que vivía, en un piso compartido; por haber tenido que teñirme el pelo; por lo mal que me quedaba la ropa…

La ropa.

Un momento. El abrigo contra el que estaba llorando… no era un abrigo. ¿Qué era aquello? «¿Un chaleco? ¿Una camisa?», me pregunté durante un segundo, mientras la gran pregunta se abría paso en mi cabeza: ¿Tenía un cuerpo dentro? Porque el tacto era firme…

Levanté la mirada y me encontré de frente con la cara del hombre más guapo que había visto en la vida.

El chico del parking.

—¡Aaah! —grité de sorpresa y, sinceramente, creo que también de emoción.

—No, no, no, no… te asustes —tartamudeó.

Intenté abrir la puerta, pero él lo evitó.

—¡Espera! ¡No abras! —susurró.

—¿Cómo que no abra? —sollocé mientras me limpiaba las lágrimas—. ¡Estamos aquí, pegados, dentro de un armario!

—Es que… no quiero que me encuentre. —Enseguida rectificó—: Que me encuentren.

—¿Cómo? ¿Por qué?

—Es complicado —dijo con media sonrisa—. ¿Qué te pasa a ti? ¿Por qué lloras? —me preguntó, poniéndome la mano en el brazo.

Volví a levantar la vista hacia su cara. ¿Cómo podía ser tan atractivo? ¡Debería estar prohibido! ¡Alguien así anula el pensamiento de todo el que lo mira! Me había quedado completamente en blanco.

Intenté recordar lo que me acababa de decir.

«¿Por-qué-llo-ras?», me dije a mí misma.

No le iba a explicar lo que me había pasado, así que respondí:

—También es complicado.

—Ya imagino… —comentó él—. Pero puedes intentarlo, si quieres.

Las ganas me pudieron. Las ganas o, tal vez, la rabia.

—Nada, un matrimonio muy estirado, que acaba de decir que soy extranjera y que no debería trabajar aquí.

Él se quedó en silencio un momento. Después, con delicadeza, me preguntó:

—Y… ¿de dónde eres?

—¿Tú también crees que soy extranjera? —pregunté, enfadada.

—No, no me malinterpretes… Es que esa frase solo te afectaría tanto si lo fueras.

Tragué saliva.

—Soy española —dije, bajando la cabeza. Nada más decirlo, los ojos se me llenaron de lágrimas otra vez. Tenía un nudo enorme en la garganta, pero conseguí susurrar—: Pensaba que mi inglés era mejor.

Me abrazó para consolarme. Estábamos tan cerca el uno del otro que resultó natural. Después de llorar contra su pecho, habíamos roto ya la barrera del contacto.

—Tu inglés es muy bueno, te lo prometo. —Bajó la cara para mirarme a los ojos.

—¿Sí? —le pregunté.

Él asintió con la cabeza.

Era una situación muy extraña. Nos acabábamos de conocer y estábamos ahí los dos, abrazados y hablando entre susurros.

Por no decir, además, que era el hombre con el que me habían prohibido estar. Pensé en Abigail un momento, pero aparté su recuerdo de mi cabeza.

—De todas formas —añadió—, si te apetece, te puedo enseñar a perfeccionar el acento de Massachusetts. A ver, habla un momento...

Enrojecí.

—¿Qué quieres que te diga? —le dije—. Mi primer día en Watermill está resultando más duro de lo que pensaba.

—Sí. Definitivamente tienes un acento más propio de Inglaterra que de aquí.

—¡Es verdad! —exclamé, algo aliviada—. ¡Me saqué el título de Cambridge! Quizá debería haberme sacado el... ¿TOEFL? ¿Es ese el certificado de Estados Unidos? —reflexioné en voz alta.

Él puso cara de no saber a qué me refería.

—Desde luego, yo te puedo dar el título de Watermill Village —bromeó—. Es el más codiciado en todo el mundo. El inglés de época más exquisito.

«Pillow talk —recordé que decía una amiga mía—. Charlar en la almohada. La mejor manera de aprender idiomas es en la cama. Hay que buscarse un amante del país».

Sin darme cuenta me había sumido completamente en mis pensamientos y, de pronto, el chico del parking... ¿se marchaba?

Sí. Acababa de abrir una rendija y estaba echando un vistazo fuera del armario para comprobar si podía salir. Bueno, supongo que ahí se acababa mi suerte de aquel día.

—Debo volver a la granja —me explicó mientras se separaba de mí.

Cuando su cuerpo se alejó noté que me invadía el frío. Me quedé inmóvil unos segundos más, sin saber qué hacer.

—Ánimo. Quédate ahí el tiempo que necesites —dijo. Al pasar me rozó los dedos—. El primer día es muy raro.

Ya era la segunda vez que escuchaba aquella frase, pensé, recordando de nuevo a Abigail.

Abigail.

¿Sería de ella de quien quería escapar? ¿Era la típica novia posesiva?

Antes de salir de la escuela, se volvió.

—Eh, chica del parking —me dijo—. ¿Cómo te llamas?

¡Me había llamado «chica del parking»! ¿Él también se había fijado en mí esa mañana? Sentí como si una llama me calentara por dentro.

Pero… ¿me habría visto también pelear contra el torno? Enrojecí completamente. A pesar de ello, respondí con media sonrisa:

—Me gusta lo de «chica del parking».

Se puso el sombrero y bajó un poco el ala en señal de despedida.

—Si me necesitas, esta semana estaré en la granja, al fondo del camino. Se ve desde la ventana. —Recogió mi capota del suelo y me la lanzó—. Pregunta por Jonathan.

«Jonathan», repetí.

Cogí al vuelo la capota.

—Yo soy Valentina —le dije con un hilo de voz.

Pero él ya se había ido.

A thing of beauty is a joy for ever […].

Una cosa bella es una alegría para siempre […].

JOHN KEATS

—❧∞ ∞❧—

3

El mundo fuera del armario

Salí del armario y me estiré las arrugas del vestido. Respiré hondo. Todavía sentía su presencia a mi alrededor. Jonathan.

Tenía un olor masculino, como a tierra limpia.

Ya había vuelto a quedarme ensimismada cuando entraron un par de ancianas a visitar la escuela. «Venga, vamos, Valentina… ¡Al toro!», me dije mirando a las dos viejecillas.

Intenté dar lo mejor de mí y las saludé con las frases de bienvenida que ya me había aprendido de memoria, para romper el hielo:

—Buenos días, señoras. Soy Eliza, la profesora de esta escuela de 1830. En clase tengo estudiantes de todas las edades, así que debo adaptarme continuamente a las necesidades de cada uno…

Esta vez todo salió bien. Eran adorables.

Antes de ir a comer, decidí pasar un momento por la tienda de regalos.

Era un lugar acogedor, donde sonaba música clásica y podías entretenerte contemplando mil objetos de artesanía local. Pero por muy primitivos que fueran algunos de ellos, todo allí era caro, hecho a mano con las materias primas más auténticas y, por supuesto, sostenibles. Jabones naturales; cucharas de madera tallada; sombreros de paja; tazas de barro con adornos geométricos y florales; moldes para hacer pastas y regaderas elaboradas por el hojalatero de Watermill; colgantes de cristal de colores; cojines de *patchwork*; ovejitas y zorros de fieltro; prendas de lana de la más exquisita calidad… y un chal maravilloso del que no pude apartar los ojos desde que entré. Era morado, esponjoso y combinaba a la perfección con las flores de mi vestido. Acerqué la mano y lo acaricié.

—Suave, ¿eh? —Oí que me decía una voz de chico desde el mostrador.

—Sí —dije sin apartar la vista del chal, todavía hipnotizada por él.

—Está hecho con la lana de nuestras ovejas. Los tintes también son naturales.

Asentí con la cabeza, pensando si podía permitirme comprarlo.

—¿Cómo te llamas? —me preguntó.

Decidí salir de mi ensimismamiento y ser educada. Lo miré fijamente. Era moreno, fuerte, con expresión amable y un flequillo largo que le tapaba uno de los ojos.

Tardé un segundo en recordar mi nuevo nombre:

—Soy Eliza. Encantada de conocerte —titubeé. Decidí ir directa al grano—: ¿Qué precio tiene?

—Ciento noventa y nueve dólares.

—¡Doscientos dólares! Qué barbaridad —se me escapó.

—Es un proceso caro, las ovejas… —dijo justificándose. Se apartó el flequillo de la cara.

—Sí, ya me imagino, no te preocupes.

—Bueno, espera —añadió, como si hubiera caído en algo—. No sé si sabes que los trabajadores de Watermill tenemos un veinte por ciento de descuento en la tienda. Así que se te quedaría…

Tosí y repuse rápidamente:

—No te preocupes. Aun así, sería demasiado caro. Voy a estar en Estados Unidos solo unos meses, y ese tiempo también depende de lo que pueda ahorrar. —Lo miré. Algo en su expresión me animó a sincerarme con él—. En realidad, he venido con la intención de hacer algunos castings. He estudiado teatro —le confesé.

—¡Ah, pues bienvenida al club! A mí no me interesa, pero hay muchos en tu misma situación. ¿Conoces a Abigail?

—Sí, ya he tenido el placer —dije, recordando su prohibición sobre Jonathan.

Entonces empezó a sonar el teléfono y el chico se disculpó para cogerlo. Resultaba extraño escuchar una llamada en aquel espejismo de otra época en el que estábamos.

Volví a acariciar el chal y decidí marcharme. Le hice un gesto de despedida con la mano al dependiente, que seguía enfrascado en una conversación sobre un pedido. Me devolvió el gesto con una sonrisa.

Tenía una cara simpática, la verdad. Podría convertirse con facilidad en un amigo durante los próximos meses.

Inmediatamente después me dirigí hacia la taberna, el restaurante donde los empleados comíamos gratis y los turistas pagaban por un menú de su elección.

Encima de la puerta colgaba un cartel de madera. LA ENCRUCIJADA, ponía en letras mayúsculas bajo el dibujo de un halcón de mirada escrutadora.

Entré y eché un vistazo.

A mi alrededor alternaban los sombreros puritanos con las gorras de béisbol. Había muchas familias con niños, todos vestidos de colores fluorescentes, junto a caballeros y damas trajeados en tonos mucho más sobrios.

En vez de coger una bandeja y comer sola en alguna mesa, decidí comprar algo para llevar y buscar algún rincón agradable en la naturaleza. Todavía tenía mucho que descubrir en Watermill Village.

Me acerqué al mostrador y pedí un sándwich de queso y unas frambuesas. La vajilla en la que servían era de época y los cubiertos parecían de plata. Llevaban a rajatabla la ambientación. Aun así, me sorprendió ver que, con el jaleo que había, la camarera se ponía a envolver mi sándwich en una tela de cuadros rojos y colocaba las frambuesas en una cestita.

Entonces, mientras esperaba, vi que entre las mesas… ¡estaba Jonathan! Volví la cabeza de golpe, para que no me viera. Dejé pasar unos segundos, pero la curiosidad me pudo. Poco a poco fui girando el cuello y lo observé con disimulo.

Jonathan se movía por el restaurante como si fuera su casa, bromeando con las familias y entablando conversación con todos.

De pronto se oyó un ruido muy fuerte.

Un niño que se estaba balanceando en una silla se había caído hacia atrás, no muy lejos de donde él estaba. El niño, asustado, se echó a llorar en el suelo y su madre se levantó con rapidez para recogerlo. Lo cogió en brazos e intentó calmarlo.

Pero lloraba desconsolado.

Jonathan se acercó a él rápidamente y comenzó a hablarle. El niño, poco a poco, entre sollozos, levantó la cabeza para ver quién le hablaba.

Jonathan le enseñó una cosa que llevaba en el bolsillo y empezó a hacerle una especie de truco de magia.

Luego hizo que intervinieran los familiares del niño, que se pasaron el objeto de unos a otros mientras el pequeño asentía y se tranquilizaba. Todos parecían fascinados. Poco a poco, el niño fue recuperando la sonrisa y el brillo en los ojos.

No pude evitar sonreír yo también.

—¿Me podrías devolver la tela y la cesta antes de las cinco? —me pidió la camarera, que llevaba el pelo recogido por una primorosa cofia.

Asentí con la cabeza y cogí mi comida.

Cuando volví a mirar la escena, el niño ya volvía a reírse alegremente, con el sombrero alto de Jonathan puesto en la cabeza.

Jonathan extendió la mano para que el pequeño chocara los cinco con él antes de despedirse, recuperó su sombrero y comenzó a acercarse hacia donde yo estaba, sin darse cuenta. Sentí que me ponía roja sin querer.

—¡Hey! —exclamó sorprendido al verme—. ¡Tú por aquí! —Se acercó a mi oído—: ¿Hace mucho que saliste del armario?

Sonreí. Quería picarme…

—Sí, tenía hambre. ¿Tú ya no huyes de nadie? —lo provoqué.

—*Touché* —dijo, llevándose una mano al corazón—. ¿Adónde vas? ¿Te llevas eso fuera? ¿Vas a comer en la escuela?

—En el armario no, desde luego —respondí entre risas—. Pensaba buscar algún lugar bonito.

—¡Espera! —me pidió—. Ah, no. A estas horas no tiene tanto encanto. Pero otro día te llevaré a un sitio que te va a gustar. Una casa que es casa y a la vez es mar, como dice Lucy.

¿Lucy? ¿Quién era Lucy?

Seguí la conversación.

—¿Es casa y es mar? —repetí—. Me encanta. Mi casa en España está cerca del mar.

—Mmm… Suena bien.

—Sí, suena a mar —bromeé—. Como las caracolas.

—Bueno, esta casa no se va a parecer nada a la tuya, aunque creo que te encantará. Pero ahora… Espera, déjame que piense… Sí, te enseñaré otro sitio especial para que te comas esa cosa —comentó, mirando con recelo mi comida. Me cogió del brazo con naturalidad y empezó a llevarme hacia la salida.

Entonces algo lo distrajo. Cambió la expresión y se puso a caminar más rápido.

—¿Tienes prisa? —le dije. Me gustaba que me hubiera agarrado así, con esa confianza, pero ahora parecía que quería salir cuanto antes de allí—. ¿Sigues escondiéndote de alguien? —le pregunté con media sonrisa.

Me miró sorprendido. Tenía los ojos de color verde intenso.

—Oye, ¿tú te das cuenta de todo? ¿Lees la mente o algo? ¿No serás adivina? —inquirió clavándome la mirada.

—Bueno, hay mentes que son muy sencillas de leer. La de las hormigas, la tuya…

—¡Ja! —Me soltó el brazo—. ¿Quieres guerra? Pues la tendrás. Pero después. Ahora tenemos que subir una cuesta y me parece que vas a necesitar todas tus fuerzas.

Me llevó hacia la izquierda por un sendero estrecho y ascendente. Con el hambre que tenía, lo que pesaba el vestido y lo cansada que estaba después de toda la mañana haciendo de profesora, aquella cuesta acabó de matarme.

Llegué arriba jadeando, pero me alegré de haber hecho el esfuerzo al contemplar la vista desde allí: un río muy amplio, brillante bajo el sol; su puente; los árboles altísimos de la otra orilla, con diferentes tonos de verde…

—¿Lo ves? Te dije que te iba a gustar —comentó Jonathan con una sonrisa de superioridad—. Ya me puedes estar eternamente agradecida —bromeó.

Solté una carcajada.

—La verdad es que es impresionante —reconocí. Costaba apartar los ojos del paisaje—. No me esperaba tanto.

—El puente cubierto es de hace dos siglos.

Parecía una casa de madera, encima del río.

—¿Por qué está tapado así?

—Para que la lluvia y la nieve no pudran la madera —me explicó.

—Me encanta la lluvia —confesé—. Allá de donde vengo, la lluvia es bastante excepcional. Llueve poco y, cuando llueve, hace estragos.

—Aquí no. En Watermill conocemos la parte aburrida de la lluvia: su erosión cotidiana, la podredumbre que provoca… Igual que la rutina —añadió con cierta amargura.

Sentí curiosidad.

—¿Tú qué haces en este pueblo? ¿Es un trabajo temporal o…?

—¿No lo sabes? ¿Nadie te lo ha dicho todavía? —me preguntó con la ceja levantada. Hizo una pausa—. ¿Tú qué crees?

—Creo que… estudias y trabajas a la vez. Y pasas aquí unas cuantas horas para hacer lo que de verdad…

Me interrumpió.

—Te equivocas. ¿No has hablado con nadie?

No entendía a dónde quería ir a parar con todo aquello. ¿Qué era eso tan importante que me tenían que decir?

—Bueno, he hablado con Abigail.

Noté cómo su cuerpo se tensaba.

—Ah, claro. Ha sido tu tutora en la escuela hoy, ¿verdad?

Asentí con la cabeza.

—Abigail y yo…

—Estáis saliendo, ya lo sé —afirmé. Era mejor dejar las cosas claras desde el principio. Aunque la frase me salió algo cortante.

—¿Qué dices? —exclamó él, como si Abigail fuera algo detestable—. Abigail y yo no nos hablamos —me explicó—. Salimos hace un año y la cosa acabó fatal. —Lanzó una piedra al río, haciéndola rebotar en el agua varias veces—. Desde entonces me hace la vida imposible.

—Lo siento —dije, e intenté transmitir empatía, aunque en el fondo me alegraba.

Por llevarme algo a las manos y cambiar de tema hice lo mismo que él: cogí una piedra de la orilla y la lancé al río. Pero la mía se hundió como un plomo a la primera.

Me sonrojé.

—Tienes que tirarla de lado —me explicó. Escogió una piedra plana del suelo y me la puso en la mano.

La lancé. Esta también se hundió.

Me sonrojé todavía más y decidí dejar de hacer el ridículo. Comencé a desenvolver mi sándwich. Estaba hambrienta.

Jonathan volvió a mirar mi comida con desconfianza.

—¿Solo vas a comer eso? —preguntó.

—No, también tengo frambuesas.

—Espera, porque si te gusta la fruta… —Desapareció un momento detrás de unos arbustos. Aproveché que no estaba y le di un mordisco a mi sándwich.

Regresó unos minutos después con tres manzanas rojas y brillantes.

—Toma —dijo, poniéndomelas en las manos—. Este manzano es maravilloso.

—No están envenenadas, ¿verdad? —bromeé—. Prueba una tú primero.

Se rio.

—Quieres jugar, ¿eh?

Su sonrisa me desarmaba completamente.

Se acercó a mí con aire tentador, cogió una de las manzanas y le dio un mordisco perfecto.

Luego me la tendió.

—Ahora tú.

Alargué la mano para cogerla, pero al hacerlo, él me la agarró. Y ahí, con mi mano en la suya, hubo un momento (no sé lo que duró, ¿uno, dos, tres segundos?), en el que nos miramos el uno al otro, conscientes de que el deseo era mutuo y de que estaban pasando cosas entre los dos. Cosas. Demasiadas para ponerles nombre. Y todo iba muy rápido.

El tacto de su mano.

Se me aceleró la respiración.

Jonathan entrelazó sus dedos con los míos y me atrajo hacia él. Sus ojos en mis ojos y un universo de deseo en medio.

—Desde que te encontré en el armario —me susurró—, siento que tú y yo debemos estar siempre a esta distancia. Cualquier otra me parece demasiado lejos.

Noté su mano en mi cintura y sentí otra vez el calor de su cuerpo, tan cerca de mí. Su olor a tierra limpia. Un olor irresistible. Masculino. No sé por qué, ya no le estaba mirando a los ojos, sino a los labios, y él también parecía contemplar absorto los míos, como si le fuera la vida en ello. De pronto, el traje me apretaba en el pecho, me costaba respirar, y deseé que Jonathan me desabotonara aquel vestido infame, me liberara y me tomara entera ahí mismo.

—¡Jonathan! —gritó alguien en la distancia—. Jonathan, ¿dónde estás?

Reconocí la voz de mister Ruskin.

Nos separamos rápidamente el uno del otro.

Él bajó la mirada con fastidio.

—Tengo que irme —dijo en voz baja. Luego miró hacia la espesura y exclamó—: ¡Sí, padre! ¡Ya voy!

—«¿Sí, padre?» —repetí, en tono de pregunta.

—Ya sabes algo más sobre mí —susurró.

Le miré con la ceja levantada.

—Eres el hijo de mister Ruskin —afirmé.

Jonathan sacudió la cabeza.

—No, su hijastro.

Estuvo a punto de añadir otra cosa, pero se lo pensó mejor y en su lugar me dijo:

—Oye, yo aún no sé tu nombre, chica del parking.

Levanté la barbilla y respondí con decisión:

—Eliza.

—¿Eliza? —repitió riéndose—. ¡Seguro que es un nombre falso! ¡Esto está lleno de Elizabeths, Sophias…! ¡Dime el bueno!

—¿El bueno? El nombre bueno hay que ganárselo.

—Mmm… —murmuró con interés—. ¿Y qué es lo que hay que hacer? ¿Cuál es la prueba?

Intenté inventarme algo rápido, pero entonces volvieron a llamarlo con insistencia.

—¡Jonathan! ¡Por favor!

—¡Ya voy! —respondió él.

Le dio otro mordisco a la manzana y me la puso en la mano.

—*All yours* —dijo mirándome fijamente.

Vi cómo se alejaba.

La lengua inglesa puede ser ambigua a veces. Me pregunté si había querido decir «toda tuya», por la manzana…

… o «todo tuyo».

Sprache ist das Haus des Seins.

El lenguaje es la casa del Ser.

Martin Heidegger

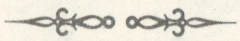

4

Dame tu nombre

Siempre me ha gustado leer. Reconozco que tengo la cabeza llena de pájaros, y demasiada realidad me acababa entristeciendo el ánimo. Me han dicho más de mil veces: «tú es que estás en tu mundo», pero la verdad es que tengo muchos mundos, y me encanta pasar de uno a otro e ir de visita a los de los demás: los mundos de ficción. El cine, las series… y los libros.

En los libros de fantasía que he leído, quien conoce el nombre auténtico de alguien tiene poder sobre él. Mágicamente hablando, claro. Si consigues el nombre verdadero de una persona o ser, tienes una especie de llave sobre su voluntad. Puedes obligarle a hacer lo que tú quieras. Se convierte en tu esclavo.

Desde que había llegado a Watermill había tenido que aceptar cosas que no me gustaban. Como teñirme el pelo para ocultar mi color natural, del que siempre me había sentido orgullosa. O llevar un vestido que me quedaba terriblemente mal (aunque Jonathan no se diera cuenta). Nunca me he considerado muy guapa, pero era consciente de que tanto el tinte como el traje escondían mi belleza, por pequeña que fuera.

Sin embargo, la idea de cambiar mi nombre real por otro de ficción sí que me apetecía. Era como si me protegiera. Como ponerme un disfraz por dentro... O más bien, una armadura.

Aquellos primeros días hice dos amigos imaginarios: los dos maniquíes infantiles que había en la escuela. Los llamé Bartholomew y Elizabeth. O sea, Bart y Lisa. Con el color amarillento que tenían, los nombres de los Simpson les iban perfectos. A los turistas les hacía gracia y me ayudaba a conectar con ellos.

Los días entre semana fueron muy tranquilos. En cuanto llegó el lunes, Watermill Village se vació de visitantes y comenzó a mostrarme una cara distinta. Los que se ocupaban de la alfarería, la cestería, la herrería... desarrollaban sus oficios con calma y buen hacer, creando objetos sencillos pero con encanto que luego se venderían en la tienda.

Yo en la escuela tenía muy poca tarea, porque allí, sin gente, no había nada en lo que pudiera ocuparme. Así que ese lunes, en cuanto pasaron dos horas y vi que no había aparecido nadie, abrí la vitrina que exponía algunos libros del siglo XIX y saqué una edición antigua de *Cumbres Borrascosas*. Al menos podría pasar el rato leyendo.

Pero no había empezado ni el segundo capítulo cuando oí voces procedentes de la granja. Era una discusión. Dos hombres. Corrí disimuladamente la cortina de la ventana y vi a Jonathan y a mister Ruskin, su padrastro.

Me esforcé por entender alguna frase, pero solo escuché ideas deslavazadas. «No te das cuenta de todo lo que hago...», «Tú nunca...», «¡Alguna vez tendrás que asumir...!», «No me trates como a otro de tus...».

Entonces vi que Jonathan, furioso, se montaba en uno de los caballos del establo (uno castaño con las crines negras) y echaba a galopar por el campo.

Mister Ruskin lo llamó varias veces, pero Jonathan no volvió la vista atrás y desapareció dentro del bosque.

Sinceramente, me quedé un poco intrigada por cómo acabaría aquello. Cogí la silla y la acerqué a la ventana, para ver si volvía.

Mister Ruskin se marchó enseguida, sin esperar a Jonathan. Pasó por delante de la escuela con el ceño fruncido y murmurando para sí.

Entonces comenzó a llover. Al principio, poco, pero al cabo de quince minutos ya caía un auténtico chaparrón. *Cats and dogs*, como dicen aquí. Gatos y perros.

«Ayer hizo una tarde brumosa y fría. Pretendía yo pasarla junto al fuego en el cuarto donde trabajo, en vez de atravesar brezales y lodo hasta llegar a Cumbres Borrascosas», continué leyendo. Así transcurrió más de una hora.

Hasta que empecé a tener hambre. Pero no había traído paraguas. ¿Debía esperar a que pasara la tormenta?

Aguanté media hora más sentada junto a la ventana, leyendo. Aquella lluvia intensa no cesaba y mi estómago comenzaba a rugir.

Parecía que lo que dijo Jonathan sobre la lluvia en Watermill era cierto. Debía de ser algo constante. Tal vez tuviera que esperar ocho horas hasta que despejara, así que decidí ir a comer.

Fui dando saltos entre los charcos de barro, intentando no resbalar. Cuando llegué a la taberna ya estaba empapada. Levanté la mirada hacia el halcón de madera del cartel. Sin duda, era el guardián de aquel lugar. Me dejó pasar como si me perdonara la vida.

Había esperado demasiado y, si entre semana había poca gente, a aquellas horas de la tarde estaba prácticamente vacío. Pedí un *chicken pot pie*, un guiso de pollo con verduras horneado en una pequeña cazuela de barro recubierta de hojaldre.

Estaba delicioso pero quemaba. Mucho. Aun así, me lo tomé lo más rápido que pude, porque me encontraba incómoda comiendo sola en sitios públicos. Nunca sabía qué hacer. Me sentía observada, torpe, con todo ese tiempo por delante. Como si me dieran un nuevo tipo de cubierto que no supiera utilizar.

Salí de allí satisfecha, pero sobre todo aliviada al no tener ya ninguna mirada sobre mí. Y eso que no había casi nadie…

Regresé a la escuela lo más rápido que pude para no mojarme más todavía.

Dentro todo estaba igual: tranquilo, con olor a madera. Me sentí un poco como en casa. Desde luego, mucho más que en La Encrucijada o en mi desangelado piso compartido. A pesar de ello, el tiempo pasaba muy lento.

Los maniquíes me devolvieron su mirada silenciosa.

—¡Buf! —exclamé en voz alta para darme ánimos. Me quedaban todavía un par de horas para poder salir de allí—. A ver qué hacemos ahora, Bart, Lisa… —les dije.

Eché un vistazo al lugar del bosque por donde había desaparecido Jonathan. No había ninguna novedad. Tal vez ya hubiera regresado a la granja.

No podía negar que deseaba volver a verlo. Pero su vida parecía más compleja de lo que aparentaba a simple vista, y seguro que tenía en la cabeza cosas más importantes que venir a hacerme una visita. Después de todo, yo no era más que una recién llegada con la que había hablado dos veces.

Dos veces desde muy cerca, eso es verdad.

Cogí el libro de *Cumbres Borrascosas* y volví a sentarme a leer. El tiempo se me pasó volando. Con la monotonía de la lluvia era fácil abstraerse en la lectura. Y aquel mundo intenso y cruel de Emily Brontë era absorbente.

Entonces la tormenta comenzó a arreciar, y el reloj de la escuela dio las cinco.

—Es mi hora —dije en voz alta, para los maniquíes o para mí—. Pero a ver cómo salgo de aquí sin paraguas…

Eché un vistazo fuera. Estaba lloviendo a mares. ¿Debía esperar unos minutos? Aunque corriera hacia la salida, me empaparía completamente antes de dar dos pasos.

Miré de nuevo al exterior.

«Pero… ¿y si cierran Watermill y tengo que quedarme aquí a pasar la noche?», pensé.

—¡Ni hablar! —exclamé. Aquello había acabado de decidirme.

Me coloqué bien la capota y, después de armarme de valor, abrí la puerta, lista para salir a la tormenta.

Pero ocurrió justo lo contrario: la tormenta entró donde yo estaba. Arrambló en la pequeña escuela, empujándome con fuerza hacia el interior.

Solté un grito ante aquella violencia inesperada.

Era Jonathan.

Entraba a toda velocidad y se había chocado conmigo.

Estaba calado.

—Perdona —se disculpó, apartándose el pelo mojado de la cara. Tenía la mirada perdida. Parecía abrumado—. ¿Te importa que me refugie aquí? Estoy hecho un lío.

—No te preocupes. Estaba a punto de salir, pero…

—No —dijo, con los ojos clavados en los míos. Y después de una pausa, añadió—: No te vayas. Quédate.

Se sentó en la silla y agachó la cabeza. El cabello le caía sobre el rostro. Tenía algunos mechones revueltos. Deseé tocarlo, acercarme a él. Estiré la mano… pero de pronto, levantó la cara. Aquella cara de facciones duras y perfectas.

Mi mano había quedado ahí, en el aire, en tierra de nadie. Él la miró un instante e inmediatamente la cogió. Le dio la vuelta, se la llevó a los labios y me dio un beso lento en la palma. Un escalofrío de placer me recorrió el cuerpo entero. Después, se la puso en la mejilla y se quedó así unos instantes, como ensimismado en mi contacto. Yo estaba igual que él, inmóvil, paralizada. Atónita. Sin poder creer que aquel chico impresionante del parking, aquel hombre que había conseguido hacer reír al niño desconsolado de la taberna, estuviera ahora delante de mí, y hubiera apoyado la cara en mi mano.

La lluvia seguía arreciando, y el cielo estaba tan oscuro que la escuela se había quedado en penumbra. De pronto, un relámpago nos iluminó y pude verlo bien. La tormenta que lo agitaba por dentro era más fuerte que la que golpeaba contra los cristales.

Tenía el chaleco empapado. Y también la camisa, con el cuello abierto, sin el pañuelo que solía llevar. Se notaba que estaba exhausto después de galopar durante tanto tiempo bajo la lluvia.

Con la mano derecha cogió la tela de mi vestido y tiró suavemente de ella para acercarme más a él.

Él, que estaba sentado.

Yo, que estaba de pie.

Levantó el rostro hacia mí. Era irresistiblemente guapo… Más irresistible todavía cuando el deseo brillaba en sus ojos y lo revestía todo de extraño dramatismo. Entonces me agarró por las caderas y apoyó la frente sobre mi vientre, respirando hondo. Respirándome.

Los truenos hicieron temblar los vidrios emplomados de la ventana.

Ahora sí, le acaricié la cabeza con las dos manos y enredé su cabello entre mis dedos. Después fui bajando por su nuca hacia su espalda ancha, mojada, con los músculos en tensión.

Él comenzó a besarme por encima del vestido, subió por mi cintura, vientre arriba, hacia mis pechos. Pero antes de llegar, se detuvo.

Lo sentí tan cerca y, a la vez, tan lejos.

Aguanté la respiración.

«Bésame. Sigue besándome —pensé, deseé con todas mis fuerzas—. Sube y apriétame, bébeme hasta agotarme», pensé, deseé con todo mi cuerpo.

Como si hubiera oído mis pensamientos, levantó la vista y respondió en voz alta:

—No puedo.

Las mejillas me ardían.

—¿No puedes? —pregunté, azorada—. ¿No puedes qué?

La cabeza todavía me daba vueltas.

—No puedo seguir —respondió, dejando caer las manos—. No hasta que me digas tu nombre.

—¿Mi nombre? —repetí alejándome un poco de él—. ¿Estás hablando en serio? —dije con nerviosismo. Nunca me había encontrado en una situación así.

Levantó la mirada y, con media sonrisa, respondió:

—Sí. Muy en serio. —La ceja levantada desmentía su seriedad, pero insistió—: Dime tu nombre.

Me alejé más de él y le di la espalda:

—Ya lo sabes: Eliza.

—Ese no me vale —repuso él. Oí cómo se levantaba de la silla—. No puedo estar con alguien que no me dice su nombre verdadero.

Volví a notar que me subía el calor a las mejillas, pero ahora era de orgullo. Estaba echándome un pulso. Jugando conmigo.

Pues si quería jugar, jugaríamos. Volví la cara hacia él y repuse:

—¿Y qué me das tú a cambio?

Comenzó a acercarse a mí.

—Yo ya te he dado el mío.

—¿Y cómo sé que es el verdadero?

Sonrió.

—Lo es —dijo—. Ahora te toca a ti. Quiero tu nombre real.

—¿Y cuál es el real? ¿El que está en el registro? —repliqué. Jonathan se acercó un poco más a mí. Continué—: ¿El nombre cariñoso con el que te llaman tus padres? ¿El que te ponen tus amigos? ¿O el nombre con el que te llamas a ti mismo?

—Te estás haciendo la interesante —me dijo.

—¿Y te interesa? —repuse, retadora.

—La verdad es que sí —confesó—. Pero no me convences. —Sonrió con picardía—. Mira, voy a ser generoso. —Ahora estaba peligrosamente cerca de mí. Cuando se acercaba tanto me costaba pensar—. Si mañana me das tu nombre, tu nombre verdadero, yo te daré hoy lo que me pidas. Cualquier cosa. Di, ¿qué quieres de mí? —Abrió los brazos como si se me ofreciera en bandeja.

—Dame… —murmuré mientras lo recorría de arriba abajo con la mirada. Aquel hombre no tenía desperdicio. ¿Qué le podía pedir si lo deseaba todo de él?—. Dame… —repetí, para ganar tiempo.

«Vamos, Valentina, no seas superficial —me dije—. Pídele algo pequeño, insignificante». Me fijé en su chaleco, con su hilera de cuatro o cinco botones.

—Dame… ¡un botón! —exclamé sin pensar, tocando uno de ellos.

—¿Un botón? —preguntó Jonathan, riéndose—. Poco me pides. Si hablas con Alex te arrepentirás.

«Alex». Intenté recordar ese nombre.

—Pero como desees —dijo, agachando la cabeza—. Tus deseos son órdenes para mí.

Se llevó la mano al pecho, agarró con la mano el botón que yo había tocado y lo arrancó de un tirón.

—Aquí tenéis, milady. Vuestro botón. —Me lo ofreció con una reverencia—. Con él comienza nuestro pacto.

Lo puso en mi mano y, dirigiéndose hacia la puerta, comentó:

—Debes irte ya de Watermill o tendrás problemas con Samuel.

—¿Samuel?

—Ruskin —me aclaró. Antes de salir, se volvió un momento, sonriendo, y me apuntó con el dedo—: Mañana quiero tu nombre. Me lo debes.

—Mañana es mi día libre —me excusé.

—El miércoles entonces —repuso—. Hemos hecho un trato.

Apreté el botón en el puño mientras lo veía marchar. Fuera seguía lloviendo con intensidad.

Me había quedado sola, prácticamente a oscuras. Pero, de alguna manera, con aquel botón en la mano no me importaba nada.

Saldría sin temor a la tormenta.

Además, tenía algo importante en lo que pensar al llegar a casa.

Qué nombre le daría cuando volviera a verlo.

I used to float, now I just fall down.
I used to know, but I'm not sure now
What was I made for.

Solía flotar, ahora solo caigo.
Solía saber, pero ya no estoy segura,
para qué he sido creada.

Billie Eilish

5

Una de cal y dos de arena

Me llevé el libro de *Cumbres Borrascosas.*

Quizá estuviera prohibido (era uno de los objetos expuestos en las vitrinas), pero volver a mi apartamento cutre me parecía demasiado desalentador. Al menos, con aquel libro y el botón venía conmigo un poco de Watermill. De su paisaje y, también, de Jonathan.

Corrí bajo la lluvia hasta mi coche de alquiler y cerré la puerta como quien llega a un refugio. El móvil me esperaba con… ¡cuarenta mensajes! Todos eran de España. Y la mayoría, tonterías. Pero tonterías que me había enviado gente querida. Aunque solo fuera por eso, me gustaron.

Estuve un rato ahí, dentro del coche, respondiendo los mensajes uno a uno, acunada por el ritmo de la lluvia y el limpiaparabrisas.

Después comprobé que nadie me miraba y me cambié rápidamente de ropa. Arranqué y encendí la radio mientras salía del parking.

Noticias. Malas, por supuesto: atracos con violencia, crímenes urbanos… Publicidad de inmobiliarias, de seguros médicos, de compraventa de automóviles… Eché de menos las bromas que amenizan los anuncios en España. ¿Dónde estaba aquí la gracia? Suspiré y apagué la radio. Me sentí mucho mejor en silencio. El ruido blanco del motor me acompañaba de una forma menos agresiva y me permitía concentrarme al volante.

Después de pasar todo el día en el siglo XIX, nuestro siglo me empezaba a resultar demasiado invasivo. El brillo de la pantalla del móvil, los faros de los coches, los letreros luminosos de las afueras, los semáforos de la ciudad, los carteles de las tiendas de mi calle… Todo parecía más fosforescente y cegador que antes.

Tuve que dar un par de vueltas, pero conseguí aparcar cerca de mi edificio. Evitando pisar la basura que había tirada por el suelo y las cacas de perro, llegué a mi portal, manchado de pintadas y grafitis. Cogí el ascensor. No me gustaba nada el tiempo de ir caminando por el pasillo hasta mi apartamento. Se solían oír cosas raras detrás de las puertas y la luz parpadeaba como en una película de terror. Me sentía bastante insegura.

Entré y vi que la lámpara del salón estaba encendida, pero no me apetecía hablar con nadie. De hecho, mis compañeros de piso no me caían especialmente bien, así que grité «¡Hola!» desde la entrada a quienquiera que estuviese en el salón y me fui directa hacia mi cuarto.

Cerré la puerta con pestillo.

Entonces, sin saber por qué, me eché a llorar. Quizá habían sido demasiadas emociones, no lo sé. O demasiado esfuerzo por conciliar mundos distintos: el siglo XIX y el XXI; mi casa en España y aquel apartamento miserable; el paraíso rural de Watermill y la ciudad de Worcester. Worcester, una ciudad sucia y con altísimas tasas de criminalidad, con el símbolo de un corazón en todos los letreros de sus calles. Demasiados contrastes.

Había llegado allí por Sarah, una amiga americana que conocí en un curso de improvisación teatral, en España. La idea era vivir con ella en su piso compartido mientras trabajaba en Watermill

Village interpretando personajes de época y me salía alguna oportunidad para hacer teatro o anuncios en Boston, que también estaba cerca, o incluso en Nueva York, a tres horas y media. El plan inicial no estaba mal.

Pero en cuanto llegué con las maletas, Sarah me dijo que ese verano había conocido a un chico de Colorado y que se mudaba para allá esa misma semana. Así que me quedé con cara de tonta, viéndola marchar. Me encontré sola en aquel país, en aquel continente, sin la única persona de referencia que tenía.

Volví al momento presente. Saqué *Cumbres Borrascosas* y seguí leyendo. Enseguida me metí en las vidas de los personajes y me olvidé de mí misma. El personaje de Heathcliff me provocaba una extraña piedad, a pesar de su maldad. Su amor por Catherine lo devoraba.

Me acordé de Jonathan.

Me había dejado con la miel en los labios. Todo aquel deseo que palpitaba dentro de mí… cortado de golpe por una cuestión absurda.

Tendría que aguantar un día entero sin verlo. ¿Qué pasaría el miércoles? ¿Debía decirle mi nombre verdadero? Seguía reacia. Esto se estaba convirtiendo en una cuestión de orgullo. Pero habíamos hecho un trato.

Mmm…

Apreté instintivamente su botón. Me sentí un poco mejor.

Retomé la lectura hasta que me quedé dormida.

Creo que dormí más de diez horas. Con el cansancio me había olvidado de cenar, así que me desperté hambrienta.

Me cambié rápidamente de ropa y fui a prepararme un buen desayuno. Pero antes me guardé el botón de Jonathan en el bolsillo, como si fuera un tesoro. Tal vez se me ocurriera qué nombre darle al día siguiente, mientras me tomaba el café.

Al entrar en la cocina, ya había una chica allí.

—*Ciao!* —me saludó.

—*Ciao!* —repetí, sorprendida.

—*Sei italiana?* —me preguntó, inclinando la cabeza hacia un lado, como el gatito adorable de un vídeo de TikTok.

—No —respondí con una sonrisa—, soy española.

—Ah... *¡Buenos días!* —me saludó en mi idioma, acercándose a mí para darme dos besos.

Las dos dirigimos la cabeza hacia el mismo lado y casi nos besamos en la boca. Nos reímos entre disculpas.

Era toda una belleza. Una belleza en pijama. Con el pelo brillante como la tinta y los ojos enormes, manchados de rímel y kohl de la noche anterior.

—Sé muy poco español —me explicó en inglés—, pero seguro que entiendo cosas si prefieres hablar en tu idioma.

—No, no te preocupes; hablamos mejor en inglés.

—Me llamo Fiammetta —dijo tendiéndome la mano—. Soy la novia de Ryan, el del cuarto del fondo.

—Encantada —sonreí—. Yo estoy en el primer cuarto de la izquierda. Me llamo Valentina.

Era extraño. Con ella, decir mi nombre no me costaba nada. Resultaba natural. ¿Qué me ocurría con Jonathan?

Entonces Fiammetta sacudió una bolsa y me sacó de mi ensimismamiento.

—¿Quieres café? —preguntó—. Mi madre me ha mandado un paquete de mi marca favorita. —Añadió cómicamente con un gesto de la mano—: *Ah, la mamma...!*

—¡Qué bien! ¡Sí! —respondí.

—El café de aquí deja mucho que desear —comentó con una risita.

Empecé a sentirme muy cómoda con ella. Casi como en familia.

—Trabajo en una tienda de móviles, al otro lado de la calle. Está muy cerca de aquí. Por eso conocí a Ryan —me explicó con cara pícara—. Fue un flechazo.

—Si te digo la verdad —le dije mientras sacaba de la nevera unos huevos y una bolsa de pan de molde en la que había escrito mi nombre—, no sé ni quién es Ryan. Cuando entré en el apartamento, hace tres semanas, hablé con un chico pelirrojo y otro rubio. Y no los he vuelto a ver.

—No, ninguno de esos es Ryan. Ryan es moreno. Pero bueno, da igual, ya lo conocerás. Hoy se ha ido temprano a trabajar.

Asentí con la cabeza y le pregunté si quería una tostada con mantequilla y un huevo frito.

Abrió los ojos con curiosidad ante mi desayuno y me dijo:

—*Typical Spanish?*

Me reí.

—No especialmente. Es que no tengo mucho más en la nevera…

Poco a poco nos fuimos conociendo mientras comíamos juntas. Le conté que trabajaba en Watermill Village, y me dijo que no había estado nunca allí. De hecho, ni sabía que existía. Llevaba solo seis meses en Worcester. La invité a venir, pero para llegar a Watermill había que conducir veinte minutos y ella no tenía coche.

—¡Te puedo llevar un día en el mío! —le propuse—. Watermill te gustará.

Me miró con ilusión, asintió y brindamos con nuestras tazas de café.

—¡Por nosotras! —exclamó—. ¡Italia y España… siempre unidas!

Me sentía tan a gusto con ella que, cuando estábamos terminando el café, decidí confiarle mi situación con Jonathan. Le resumí un poco lo que había pasado.

—Ayer me pidió mi nombre verdadero —concluí—. Eliza es el que utilizo en Watermill. Pero no sé por qué, prefiero no dárselo.

—¿Quiere que le digas tu nombre? ¿Valentina?

—Sí. ¿Tú qué harías? ¿Se lo dirías? Sé que suena irracional, pero no quiero darle mi nombre. Aunque, en realidad, se lo debo. Hicimos un pacto. —Le enseñé el botón—. Me lo dio a cambio de que se lo dijera.

—¿Tienes varios nombres? —me preguntó—. En Estados Unidos suelen tener dos antes del apellido. ¿Tú cuántos tienes?

—Solo uno.

—Mmm… —murmuró, pensativa—. Si has hecho un pacto, vas a tener que cumplirlo. Una promesa es una promesa.

—Me temo que sí. —Encogí los hombros, resignada.

—A no ser… que te inventes un nombre exclusivamente para él. Será suyo. Y será verdadero, porque te lo tomarás muy en serio. Después de todo, la verdad es… —Levantó la mano y la hizo girar, con un ademán que me pareció muy italiano.

Terminamos la frase las dos a la vez:

—… ¡relativa!

Nos reímos con complicidad.

—Bueno, me tengo que marchar o llegaré tarde a la tienda —dijo.

—Muchísimas gracias por tus consejos, Fiammetta. Por cierto, ¿qué significa tu nombre?

—*Fire* —tradujo—. *Little Fire.*

—*Fiamma… Llama. Fuego. Pequeño fuego.* Me gusta. Me gusta mucho —comenté antes de que saliera por la puerta—. Que tengas un buen día, Pequeño Fuego.

—*¡Adiós, amiga!* —me dijo en español, con tono simpático.

—*¡Adiós, amiga!* —repetí.

Salí para hacer la compra, pero el resto del día lo pasé encerrada en mi cuarto. Leí, vi series en el ordenador e hice videollamadas con mi madre y con un par de amigas.

Lo cierto es que el día se me hizo eterno.

Así que cuando llegó el miércoles, me levanté con ganas y salí temprano hacia Watermill Village. Aunque seguía hecha un mar de dudas sobre qué nombre darle a Jonathan…

Al aparcar eché un vistazo a mi alrededor, pero su camioneta azul no estaba. Cogí la bolsa con mi vestido y el libro de *Cumbres Borrascosas* y salí del coche con energía. Respiré hondo. El aire era tan puro… Se notaba incluso desde el parking. La brisa fresca de la mañana traía el perfume de la hierba mojada y el olor dulce de las flores, muy parecido al de la miel. También se podía oler desde allí la humedad del riachuelo, Wolf Creek (el arroyo del Lobo), aunque sería incapaz de describirlo.

Pasé la tarjeta por el torno (esta vez levantando la bolsa con habilidad) y entré.

Ya estaba en Watermill.

Fui rápidamente al baño a quitarme la ropa del siglo XXI. No es que ahora me encantara el vestido, en absoluto, pero dentro de aquel espacio protegido, los vaqueros y la sudadera me producían rechazo. Sobraban.

Dentro de la amplitud del traje me sentí más a gusto. El amarillo mostaza me daba fuerzas. Las pequeñas flores violetas me recordaban a mi madre.

Fui paseando por la orilla del riachuelo hasta la escuela, contemplándolo todo como en un sueño. Era un paseo largo pero agradable.

Saqué la llave que había detrás de una maceta y abrí la puerta. El lugar me esperaba en silencio. Bart y Lisa me dieron la bienvenida con sus ojos de cristal.

—¡Un día más! —les saludé—. A ver si hoy nos visita más gente…

Como si quisieran cumplir mis deseos, de pronto apareció una persona.

Mister Ruskin.

—¡Buenos días! —exclamó—. ¿Cómo va todo por aquí? Ya veo que eres puntual —dijo mirando el reloj de oro que llevaba colgado del chaleco.

—Lo intento —respondí agachando la cabeza.

—¿Todo bien?

—Sí, muy bien, gracias. Estoy muy cómoda en la escuela.

—Esperaba que fuera así —aseguró—. Es uno de los trabajos más tranquilos de Watermill. No te iba a poner a forjar hierro nada más entrar… —Soltó una carcajada, como si fuera muy gracioso—. Pero vengo a decirte que a partir del sábado pasarás al jardín de hierbas. Explicarás el uso de las aromáticas, el lenguaje de las flores, la utilidad que se le daba a ciertas plantas, como medicinas o tintes… —Hizo una pausa para asegurarse de que le

46

seguía—. Esto está muy tranquilo entre semana, así que pásate el viernes a que te lo explique todo quien esté allí ahora, ¿de acuerdo? Creo que es Louise.

Asentí con la cabeza, igual que lo hacía de pequeña ante mi padre. Mister Ruskin tenía la nariz respingona, lo que le daba un aspecto afable, pero su manera de hablar era muy impositiva. Se notaba que estaba acostumbrado a mandar.

Ya se marchaba cuando de pronto vio mi bolsa sobre la silla, con el libro de *Cumbres Borrascosas* encima.

—Esa bolsa debería estar dentro del armario, para que no se vea. Y el libro... ¿es uno de los que están en exposición? No lo habrás sacado de Watermill, ¿verdad?

Enrojecí.

—Pues... sí —reconocí con un hilo de voz—. ¿No se puede?

—Está completamente prohibido. Lo que es de Watermill se queda en Watermill, ¿entendido? Estas ediciones son antiguas y no deben salir de su vitrina.

—Ajá —dije bajando la cabeza, abochornada.

—Bueno, que tengas un buen día —añadió mientras salía sin mirar atrás.

Observé de reojo el libro y me sentí estúpida. Había sido muy descuidada. Después de todo, aquello era un trabajo, no mi jardín privado ni mi casa. No debía confundir las cosas.

En mi familia teníamos libros tan antiguos como ese y más, y yo los había llevado a todas partes conmigo sin problemas desde que era adolescente. Mis padres eran felices al ver que me interesaban. Pero era Europa, no América. En Europa nos relacionamos con lo antiguo con mucha más naturalidad. Lo antiguo nos rodea. Convivimos con ello. No lo encerramos todo en vitrinas, como a una mariposa muerta.

Además, mister Ruskin, desde luego, no era mi padre.

Recordé el enfrentamiento que había tenido Jonathan con él el día anterior. Sería interesante saber más sobre el tema. Quizá podría preguntarle la próxima vez que lo viera. A lo mejor se sinceraba conmigo.

Pero no fue precisamente Jonathan quien vino a visitarme después.

Fue Abigail.

Llamó a la puerta con una sonrisa y pasó para ver qué tal estaba. Mantuvimos una conversación bastante extraña, la verdad. Yo temía que me preguntara por Jonathan, sin rodeos, y ella… ella parecía muy distinta de la Abigail que me recibió el primer día. Era como si estuviera midiéndome con la mirada.

—¿Qué tal te encuentras con el vestido? —me preguntó en cierto momento—. ¿Te vas haciendo a él?

—Bueno, poco a poco —respondí siendo sincera.

Se acercó a observar la tela de cerca, alrededor de mi cintura, y dijo:

—Parece que ahora te queda algo más estrecho, ¿no? ¿Has engordado?

—¿Cómo? —repliqué, sorprendida.

—Que si has engordado —repitió con un clarísimo retintín.

—Pues… no creo —respondí, molesta.

—Ah —dijo sencillamente—. Me lo había parecido. Si quieres ser actriz, ya sabes que tienes que cuidarte. En Watermill, y llevando esta ropa tan amplia todos los días, es muy fácil dejarse, irse abandonando…

Pero ¿a qué venía todo eso? ¡Ella y yo no teníamos ninguna confianza para que me hablara de esa manera! Además, mi cuerpo era mío. Nadie le había pedido sus consejos.

Se fue hacia la salida con no sé qué excusa y me dijo adiós moviendo graciosamente los dedos de la mano, como si fuera la persona más encantadora del mundo.

—Adiós, arpía —murmuré cuando cerró la puerta.

Pero enseguida me di cuenta de que Abigail me había hecho dos regalos.

Uno, había mostrado sus cartas sin tapujos: era mi enemiga.

Y dos, me había dado la inmensa alegría de verla desaparecer.

I hear the thunder coming down.
Won't you rain on me?

Oigo cómo cae el trueno.
¿No vas a llover sobre mí?

6

Cuanto la vista alcanza

Jonathan no apareció por la escuela durante toda la mañana. Mister Ruskin y Abigail me habían dejado muy mal sabor de boca, y el tiempo transcurrió lento y pesado.

Ni un solo visitante en cuatro horas. Y yo dentro de aquella pequeña caseta de madera, mirando por la ventana, leyendo, haciendo estiramientos de cuello y brazos... y preguntándome, después de los desagradables comentarios de Abigail, cómo pensaba ser actriz si no movía un dedo para conseguir mi objetivo.

Había dejado mi currículum (bueno, más bien un book digital con fotos mías y vídeos que me hice en España) en una agencia de Boston que me había recomendado mi amiga, la que vivía aquí. En teoría, los de la agencia me avisarían cuando hubiera algún casting que coincidiera con mi perfil, pero ya llevaba dos o tres semanas esperando alguna señal, sin ningún fruto. Y en Watermill, donde pasaba tantas horas sin conexión a internet, tampoco iba a avanzar demasiado.

Al menos tenía un trabajo original y tiempo para leer y pensar. Iba a hacer mucha vida interior, eso desde luego.

Estaba casi terminando *Cumbres Borrascosas* cuando decidí irme a comer. A esas alturas del libro ya odiaba a Heathcliff con todo mi corazón, así que pensé en pasar por la tienda para animarme un poco charlando con el dependiente. Necesitaba hablar con alguien, aunque fuera del tiempo.

—¡Hola! —le dije, intentando ser más sociable esta vez.

—¡Hola, Eliza! —me saludó él, retirándose el flequillo de la cara.

—Venía a ver si has vendido el chal morado que tanto me gusta.

—No, ahí está todavía. Puedes ponértelo si quieres —sonrió—. No se lo diré a nadie.

Fui directa hacia la cesta de mimbre y lo acaricié. Ya que me había dado permiso, me lo puse. Era un placer para los sentidos. Su color morado estaba lleno de matices, y tenía una suavidad fuera de lo común. Me miré en el espejo, con la etiqueta del chal colgando.

—Debe de ser un gusto trabajar en la tienda, ¿no? Con tantas cosas bonitas…

—La verdad es que sí. Además, aquí sí que se puede usar el móvil. Ya verás cuando te toque. Entre semana el tiempo pasa mucho más rápido.

—¡Oh, qué bien! Eso no lo sabía.

—Sí, la tienda es como una pequeña isla dentro de Watermill. Una isla del presente, con móvil, ordenador… Es mi lugar favorito.

—No te gusta demasiado el siglo XIX, ¿no?

El chico negó con la cabeza.

—No, la verdad. Pero no se lo digas a mister Ruskin.

—Descuida, mister Ruskin y yo no somos lo que se dice amigos.

De pronto, me di cuenta de que no le había preguntado su nombre.

—¿Cómo te llamas?

—Alexander —me respondió.

—Alexander —repetí—. Un momento, ¿tú eres Alex?

—Sí —me confirmó con alegría—. No sabía si darte el nombre formal o el... normal. Quiero decir, el nombre por el que me llaman todos. Bueno, casi todos. Hay alguien que me llama Alexander the Great.

—¡*Alejandro Magno!* —traduje en voz alta con una carcajada—. No está mal para subirte la moral. Eres amigo de Jonathan, ¿no?

—Sip —respondió—. Desde que éramos pequeños. Su padre, el dueño de todo esto, nos quería mucho a mi familia y a mí. Murió hace unos cuantos años.

—¿Ah, sí? ¿Mister Ruskin es el propietario ahora?

Alex se rio.

—Nooo... —repuso como si hubiera dicho una barbaridad—. ¿No sabes quién es el dueño?

Negué con la cabeza.

—Jonathan. Es Jonathan quien lo ha heredado todo.

Abrí los ojos como platos.

—¿Jonathan es el propietario del pueblo?

—De cuanto tu vista alcanza —dijo Alex teatralmente—. Sí, señor. No solo del pueblo, sino de todos los edificios históricos, la granja, el molino de agua, el bosque que hay al oeste... Son las tierras de los Van Tassel desde hace siglos. Pasaron de su padre a su madre, y de su madre a él.

Hizo una pequeña pausa y continuó:

—Pero, según el testamento, Jonathan no puede heredarlo hasta... bueno, ya solo quedan unos meses. Hasta que cumpla veinticinco.

—Qué fuerte —musité.

También me parecía sorprendente que aquel chico me estuviera contando todo eso a mí, una absoluta desconocida. Pero aproveché para seguir indagando.

—¿Es normal en Estados Unidos no poder heredar hasta cumplir veinticinco años?

—No. Nada normal. Nadie se explica que su madre añadiera esta disposición antes de morir, siendo él ya mayor de edad, pero bueno. Johnny cree que es porque temía su falta de compromiso. Como si el tiempo fuera a hacerle sentar la cabeza o aclararle las cosas de alguna manera… No sé. Yo conozco a Johnny desde pequeño y no creo que vaya a cambiar mucho.

—¿Es un viva la vida o qué?

—Bueno, tampoco diría tanto… —dijo Alex. Se apartó el flequillo de un soplido y siguió—: Más bien defiende su libertad. El caso es que, de momento, mister Ruskin es el tutor legal de la herencia, el que se encarga de todo. Samuel el Regente, lo llama Johnny. Parece muy a gusto con el mando.

—De eso me he dado cuenta —murmuré.

Empecé a sentir verdadera curiosidad por todo aquel mundo de vínculos y propiedades, que era más complicado de lo que parecía. Como Alex estaba encantado de hablar, aproveché para preguntarle por el otro nombre que había dejado caer Jonathan.

—¿Sabes quién es Lucy?

—¿Lucy? —Alex se sonrojó—. Lucy es… ¡Es muy difícil definir a Lucy!

Me reí.

—Te lo pondré fácil: ¿es su hermana? ¿Es su novia…?

—No, no, no, no —dijo él, como si quisiera borrar esa idea de mi cabeza—. Viven juntos, pero no hay nada entre ellos. Lucy es muy especial —continuó con la mirada perdida en algún rincón del techo—. Es violinista. Viene los fines de semana a dar conciertos a Watermill.

Hizo una pausa, como si estuviera pensando en ella y deseara quedarse así para siempre. Finalmente concluyó:

—Te gustará Lucy.

—Por la cara que pones, seguro que sí. Pero creo que a ti te gusta más que lo que me puede llegar a gustar a mí —añadí con tono travieso.

Alexander se puso todavía más rojo.

—Es única, ya verás. Es albina. Tiene los ojos más increíbles del mundo. Son una mezcla entre rosa y morado. Yo…

—Estás absolutamente loco por ella, por lo que veo.

—¡Ja! —exclamó sacudiendo la cabeza como si quisiera negarlo, pero enseguida se encogió de hombros y lo reconoció—. La verdad es que sí. ¿Tanto se nota?

—Pues… lo siento, pero sí. Desde que mencioné su nombre, el suelo de la tienda se ha llenado de babas.

Soltó una carcajada y nos miramos con simpatía.

—Bueno, creo que este sábado la conocerás —dijo—. Suele tocar dos conciertos al día los fines de semana. A las doce y a las tres, en la plaza del Tejo. Si puedes, no te la pierdas. Merece muchísimo la pena. Toca como si la hubieran poseído. Como un ser mágico, un hada…

—Madre mía, Alex. Sí que estás colado por ella.

—Soy absolutamente objetivo —aseveró con la mano levantada, como si hiciera un juramento—. Ya lo comprobarás por ti misma.

Asentí con la cabeza.

—Bueno, sé que podrías estar hablando de Lucy hasta mañana, pero tengo que irme —le dije con media sonrisa mientras me quitaba el chal y lo colocaba con esmero en la cesta de mimbre—. ¿Me avisarás si alguien lo quiere comprar, para poder adelantarme antes de que sea tarde?

—¿El chal? Sí, claro. Déjame que piense… Podría decir que ese modelo es de exposición y que tengo que comprobar que esté a la venta. Mientras tanto, le pido a alguien que vaya a buscarte y lo decides. ¿Te parece?

—Te lo agradecería muchísimo —respondí—. Es que me encanta… Pero no debería comprarlo.

—Entonces puedes venir a ponértelo un rato todos los días. Y así charlamos.

—¡Trato hecho! —exclamé tendiéndole la mano.

Me la apretó, con un gesto teatral. Empezaba a sentir cariño por él.

—Vuelve mañana, ¿vale? Esto está tan solitario que empiezo a hablar con las ovejitas de fieltro.

—Descuida. Yo estoy igual en la escuela. Practico inglés de época con los maniquíes.

Me despedí de él y, con una cálida sensación por dentro, fui paseando hacia la taberna por la orilla del riachuelo. Así que aquellas margaritas y girasoles silvestres, aquel arroyo, la colina, el puente cubierto sobre el río, la escuela, la tienda, la taberna… todo iba a ser de Jonathan. Era difícil de creer. ¿Sería esa la razón por la que Abigail no dejaba de perseguirlo, aun después de que cortaran? ¿Lo quería por interés? A lo mejor no podía dejar de quererlo. O desearlo. O ambas cosas. Recordé sus ojos verdes, su sonrisa arrebatadora, su prestancia. A mí, desde luego, el día se me estaba haciendo el doble de largo de pensar en que en cualquier momento podría aparecer… y no lo hacía.

Al entrar en La Encrucijada miré disimuladamente a mi alrededor, por si estaba allí.

No.

La chica de la cofia me sonrió con amabilidad y me acerqué a pedirle una ensalada y un yogur con frambuesas. Esta vez me lo comí todo en la taberna. Confieso que tenía la secreta esperanza de que tarde o temprano apareciera Jonathan.

Pero no fue así.

De vuelta en la escuela estuve mirando por la ventana hacia la granja, a ver si lo veía. En vano. Quizá no hubiera ido aquel día al trabajo. Lo mismo estaba enfermo, después de haber galopado tanto tiempo bajo la tormenta.

Volví a recordar su cuerpo, con la ropa mojada. Sus brazos fuertes, su espalda bajo mis dedos, cuando me agarró por las caderas… Noté un pequeño mareo. ¿Cómo podía ser tan atractivo? Jonathan me provocaba cosas que nunca había sentido con tanta intensidad. Era como si tocara notas desconocidas en mi interior.

Recordé las palabras que me había dicho al oído en el río: «Desde que te encontré en el armario, siento que tú y yo debemos estar siempre a esta distancia». Me quemaban las mejillas solo de volver a aquel momento. «Cualquier otra me parece demasiado lejos».

Yo sentía absolutamente lo mismo.

—¿Dónde estás, Jonathan? —dije en voz alta, llena de deseo y a la vez de frustración.

Bart y Lisa me contemplaban en silencio.

Nadie respondió.

El jueves pasó igual que el miércoles sin él. Lento. Aburrido. Espeso como el barro de los caminos y el musgo a la orilla del arroyo. Dentro de la pequeña escuela, los versos de Antonio Machado volvían una y otra vez a mi cabeza: «*Monotonía de lluvia tras los cristales*». Porque llovió. Incansablemente.

De vez en cuando me metía la mano en el bolsillo y tocaba el botón de Jonathan, como para confirmar que todo había sido real. Que aquel hombre existía en alguna parte y podía volver a aparecer en el momento menos pensado. El botón me daba energía en las horas de tedio dentro de aquella caseta tan estrecha, sin el recurso del móvil, de internet, de escuchar música…

Mi único entretenimiento siguió siendo la lectura. La lectura y mi conversación con Alex.

Llegué a la tienda, me puse el chal morado y me quedé diez minutos allí, preguntándole cosas sobre Watermill y sobre su vida.

Alex era de origen nativo americano, y su cultura estaba llena de rituales y creencias desconocidas para mí, como la de los animales totémicos. Al parecer, eran espíritus vinculados a animales que te protegen, te transmiten mensajes del más allá y te guían en la vida. Según él, cada persona tiene un animal totémico. El suyo era un pájaro negro con manchas rojas en las alas, a la altura de los hombros. Tenía un nombre complicado que ya no recuerdo.

Después de charlar un rato, me fui a comer y volví a la escuela.

Acabé de leer a escondidas *Cumbres Borrascosas* y lo guardé en la vitrina para siempre, con sensación de alivio.

A la salida, fui conduciendo directamente a una librería que encontré en Google Maps y me compré un par de libros para leer sin sentirme culpable. Libros míos. *Jane Eyre* y una antología de poemas del romanticismo, para comprender mejor otros aspectos de la época en la que me pasaba tantas horas al día.

Al regresar a casa, bueno, más bien a mi desangelado apartamento, no volví a encontrarme con Fiammetta. Lo intenté, pasando por los espacios comunes varias veces en momentos distintos. Había otros compañeros de piso, pero no estaba ella ni nadie parecido a Ryan, el chico del que me había hablado y al que yo todavía no conocía.

Así que pasé la tarde leyendo los poemas del libro. Poemas llenos de pasión por la vida y por la libertad; poemas de unión con la naturaleza; poemas sobre un pasado mejor; poemas sobre lugares lejanos; poemas de amor…

El viernes llegué a Watermill más animada, porque era mi último día en la escuela. Además, hacía sol. Esa mañana pasaría por el jardín de hierbas y alguien me explicaría en qué iba a consistir mi trabajo de la semana siguiente.

¡Menos mal que existía ese sistema de rotación! Una semana más entre las cuatro paredes de la escuela y me volvería loca.

Cogí la llave de detrás de la maceta donde la escondía todos los días, pero, cuando la metí en la cerradura, vi que la puerta ya estaba abierta.

Estaba segura de que la había cerrado bien antes de salir la tarde anterior.

Asomé la cabeza con precaución y dije en voz alta:

—¿Hay alguien ahí?

No hubo respuesta. Pasé lentamente.

Miré debajo de las mesas y las vitrinas. Nada. Pero todavía quedaba el armario.

No estaba cerrado del todo. Me acerqué a él con cierto temor. Puse la mano en la rendija y abrí la puerta despacio.

—¿Hay alguien aquí? —repetí con un hilo de voz.

La puerta se abrió por completo y allí, apoyado contra la pared, estaba Jonathan.

—Te estaba esperando —dijo con una sonrisa—. El armario no es lo mismo sin ti.

Después de tanta tensión, solté una carcajada.

—Pasa —me invitó, tendiéndome la mano.

Puse mi mano en la suya, pero me hice un poco de rogar.

—No sé… Es muy estrecho…

—Es la distancia perfecta entre tú y yo —respondió, tirando de mí.

Entré y cerró la puerta.

Nos miramos un segundo en silencio, en la oscuridad. Noté el ritmo de su respiración. La mía comenzaba a acelerarse.

Levantó la palma de mi mano y la besó como la última vez.

—Cómo he echado de menos este hueco.

Sentí un escalofrío de placer que me recorrió entera.

—Hoy es el día en que me dices tu nombre —susurró.

Conseguí recomponerme.

—Te equivocas. Fue el miércoles, pero no estabas. Y luego el jueves, pero tampoco estabas…

Se rio, levantando la cabeza.

—No me encontraba bien. Tengo un vacío en el pecho —dijo señalando el lugar donde antes estuvo su botón.

—A lo mejor es que te falta el corazón —repliqué con picardía.

Se rio de nuevo.

—Lo que me falta es que cumplas tu promesa.

—Espera… —repuse, pensando a toda velocidad—. Vamos a hacer como en los cuentos. Tienes tres oportunidades para adivinarlo.

—¿Tres oportunidades?

—Ajá.

—¿Y si no lo consigo?

—Si no lo consigues… —repetí, dubitativa—. Si no lo consigues… ¡tendrás que darme otra prenda tuya!

—Mmm… interesante. Tú lo que quieres es quitarme toda la ropa. ¿Y si lo consigo? ¿Qué me darás? ¿A tu primogénito? Empiezo a pensar que las españolas sois un poco especialitas.

—¡Ja! No culpes a las españolas de mis cosas. No, no te daré nada. Dejaré que me llames como tú quieras. Aceptaré el nombre que me quieras poner.

—¿Sabes qué es lo gracioso? —dijo, entrelazando sus dedos con los míos—. Seguro que ahora mismo hay más de diez personas en Watermill que saben cómo te llamas. No me costaría nada ir a preguntarle, no sé, a Rose, la camarera…

—Te equivocas. Le he dado a todo el mundo mi otro nombre. Además, eso sería hacer trampas. Con trampas no se…

En ese momento oímos que la puerta de la escuela se abría con un chirrido. Nos quedamos callados. Unos pasos se acercaron con lentitud hacia el centro de la sala, haciendo crujir la madera del suelo.

¿Turistas? Todavía era pronto. ¿Algún trabajador de Watermill? ¿Abigail? ¿Mister Ruskin?

Me apreté contra Jonathan instintivamente. Estaba tensa y preocupada, pero él parecía divertido con mi actitud.

Quienquiera que fuese, se quedó parado unos instantes. Luego el parquet volvió a crujir, como si el recién llegado se alejara de nuevo hacia la puerta. Oímos cómo se abría y se cerraba tras él. O tras ella.

—Será mister Ruskin —dije en voz baja—. A lo mejor me está buscando. Me voy a meter en un lío como no salga pronto del armario. No quiero que piense que he llegado tarde o que no estoy en mi puesto.

—No te preocupes —susurró Jonathan—. Por su forma de andar, creo que era Abigail.

Me sorprendió su comentario.

—Qué bien la conoces —comenté, levantando la vista para observar su reacción—. Esa chica realmente te quiere —añadí—. El primer día me advirtió que no me acercara a ti. Que eras suyo.

—¿Cómo? —preguntó Jonathan abriendo los ojos de golpe y frunciendo el ceño—. No me lo puedo creer…

Apoyé la cabeza en su pecho, amplio y fuerte. De alguna manera sentía que el vínculo que había entre él y yo era mayor que el que podía tener con aquella Abigail.

Me rodeó con los brazos.

Un momento, ¿me estaba enamorando? Hasta ahora lo que sentía era deseo, pero después de varios días sin verle… ya no lo tenía tan claro. El alivio que notaba al estar allí con él era más que puro placer físico. Era… no sé. Como un descanso para el corazón.

Levanté la cara y nos miramos fijamente. Sus labios estaban tan cerca de los míos… ¿Sería yo la que debía dar el paso?

Pero ¿a quién quería engañar? Estaba con él dentro de un armario. ¡Me estaba abrazando! ¿Para qué hacerme más la dura? ¿Qué sentido tenía no besarle?

Me puse de puntillas y lo hice. Lo besé.

Y fue el beso más lento y delicado que había vivido nunca. Sentí como si el alma entera se me volcara en aquel roce, en la presión de sus labios, en su encuentro.

La cabeza me dio vueltas. Apoyé la frente sobre su pecho.

—Guau… Los americanos sí que sabéis cómo besar —susurré para quitarle importancia y recuperar el aliento.

—No culpes a los americanos de mis cosas —dijo él con mis palabras de antes—. Pero ese beso ha sido tuyo —continuó—. Este es el mío.

Entonces me besó él a mí. Y ahora ya sí que no sé cómo describirlo. Fue como si me agarrara el corazón con los labios y me llevara cielo arriba. Y tuve visiones de bosques. Y tuve visiones de ríos, de amplias praderas, de carreteras secundarias con aires de libertad y de hogueras ardiendo en la noche. Aquel armario se me volvió inmenso, inabarcable.

«Cuanto la vista alcanza», me dije, recordando las palabras de Alex. Jonathan era el dueño de todo. Y dentro de ese todo, de ese horizonte abierto, envuelta en el paisaje y en su abrazo, también estaba yo.

Wake the serpent not – lest he
Should not know the way to go [...].

No despertéis jamás a la serpiente,
por miedo a que ella ignore su camino [...].

Percy Bysshe Shelley

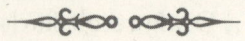

7

Flores son amores

El jardín de hierbas era un pequeño paraíso. En treinta metros cuadrados cabía un universo de flores, hierbas aromáticas y medicinales. El perfume que te invadía al llegar era embriagador. De alto voltaje.

No pude evitar pararme un momento y cerrar los ojos para disfrutar de aquella sensación, unida con el gusto de sentir los rayos de sol sobre mi piel.

Esa mezcla de aromas naturales era muy familiar para mí, porque mi madre tenía un herbolario, y algunos de los ungüentos que vendía los elaboraba ella misma con hierbas que me había enseñado a recoger. Mi infancia estaba llena de paseos por el campo, aprendiendo nombres de plantas y sus propiedades. Y todo aderezado con leyendas y cuentos sobre algunas de ellas.

Miré a mi alrededor y reconocí muchas aquí, en Watermill. Eso me llenó de emoción. Pero no pude quedarme ensimismada mucho más. Enseguida se acercó a mí una chica con un vestido de color rosa palo y me empezó a explicar las diferentes zonas del jardín y el uso que le daban a las plantas en el siglo xix.

La chica se llamaba Louise. A partir del sábado yo tendría su papel, el de jardinera, y metida en ese personaje les enseñaría el lugar a los turistas.

Había un área con plantas y flores tintóreas, que servían para teñir la ropa: la salvia para el verde, la vara de oro para el amarillo, la rubia para el rojizo... Debía recolectarlas diariamente y llevarlas a la cabaña de la tintorería, donde la persona encargada demostraría a los visitantes el proceso de teñir la lana en vivo, en grandes barreños. Algún día me tocaría hacer eso a mí también.

Había una zona dedicada a la medicina natural, remedios que, según la dosis, también podían ser venenos. Las plantas de esta área las conocía casi todas. Había otro bancal para las hierbas que servían de condimento: perejil, tomillo, menta...

Pero también había una zona reservada a la literatura.

—Mira, esta sección está dedicada a las cuatro hermanas de *Mujercitas* según la personalidad de cada una —me explicó Louise—. Es tal y como se describe su jardín en el libro.

Estaban las rosas y heliotropos de Meg, la hermana mayor, y los girasoles de Jo, la escritora. Había pensamientos y hierba gatera para Beth, la hermana que enfermaba, y sus gatitos. Y para la pequeña Amy, que quería ser pintora, plantas trepadoras llenas de color, como las campanillas y las madreselvas.

Me quedé pensando qué flor elegiría yo si alguien me dedicara un jardín. ¿Cuál me definiría mejor? Aún no lo tenía claro.

Entonces Louise me explicó sus significados simbólicos y me dejó un pequeño libro de bolsillo sobre el lenguaje de las flores. Lo que quería decir en el siglo xix que alguien te regalara rosas blancas o amarillas, o camelias, o nomeolvides...

Ya había oído alguna vez hablar de las nomeolvides, pero aquel día fue la primera vez que supe que había una flor llamada nometoques. *Touch-me-not.* De la familia de las mimosas.

El recinto estaba rodeado por una valla de madera, y a un lado había un pequeño cobertizo donde podía refugiarme si llovía o si necesitaba un poco de sombra. Además, a la izquierda del cobertizo había un árbol frondoso.

—Es el árbol del amor —me dijo Louise—. Sus hojas tienen forma de corazón.

—El árbol del amor… —repetí, acariciando el tronco. Lo conocía de España. Era muy llamativo. Recordé las flores de color rosa fuerte que daba en primavera.

—También se lo conoce por otro nombre: el árbol de Judas.

—Tiene sentido —murmuré con un pequeño estremecimiento. Qué cerca estaban a veces el amor y la traición.

Bajo el árbol, una mecedora blanca me esperaba para los ratos de descanso.

—Una de las ventajas de trabajar en el jardín —continuó Louise— es que vas a ofrecer limonada gratis a los turistas, y tú también podrás tomarte una de vez en cuando. Limonada casera, por supuesto —añadió—. Rose, la camarera, se encargará de traértela.

Entre el sábado y el viernes siguiente yo me ocuparía de mantener el jardín sano y cuidado. Mi guía me explicó qué flores y hojas debía recolectar, qué malas hierbas arrancar y qué plantas requerían más riego o atención que otras.

El jardín me iba a tener entretenida. Menos mal…

La verdad es que, después de pasar toda una semana entre las estrechas paredes de la escuela, aquel espacio me parecía inmenso. Un sueño lleno de posibilidades.

Volví a mi puesto algo cabizbaja. Me habría quedado allí tan a gusto a pasar el día al aire libre, pero aún me quedaban varias horas que cumplir como maestra de escuela.

Sin embargo, me animé en cuanto entré. El recuerdo de Jonathan me asaltó con tanta intensidad que me empezaron a arder las mejillas. Hacía menos de tres horas que había estado entre sus brazos, dentro del armario.

Pensando en él, me acerqué y lo abrí. Estaba vacío, pero en su aroma de madera todavía flotaba el olor de Jonathan. Sus palabras; su forma de buscar mi mirada y mi cintura en la oscuridad; su beso, que le había dado veinte vueltas a todos los besos que había recibido hasta entonces.

De pronto, me fijé en que había algo en el suelo.

¡Una caja!

Una caja de cartón con un lazo azul. Muy bonita, parecía de regalo. Me dio un vuelco al corazón. ¿La habría dejado él para mí? ¡Seguro que sí! Con ilusión, la levanté. Tenía un diseño clásico y elegante: rayas azules y blancas. Podría valer tanto para el siglo XIX como para el XXI.

Decidí sentarme en la silla y abrirla con calma. Tenía todavía mucho tiempo por delante y quería saborear el momento.

La puse sobre mi falda y deshice el lazo.

Y entonces, cuando quité la tapa, ¡apareció de golpe una serpiente!

Se enderezó con agresividad y comenzó a sisear, apuntándome con su lengua bífida.

Del susto, solté un grito y me levanté. La caja cayó al suelo. La serpiente salió y se acercó a mí con rapidez, haciendo eses hacia mi falda. Yo seguí dando gritos y me subí a la silla.

Levantó su cabeza de reptil y me observó atentamente. Dejé de gritar y la miré también a los ojos. Trepar hasta mis pies no sería una tarea difícil para ella, pensé.

Pero torció la cabeza, buscando una salida.

Las dos nos fijamos en la puerta de la escuela. Estaba cerrada. No vi ningún agujero por el que la serpiente pudiera escapar. Para abrirle la puerta, iba a tener que bajar de la silla y dar dos o tres pasos. O correr. O saltar.

Valoré las opciones. ¿Debía hacerlo deprisa? ¿La asustaría mi velocidad? Mejor no hacer movimientos bruscos que la incitaran a atacarme…

Me quedé muy quieta más o menos un minuto, bajo su penetrante mirada. Al final de aquel minuto se relajó un poco. Había solo medio metro entre ella y yo. Lentamente fui bajando la pierna a un lado de la silla. La víbora, frente a mí, me contemplaba sin hacer ningún gesto. Al ver que no reaccionaba mal, bajé la otra pierna.

Me quedé inmóvil otro minuto más. Arrastré con suavidad un pie hacia la puerta, a mi derecha.

La serpiente no se sintió amenazada. En realidad, no tenía por qué estarlo: me estaba alejando de ella. Avancé también con el otro pie hacia la puerta y levanté de nuevo el pie derecho. Si me inclinaba un poco, podía llegar a tocar el mango. Estiré el torso y lo agarré con la punta de los dedos.

Abrí la puerta despacio y el sol dorado de la tarde bañó el cuerpo de la serpiente. Había que reconocer que era muy bonita. Sus líneas verdes y amarillas formaban un patrón lleno de belleza. Levantó la cabeza hacia la luz y, con cautela, decidió avanzar hacia ella.

—Así es, muy bien —dije en voz baja, en español—. Adiós, amiga. Y no vuelvas.

En cuanto la punta de la cola acabó de cruzar el umbral, cerré la puerta y respiré hondo.

—¡Lagarto, lagarto! —repetí después, agachándome para tocar la madera del suelo. Intento no ser supersticiosa, pero… estaba un poco superada con lo que acababa de pasar.

¿Quién me había dejado aquella víbora en el armario? ¿Había sido a propósito? Qué tontería. ¡Por supuesto que sí! Y estaba claro quién era la única persona que podía haber hecho algo así. Ya me había dado a probar una muestra de su veneno.

Abigail.

Me había prohibido acercarme a Jonathan y la había desobedecido. Pero ¿cómo lo sabía? ¿Nos había visto en algún momento? ¿Era ella la que había entrado en la escuela por la mañana? ¿Había sospechado que estábamos en el armario? Pero, entonces, ¿por qué no había abierto la puerta? Habría sido la humillación perfecta.

Aunque, si lo que decía Jonathan era verdad, no teníamos nada de lo que avergonzarnos. Él era libre y yo… ¡yo también!

Resoplé con desdén y me aparté un mechón negro de la cara.

Abigail pudo haber abierto la puerta del armario, sí, pero la venganza de la serpiente seguro que había sido mucho más satisfactoria.

Desde luego, el susto ya no me lo quitaba nadie. Había sido insuperable. Y más todavía por la ilusión de esperar un regalo y encontrarme de golpe con aquel peligro tan cerca, en mi regazo, casi entre las manos.

Sentí que la vergüenza y el odio me empezaban a inundar.

«Tienes que estar por encima de esto, Valentina —me dije—. No te pierdas». Pero la furia se apoderó completamente de mí. ¿Quién se había creído que era esa chica?

«Tranquila, tranquila… Necesito pensar con claridad —reflexioné—. ¿Debería ir a buscarla y encararme con ella?».

Sabía exactamente dónde estaba. En la herrería. Al día siguiente la cambiarían de puesto, igual que a mí. Pero todavía debía de encontrarse allí.

¿Y si se lo comentaba a Jonathan y que fuera él mismo quien lo resolviera? Después de todo, había sido por él.

Quizá debía pensármelo mejor y decidir qué hacer con un poco más de calma. «La venganza es un plato que se sirve frío», decían en *El Padrino*.

Inmediatamente me acordé de Fiammetta, mi amiga italiana. Seguro que hablando con ella podría ver las cosas con más distancia y decidir qué hacer. Pero ¿y si no coincidía con ella en semanas? Podía ir a buscarla a la tienda de móviles donde me había dicho que trabajaba.

Ojalá que siguiera abierta a las cinco y media.

Tendría que averiguarlo.

Salí de Watermill con la sensación de ir a la conquista del espacio. Cada vez me iba acostumbrando más al ritmo lento del pueblo, a no ver luces fosforescentes ni escuchar pitidos o sonidos electrónicos durante muchas horas seguidas. Así que meterme en el coche fue un poco como entrar en una nave espacial.

Además, la idea de ir a la aventura y ponerme a deambular por Worcester no me encantaba. Había visto demasiadas películas americanas, es verdad. Aparte, mi contacto con la realidad a través de las noticias del coche era siempre negativo: un asalto a mano armada en la gasolinera de al lado, violencia entre bandas callejeras... Las sirenas de policía y de las ambulancias por Main Street, donde estaba mi apartamento, parecían confirmar el peligro, sonando a todas horas.

Decidí no bajarme del coche y di un par de vueltas por el barrio hasta localizar la tienda. Cuando por fin la encontré, conseguí aparcar en la misma manzana y me acerqué a la entrada.

Con su luz blanca y fría de oficina al menos transmitía sensación de seguridad. Las puertas se abrieron solas, invitándome a pasar. Miré a derecha e izquierda y enseguida la vi. Ahí estaba Fiammetta, delante de un ordenador, mandando mensajes por el móvil. Debía de estar disfrutando de un tiempo muerto.

—*Little Fire!* —exclamé con alegría.

—*¡Mi amiga!* —dijo ella en español, extendiendo los brazos y poniéndose en pie de golpe para abrazarme. Tenía mucha agilidad y un cuerpo atlético.

—¿Cómo estás? Hace tiempo que no te veo por el piso.

—Ryan está de viaje. Ha ido a ver a su familia a Carolina del Norte. Me avisó cuando ya se había ido, por un mensaje de móvil. No sé yo si va a durar mucho lo nuestro —añadió con aire preocupado. Levantó la mirada y clavó en mí sus ojos negros, intensamente perfilados de kohl—. ¿Y tú, bella española? ¿Qué tal estás? ¿Le diste un nombre falso a tu caballero andante?

Me reí.

—No. Al final le di tres oportunidades para que averiguara mi nombre verdadero —le conté—. Pero... he venido a verte porque me gustaría saber lo que piensas de otra cosa. Vengo a pedirte consejo.

—Siéntate —me dijo, invitándome con la mano a sentarme en una silla rotatoria de diseño—. De momento la tienda está muy tranquila. Ya es la hora de cerrar.

—Verás... Te hablé de Abigail, ¿verdad?

—Sí. Su ex.

—Pues… es que hoy ¡me he encontrado una serpiente! ¡Metida en una caja de regalo! Y creo que ha sido ella.

Se tapó la boca con la mano, asombrada.

—¡No…! *Che stronza!* —exclamó en italiano. Nada bueno, supuse—. ¿Para marcar territorio?

—Sospecho que sí.

—¿Y qué piensas hacer?

Reflexioné un momento.

—A ver… No estoy cien por cien segura de que haya sido Abigail, pero ¿quién si no? Supongo que podría ir a buscarla y enfrentarme con ella.

—O podrías devolverle el regalito —propuso Fiammetta con sonrisa pícara—. ¿Un escorpión?

—Un ramo de nometoques —pensé en voz alta—. No, no lo entendería…

—¿Te refieres a flores? —me preguntó—. Yo pensaría más bien en… ¡tarántulas!

Solté una carcajada.

—Ojalá pudiera, pero no —dije negando con la cabeza—. Yo no soy así. Estaba dudando sobre si contárselo a Jonathan y que lo solucione él. O… incluso no comentar nada. Si pasan los días y Abigail ve que sigo normal, como si nada hubiera pasado, quizá se reconcoma.

—Mi abuelo decía siempre: «Contra tus enemigos, la mejor venganza es vivir bien». No te creas, en un país como el mío, y más todavía viviendo en Calabria, tuvo que enfrentarse a cosas muy duras. —Pareció perderse en otro mundo durante un momento—. Pero no empleó violencia contra violencia. Se mantuvo fiel a sus principios —acabó con firmeza.

Le sonreí.

—Me gusta tu abuelo, Fiammetta. Creo que voy a hacer lo que dices. Disimularé. Haré como que no ha ocurrido nada. Aunque quizá, si surge la conversación, le cuente a Jonathan lo que ha pasado. Le vendrá bien saber con quién se las está viendo.

De pronto, Fiammetta me cogió la mano y, mirándome a los ojos, me dijo:

—Valentina, cuenta conmigo para cualquier cosa que necesites. —Luego añadió con cierta melancolía, supongo que pensando en Ryan—: Por si no vuelves a encontrarme en el piso, este es mi teléfono.

Garabateó su número en un papel y me lo dio. Yo le escribí también el mío.

—Guarda bien mi paquete de café. ¡Protégelo con tu vida! —bromeó.

—Lo haré —le prometí entre risas.

Antes de salir de la oficina, me paré un momento y la miré con gratitud.

—Italia y España… —dije.

—… ¡siempre unidas! —terminó ella la frase.

We are the music-makers,
And we are the dreamers of dreams [...].

Nosotros somos los que hacemos la música,
y somos los que soñamos los sueños [...].

ARTHUR O' SHAUGHNESSY

8

Lucy

E l sábado me levanté con ilusión. ¡Hacía sol otra vez! A partir de ese día iba a ser Eliza, la jardinera de 1830. Watermill volvería a llenarse de visitantes y me pasaría la mayor parte del tiempo disfrutando del aire libre y hablando con la gente. ¿Podía haber algo mejor? ¡Sí! ¡Seguro que me encontraría con Jonathan en algún momento! Y él intentaría adivinar mi nombre.

Me desperecé con placer. Miré en la mesilla de noche el botón de su chaleco, lo cogí y lo acaricié. De pronto, recordé a Abigail, pero intenté expulsarla rápidamente de mi cabeza. El día era demasiado prometedor para dejar que ella lo estropeara.

Iba a necesitar fuerzas para hablar en inglés todo el día con tanta gente, así que tomé un buen desayuno. Después cogí el coche y conduje hasta Watermill cantando en voz alta.

Al llegar, pasé por los tornos con mi vestido en la bolsa. Nada más poner el pie en el paisaje verde de Watermill me invadió una sensación muy fuerte de alegría. Había llegado un poco más pronto de lo habitual. La luz dorada de las primeras horas del día pasaba entre las ramas y caía sobre la hierba, salpicada de gotas brillantes de rocío, como si fuera mágica. Olía a tierra fresca, a flores, a aire limpio…

«Mañana vendré vestida de época directamente», pensé.

Muchos compañeros lo hacían. Jonathan y Alex entre ellos. Seguro que para ganar tiempo. Pero yo lo había decidido por una razón de más peso. Quería que Watermill durara más. Que toda esta belleza comenzara antes. Que le quitara minutos a la ciudad, al siglo XXI, a los coches… y se fuera extendiendo dentro de mí. A pesar de que tenía sentimientos contradictorios con el vestido (¡seguía sentándome fatal!), ponérmelo en mi piso sería como estar ya un poco aquí.

Caminé un trecho por la orilla del riachuelo y me desvié por el camino de tierra para llegar al jardín de hierbas. Ahí estaba mi mecedora blanca, aguardándome deliciosamente a la sombra. Pero, al acercarme, me fijé en que había algo sobre ella.

Me puse a la defensiva de inmediato. Después de la experiencia de la serpiente, no sabía qué esperar. Me acerqué a la mecedora poco a poco, pero enseguida reconocí lo que era: ¡un ramo de girasoles!

Eran de una variedad silvestre, más pequeña y sencilla, que florece a final del verano. «Adoración» en el lenguaje de las flores, como descubrí más tarde.

Los recogí con emoción y hundí el rostro en ellos. Estaban llenos de rocío. Debían de ser de los que crecían en las orillas del río. Al levantarlos, me fijé en algo que había entre los tallos: un pequeño sobre. Estaba húmedo. Tenía el encanto de las cosas del siglo XIX. Lo levanté con el corazón acelerado y lo abrí. Dentro, con letra firme y masculina, una sola palabra.

Sonreí. Era el primer intento de Jonathan para adivinar mi nombre.

¿Lola?

Seguro que había buscado en internet *Typical Spanish names*.

Ahora yo tendría que responderle que no, que no era Lola.

Pero ¿de dónde había sacado esos sobres? No los había visto en la tienda.

Miré a mi alrededor, por si Jonathan todavía estaba cerca.

Pero no había nadie. Solo pájaros. Muchos pájaros, que llenaban el aire de alegría.

De música.

O tal vez esa música saliera de mi interior.

A las diez abrieron las puertas a los turistas y Watermill Village comenzó a llenarse de gente. De diez a once, de forma moderada. A las once, un goteo constante de parejas y familias recorrían con curiosidad todos los rincones. Era sábado y había salido el sol, así que medio Massachussets debía de haber tenido la misma idea de visitar el pueblo.

Estuve las dos primeras horas tremendamente ocupada. Era motivador ver cómo las plantas y las flores interesaban tanto a los adultos. Claro que muchos de ellos tenían jardín propio. Incluso algunos sabían más que yo de esos temas.

—¡Caracoles! —exclamé al ver que había varios en una de las plantas.

—¿Sabes un buen truco contra los caracoles? —me dijo un padre de familia que venía con sus dos hijos.

—La verdad es que no —confesé.

—Deja una pinta de cerveza en el huerto antes de irte a dormir. A la mañana siguiente, tendrás la cerveza llena de ellos.

—¡Les encanta, pero no saben nadar! —añadió su mujer, explicándoselo a los niños.

—Seguro que la cerveza les da mejor sabor... —se me escapó espontáneamente.

Todos se me quedaron mirando, como si hubiera dicho que comía cucarachas.

Al no poder dar explicaciones ni hablar de mi verdadera yo (se suponía que era de Massachusetts, no de una zona de España donde comer caracoles era normal), me inventé que en el siglo XIX no le hacían ascos a comer de todo. ¡Vete a saber si era verdad!

Enseguida me di cuenta de que lo mejor que podía hacer era cuidar mis palabras y aceptar con agradecimiento toda la información que me aportaba la gente. Y, poco a poco, ir incorporándola a mis charlas.

«Al final de la semana, voy a saber más de plantas que mi madre…», pensé. Y deseé con todo el corazón enseñarle alguna vez este lugar. Lo disfrutaría como nadie.

La echaba de menos. Con el tiempo se había acabado convirtiendo en una de mis mejores amigas.

A las doce, una música alegre me distrajo de lo que estaba haciendo. No muy lejos de allí, en una plaza ajardinada, se había reunido una multitud.

—¡El concierto! —exclamó la señora mayor con la que estaba hablando de hierbas medicinales—. Perdona, encanto, ¿te importa si vamos a verlo ahora y luego volvemos?

Sonreí.

—No, no se preocupe, vaya con su marido. De hecho, a mí también me gustaría ir.

Todos los turistas que estaban por mi zona se dirigieron hacia allá, así que los acompañé. Llegué a la plaza y me asomé entre la gente. En el centro, debajo de un gran tejo, había tres músicos: uno con una guitarra, otro con un tambor, y… una violinista.

La violinista era… ¿cómo describirla? La chica más originalmente atractiva que he visto jamás. Alex tenía razón. No me extraña que hubiera perdido la cabeza por ella. De hecho, ahí estaba mi amigo, en primera línea, dando palmas al ritmo de la música.

Lucy era albina, sí. Con la piel y el pelo tan claro que parecía que brillaba. Al interpretar el papel de artista ambulante no tenía que ir vestida de puritana. Podía lucir sin censura los tobillos y su cintura de avispa. Llevaba una falda de vuelo, con picos, hecha de retales de colores. Tenía los brazos y el cuello llenos de pulseras y colgantes que giraban en el aire, tintineando, conforme bailaba y tocaba alegremente el violín.

Verla moverse era hipnótico. La gente la contemplaba con fascinación y le hacía fotos y vídeos. Yo misma me puse a aplaudir al ritmo de sus melodías.

Al no tener móvil ni ordenador durante la mayor parte del día, escuchaba muy poca música, y aquel rato fue como estar en el cielo. Deseé poder absorber aquellas notas con todos mis sentidos. Eso me hizo comprender de golpe lo que debía de significar antiguamente para la gente de los pueblos, volcada en el trabajo del campo, recibir la visita de los músicos o de los teatrillos ambulantes.

De pronto, me quedé congelada. En el corro estaba Abigail. Reconocí su vestido marrón verdoso.

Me eché hacia atrás y bajé un poco la cabeza para esconderme entre la multitud. No me apetecía nada tener un enfrentamiento con ella. Y menos, en ese momento tan bonito.

Pero saber que Abigail estaba allí me estropeó el espectáculo. Poco a poco me fui alejando del corro y decidí volver a mi jardín.

Estuve un rato más en él, escuchando el concierto a lo lejos hasta que acabó. Entonces Alex vino a buscarme corriendo.

—¡Ven, Eliza! ¡Vamos a La Encrucijada! ¡Te presentaré a Lucy!

Su entusiasmo era contagioso. Miré a mi alrededor y, como todavía no había vuelto nadie, exclamé:

—Venga, ¿por qué no?

En algún momento tendría que hacer la pausa para comer.

Le di la mano y, sujetándome la capota con la otra, nos fuimos corriendo juntos.

Cuando llegamos a la taberna, Lucy ya estaba allí con los demás músicos.

—¡Alexander the Great! —gritó, dando un salto sobre él.

—¡Lucy! —exclamó Alex dejando caer rápidamente mi mano y abrazándola, con todas sus ganas.

Cuando acabó el abrazo (que duró bastante más de lo normal), me presentó:

—Esta es mi nueva amiga Eliza —dijo con orgullo.

Lucy me abrazó con alegría a mí también. Era lo que se dice una *hugger*.

—¡Encantada de conocerte, Eliza! Jonathan me ha hablado mucho de una chica «sin nombre» que ha llegado hace poco a Watermill. —Me guiñó un ojo—. ¡Debes de ser tú!

Me puse colorada enseguida. Se me había olvidado que Jonathan era su compañero de piso. ¿Cómo podía vivir con Lucy y no quedar fascinado por ella? Desde luego, si yo fuera él no tendría ojos para nadie más.

—A mí también me han hablado muy bien de ti. —Hice un gesto hacia Alex—. ¿Es Lucy tu verdadero nombre? ¿O te lo han cambiado para estar aquí?

—No. A mí no me cambia nadie.

La miré con admiración. Toda ella derrochaba carisma, belleza, originalidad, simpatía… Era preciosa.

Sentí una punzada de celos. ¿De verdad Jonathan no sentía nada por Lucy? ¿Podían estar viendo una serie en pijama, codo con codo, y que no pasara nada entre los dos?

En ese momento me di cuenta de que no podía imaginarme a Jonathan en pijama. Ni delante de una televisión. Lo había visto siempre vestido de época, con chaleco y camisa de mangas amplias. Y esa ropa le daba mucha presencia. ¿Me gustaría Jonathan en pijama? ¿Y en calzoncillos? De pronto sentí una oleada de calor y me abaniqué con la mano sin darme cuenta.

—¿Tienes calor? —me preguntó Lucy mientras Rose le daba un cuenco con crema de almejas.

—Ajá —asentí, sonrojándome.

Pedí lo mismo para comer, pero al coger mi cuenco me fijé en que la pobre Rose tenía en las manos un terrible sarpullido. Era como el que me había salido a mí hacía años, en temporada de exámenes. Rose debía de tener ansiedad o estrés. Desde luego, el trabajo de camarera era uno de los más agobiantes que había, sobre todo en las horas punta. Pero ¿se podía estar estresado en Watermill?, me pregunté. Eché una ojeada a mi alrededor y obtuve la respuesta enseguida. Había mucha gente en la taberna y pocos, muy pocos camareros.

Dejé paso rápidamente al siguiente en la cola y Alex, Lucy y yo buscamos algún hueco en las mesas donde sentarnos juntos.

Conseguimos hacerlo en una mesa larga junto a otros turistas.

Probé mi crema. ¡Estaba deliciosa! Era un plato muy típico de Nueva Inglaterra que solo preparaban los fines de semana, como algo especial. *Clam chowder* se llamaba. Tenía nata, almejas, picatostes…

Después contemplé a Lucy otra vez: sus adornos, sus pulseras…

—¡Qué bonitas! —exclamé de buen humor, y añadí, sorprendida—: ¿Esto es de plástico? —Levanté una ovejita que llevaba colgada de la muñeca, atada con un hilo.

—Shhh… —me susurró—. Nadie se ha dado cuenta hasta ahora. Guárdame el secreto. Me encanta romper las normas. Cada día que vengo rompo una —añadió con cara de niña traviesa. Acarició la ovejita de plástico y explicó—: La encontré tirada en un parque.

—Ha sido muy divertido cuando vino el alguacil a parar el concierto —intervino de pronto una turista con sobrepeso que estaba sentada a mi lado—. «¡Bailarina promiscua!», gritaba el hombre. Os lo debéis de pasar muy bien en Watermill Village —dijo con una risa que recordaba a un cascabel.

Lucy, Alex y yo nos miramos. Me sentí parte de un equipo. Afortunada.

—La verdad es que sí —asintió Alex.

—Pero yo solo vengo a tocar los fines de semana. El resto del tiempo hago otras cosas —comentó Lucy con desapego.

Mientras aquella turista nos hablaba de lo mucho que le gustaba la música y de los instrumentos que tocaban sus hijos, me di cuenta de algo: había una enorme diferencia entre el aspecto del personal de Watermill y el de los visitantes.

Miré a mi alrededor en la taberna. Efectivamente. Todos los que iban vestidos de época eran blancos y de composición atlética o delgada. La variedad de rasgos, de tallas y de tonos de piel que había entre los turistas destacaba por su ausencia entre nosotros. Además, hasta ahora no había visto a nadie en Watermill mayor de treinta años, aparte del propio mister Ruskin, que debía de rondar los cincuenta y tantos. En su selección de personal se veían claros sus gustos estéticos, bastante cuestionables.

¿Era consciente Jonathan de todo esto? ¿Sería parte de su desagrado por la manera que tenía mister Ruskin de gestionar su patrimonio?

Cuando la turista volvió a hablar con su familia y dejó de prestarnos atención, aproveché para preguntarle a Alex si había alguien en Watermill mayor de treinta.

—Bueno, déjame que piense. Sí, miss Milton, que lleva viviendo toda la vida en la casita que hay junto a la granja. Tiene un contrato especial de arrendamiento, desde la época de sus abuelos o tatarabuelos. Pero creo que es la única. —Se quedó un segundo pensando—. Sí. Definitivamente. Es curioso, nunca lo había pensado.

—En cuanto dejan de ser jóvenes, mister Ruskin... —susurré, haciendo un ademán como de cortarles la cabeza.

—¡Mister Ruskin los pone de patitas en la calle! —comentó Lucy con desprecio, en voz bien alta—. Han dejado de ser «estéticos», adornos bonitos para este «escenario incomparable».

Hablaba con mucha libertad e ironía. Se notaba que aquel trabajo no era fundamental para ella. Al menos, no lo suficiente como para morderse la lengua.

Aunque tal vez no hubiera nada por lo que Lucy se mordiera la lengua.

—Me caes bien —le dije.

—Y tú a mí —me respondió con una sonrisa—. Si no existieran los hombres... y me gustaran las mujeres, estaría loca por ti.

Bajé la mirada con timidez, pero después la miré directamente a los ojos y afirmé:

—Es mutuo.

Enseguida intervino Alex, chasqueando los dedos entre las dos.

—Ejem… Señoritas… ¡Que estamos en público! —añadió, llamando la atención sobre sí mismo—: Y los hombres existimos, ¡sobre todo yo!

Lucy y yo nos reímos, y ella le pasó el brazo por el hombro para tranquilizarlo.

—No te preocupes, Alex. Los hombres me gustan demasiado. Y tú más. *Perdono*, Eliza —me dijo con una risita, intentando hablar en español.

Hice un gesto para restarle importancia. De hecho, confieso que me costaba bastante quitarme a Jonathan de la cabeza. No había sabido nada de él desde el amanecer, cuando me dejó los girasoles y la carta.

Reuní valor y les pregunté, de manera casual:

—¿Sabéis dónde está Jonathan? Debe de tener mucho lío hoy, ¿no?

—¡Uf, no te imaginas! —dijo Alex, pinchando con el tenedor un par de patatas asadas—. Esta semana está haciendo turnos entre la tienda y la herrería. Dos de las atracciones preferidas de los visitantes: los regalos y el fuego. Creo que este fin de semana no va a tener un respiro.

—¿Y a ti, dónde te ha tocado, Alex?

—Yo estoy haciendo barriles, enseñando cómo se comban las tablas… Es muy entretenido. Y en general, tranquilo. Se nota que a la gente no le interesa tanto como otras cosas. Pásate entre semana y te enseñaré curiosidades. Hay un tipo de madera, la de roble rojo, que si la metes en un cubo de agua y soplas por el extremo, ¡salen burbujas! Es como una pajita. Los niños alucinan con eso.

—Yo también alucinaría —me reí—. Descuida, que lo haré. Me pasaré a verte. A mí me ha tocado en el jardín de hierbas, y por ahora estoy muy contenta.

—¡Qué bien! —comentó Lucy—. Porque son unas cuantas horas sin moverse de ahí, ¿no?

Asentí.

—Yo no podría —dijo con cierta superioridad.

De pronto, me sentí un poco mal. Hasta ese momento me había parecido un paraíso. Menos mal que Alex observó:

—Cuando no pega mucho el sol en verano, ese lugar es el mejor. Ah, y la tienda…

—… ¡para usar el móvil, que te conozco, Alexander! —dijo Lucy.

—Bueno, que tengáis una buena tarde —comenté levantándome—. Vuelvo a mi tarea.

Le di un pequeño apretón en el hombro a Alex, al pasar junto a él, y le prometí a Lucy que intentaría ir a verla al concierto de las tres.

—Si vienes, te dedicaré una canción —respondió.

Cuando regresé al jardín, lo primero que noté es que había algo nuevo en la mecedora.

El corazón me dio un vuelco. ¿Otro ramo? Me fui acercando. Era morado. Era… No. No podía ser. ¡Era el chal! ¡El maravilloso chal de la tienda! ¿Sería un regalo de Alex?

Un momento…

Lo contemplé de cerca.

¿Y si Abigail había metido dentro un escorpión, o lo había llenado de ortigas, o de cualquier cosa que irritara la piel? Lo observé con desconfianza.

Lo levanté con la punta del dedo índice.

Lo sacudí.

No parecía esconder nada.

¡Sí!

¡Cayó otra carta!

Tenía el mismo tipo de sobre antiguo que la de esa mañana.

Me relajé y me envolví en el chal con deleite. Era tan blando y tan suave…

Recogí la carta de la mecedora y la abrí:

¿Carmen?

Me reí en voz alta. Otro nombre *typical Spanish*. Ya solo le quedaba una oportunidad…

Volví a acariciar el chal que me cubría los brazos. Así que era un regalo de Jonathan… De pronto, recordé que ¡costaba doscientos dólares! ¿Se había gastado tanto en mí? Incluso con descuento de trabajador de Watermill, era mucho dinero. ¡Acababa de conocerlo! ¿Me estaba comprando? ¿Debía aceptar un regalo así?

Me estuve debatiendo entre el sí y el no durante el resto de la tarde. Tarde en la que, por cierto, no lo vi. No vino a verme y yo no me atreví a dejar mi puesto en el jardín. Era el primer día y, además, había muchísima gente.

Rose se pasó un momento para dejarme limonada en una jarrita de cristal con unos cuantos vasos, y se marchó corriendo. Fue un día tan ajetreado que no pude ni ir al concierto de Lucy.

Cuando dieron las cinco en todos los relojes de Watermill y los trabajadores empezaron a cerrar sus tiendas y recintos para volver al siglo XXI, fui caminando hacia los tornos muy lentamente, por si veía a Jonathan.

Tenía ganas de hablar con él, de darle las gracias, pero también de decirle que no podía aceptar aquel regalo.

Aunque a la vez deseaba dejarme convencer por él. El chal era tan bonito…

Nada.

Jonathan no apareció.

A pesar de todo, volví a casa feliz con mi espléndido ramo de girasoles, envuelta en el chal de mis sueños y con dos cartas suyas.

Dos cartas con el nombre equivocado, sí.

Pero que entre líneas decían, inequívocamente, «pienso en ti».

Show me slowly what I only know the limits of,
dance me to the end of love.

Enséñame lentamente aquello de lo que solo
[conozco los límites,
llévame bailando hasta el fin del amor.

Leonard Cohen

9

Desde el fin del mundo

Sentía que debía corresponderle.

Al volver a la ciudad, decidí parar un momento en una tienda de regalos que había en una rotonda. Era enorme, como suelen ser las tiendas en Estados Unidos. Tenía varios pasillos dedicados a objetos para decorar el jardín, otros tantos con adornos de Acción de Gracias, San Valentín, Navidad…

Yo ya tenía pensado lo que iba a darle a Jonathan. Sentía que debía regalarle algo, pero quería que fuera más personal que todo aquello que se podía comprar por unos cuantos dólares.

Sin embargo, en esa tienda lo que buscaba eran tarjetas y sobres. Quería acompañar mi regalo con una carta, como las que él me había mandado a mí.

Fui al pasillo destinado a material de papelería y entre varias baldas con papel de cartas infantil (de Hello Kitty, princesas de Disney, superhéroes y otras licencias) encontré algunas tarjetas de material de oficina y… ¡ajá! Un apartado especial con postales *vintage* de diferentes épocas: de los sesenta, de los setenta, imitando el estilo de otros siglos… Enseguida distinguí las mías: unas tarjetas preciosas con hojas de árboles troqueladas en cartulina negra. Un diseño con un toque de fantasía válido para alguien de cualquier época. O de dos épocas a la vez, como nosotros.

Volví a casa satisfecha con mi compra, puse los girasoles en agua y dejé todas las cosas encima de mi cama. Después busqué en un cajón lo que le iba a regalar. Ahí estaba, guardada: una pulsera oscura de cuero con nudos celtas de metal cobrizo.

La había comprado en un viaje a Finisterre. Comprobé que el lazo corredizo funcionaba. Su muñeca era mucho más grande que la mía.

Sí.

Después me senté a escribir la tarjeta que había comprado:

Querido Jonathan:

Gracias por los girasoles.

Y por el chal. Aunque es tan bueno que no sé si debería aceptarlo.

No se puede comparar con tus regalos, pero esta pulsera es para ti. Ha venido en avión desde el fin del mundo y trae con ella recuerdos de viajes, bosques y mar.

¿Nos veremos hoy?

Por cierto, ni Lola ni Carmen. Te queda solo una oportunidad.

 X

La mañana siguiente, al llegar al aparcamiento de Watermill miré con interés a mi alrededor.

«Venga, chico del parking, aparece…», pensé mientras echaba el freno de mano.

Nada, no estaba por ningún lado. Era curioso, porque no lo había vuelto a ver nunca en el parking.

A quien sí vi cuando salí del coche fue a Alex.

—¿Ya vienes vestida de puritana desde casa? —me dijo con una sonrisa irónica—. ¡Al final vas a acabar adorando ese vestido! ¡No te lo vas a quitar ni para dormir!

Solté una carcajada.

—A lo mejor tienes razón. En España decimos: «Nunca digas "de esta agua no beberé"»…

—Me gusta cómo te queda el chal —señaló, contemplándome de arriba abajo—. Se me olvidó decirte que alguien vino el viernes y lo compró.

—¡Te dije que me avisaras! —le reproché, en plan de broma.

—Ya, pero pensé que terminaría llegando a ti de todas formas. Me gusta que haya acabado en el cuerpo perfecto. ¡Hay orden en el universo!

Sonreí, halagada.

—Oye, Alex … —comenté con un tono más personal—. ¿Te importaría darle a Jonathan una nota de mi parte?

—¡Qué menos! —respondió—. Con todo el trabajo que tiene hoy por delante, sé que le alegraré el día.

Abrí la puerta del copiloto del coche y recogí el sobre con la nota y la pulsera dentro. Lo dejé en sus manos como quien entrega un tesoro y caminamos juntos hacia los tornos.

La mañana fue ajetreada, como siempre los fines de semana, y más todavía si hacía sol.

Eran los últimos días de verano. Las mariposas bailaban entre las flores, y las hojas de los árboles se mecían alegremente en la brisa, con diferentes tonos de verde.

Los caminos y veredas empezaron a llenarse de turistas. El coche de caballos no paraba de hacer viajes de La Encrucijada a la granja y de la granja a La Encrucijada recorriendo parte del territorio: el riachuelo, el pueblo, el puente cubierto sobre el río, la colina y el molino de agua que daba nombre a Watermill.

Yo tuve que explicar lo mismo a muchas familias, a las que se iban uniendo más grupos y parejas en cuanto me escuchaban hablar.

La jarrita de limonada se acabó enseguida, y Rose no vino a reponerla. Ella también debía de estar muy ocupada.

Pero era fantástico tener audiencia. Una audiencia respetuosa, que escuchaba con interés y aportaba comentarios que enriquecían las explicaciones. El mundo de las plantas y las flores, con su historia, sus propiedades… ¡era inagotable! Yo misma no paraba de aprender. Quizá esta labor fuera mejor que la de una actriz convencional. Al menos no estaba haciendo de figurante en los rodajes, moviendo los labios como si hablara en una cafetería. Con la precariedad que había en el sector del teatro y el cine, a muchos de mis compañeros de promoción solo les salía ese tipo de trabajo. O el de repartir muestras gratis de productos en centros comerciales…

Esperaba que no fuera igual en Estados Unidos. ¿O sí? Por cierto, ¿qué habría pasado con la agencia donde dejé el currículum? No pude evitar pensarlo. No había vuelto a saber de ellos. ¿Debería llamar y reclamar atención? No. Mis horarios eran bastante incompatibles con los de cualquier oficina. Esa noche les mandaría un correo desde casa.

De pronto, un niño pelirrojo vino con una nota para mí.

—Señorita, ese señor me ha dado esta carta —dijo señalando hacia la izquierda. Vislumbré por un milisegundo a Jonathan, saludándome a lo lejos, y me dio un vuelco el corazón.

Levanté la mano instintivamente para devolverle el saludo, pero enseguida desapareció. Su nota decía:

Valentina.
Te espero a las doce en el concierto.

J.

¡Lo había adivinado! ¿Cómo lo había hecho? Ahora debía cumplir mi promesa y dejar que me pusiera el nombre que él quisiese…

Mmm…

Aunque era arriesgado, me gustaba un poco esa idea. ¿Cómo me veía él?

Solo había pasado un día desde la última vez que nos vimos. ¡Solo uno! Pero con tantas emociones parecía que hacía un siglo desde nuestros besos en el armario. Solo de pensar que iba a volver a estar cerca de Jonathan, que en algún momento me iba a estrechar entre sus brazos, me recorría un escalofrío por el cuerpo.

Se me hizo eterno el tiempo que faltaba hasta la hora, pero como todo llega, por fin sonaron las doce campanadas en el reloj de la torre, que se oía claramente desde allí.

En ese momento estaba hablando con una pareja vestida de *steampunk*. Acabé la frase y los avisé, a ellos y a todos los que visitaban el jardín, de que iba a haber un concierto en la plaza del Tejo. Sin esperar respuesta los llevé hacia allá, como si fuera un espectáculo obligatorio.

Los músicos ya llevaban un par de canciones cuando conseguí llegar al corro. Música animada. Los tres intérpretes estaban en acción y Lucy daba vueltas interactuando con la gente y riéndose con esa risa maravillosa suya. Alex, al verme, me cogió de las manos y me sacó a bailar.

—¡Espera! —Me quité el sombrero y se lo lancé a uno de los niños para que me lo cuidara.

Los turistas se apartaron y dieron palmas, divertidos. Yo me dejé llevar y acabé riéndome también con el buen humor de Alex y sus pasos de baile, que eran una mezcla entre ritmos antiguos y movimientos más creativos que se iba inventando. Creo que intentaba impresionar a Lucy.

Cuando acabó la melodía todos nos aplaudieron, y Alex y yo hicimos una elegante reverencia junto a los músicos. Entonces, por sorpresa, apareció Jonathan ante mí.

—Milady, ¿os importaría concederme este baile? —dijo tendiéndome la mano.

Alex se apartó caballerosamente y yo asentí con repentina timidez. Puse mi mano en la suya.

Solo con tocarle fue como estar en las nubes. Pero disimulé.

—Valentina —me susurró al oído.

Se me erizó la piel de todo el cuerpo.

—Sí. Lo has descubierto —logré decir, casi sin voz—. Aunque sospecho que has hecho trampa… ¿Buscaste mis papeles en el despacho de mister Ruskin?

—A veces el fin justifica los medios —respondió, mientras comenzaba la música y nos poníamos en movimiento.

—No sabía que me las estaba viendo con Maquiavelo. —Suspiré—. Bueno, ahora vas a poder elegir cómo llamarme.

—Tengo que pensarlo bien, chica del parking. Necesito conocerte un poco mejor —dijo mirándome de arriba abajo.

La música comenzó a animarse mientras Jonathan me llevaba con ligereza de un lado a otro dentro del amplio corro. Se notaba que tenía mucha experiencia en estos bailes de época. Alex era más dubitativo y juguetón. En comparación, dejarme llevar por Jonathan era como montar cómodamente en un Ferrari y abandonarse a la pericia del conductor.

Varias parejas de turistas se animaron a bailar también. Entre ellas, los que iban de *steampunk*. Aquello comenzaba a convertirse en una fiesta.

—Gracias por el chal —le dije aprovechando un momento en que ya no éramos el centro de atención.

—Gracias por la pulsera —repuso él, y me la enseñó con un gesto. La llevaba puesta.

—Cuídala bien. Viene del fin del mundo —añadí.

—Pues ha llegado a un mundo nuevo —me susurró al oído.

Entonces la canción dio un giro y pasó a convertirse en una melodía más lenta y melancólica.

Con una mano en la mía y la otra cogiéndome la cintura, bailamos más cerca todavía.

Era una pena que yo estuviera metida en una especie de saco de patatas y que tuviera el pelo teñido de un color que no me favorecía nada. Él y yo jugábamos en ligas distintas. ¿Qué podía ver en mí? ¿Era capaz de sospechar la riqueza que había en mi mundo interior? Ojalá.

Intenté no ser tan autocrítica y me dejé llevar por la felicidad del momento. Habíamos entrado en otra atmósfera. De alguna manera, podía sentirle mejor. El tacto de sus dedos, su presión en mi cintura sobre la amplitud del vestido…

Me atreví a mirarle directamente a los ojos.

No los apartó. Y fue como si se parara el tiempo. Ya no era consciente de los pasos de baile, ni de la gente, ni siquiera de la música. Solo de que había aire entre nosotros. Demasiado aire. Y era como si mi vida dependiera de una sola cosa: eliminarlo. Acortar la distancia que nos separaba.

Poco a poco, centímetro a centímetro, con el vaivén del movimiento, nos fuimos pegando aún más. Comencé a sentir muy cerca su respiración, en el nacimiento de mi cabello, y un hormigueo me recorrió la espalda. Apoyé la frente sobre su barbilla y él me la besó con suavidad.

Levanté la cara. Nos miramos intensamente. Y de golpe, nos abalanzamos el uno sobre los labios del otro.

Fue como si un huracán me levantara del suelo y me llevara al paraíso.

La música acabó de golpe. Todos aplaudieron y vitorearon con silbidos.

Había que volver a la realidad. Había que volver. Maldita sea. Había que volver.

Separé mis labios de los suyos y miré alrededor, esperando que, entre tantas parejas, nadie se hubiera fijado. Pero entonces me di cuenta de que los aplausos eran para nosotros.

Jonathan y yo nos miramos sorprendidos. ¿Se habrían pensado que el beso era parte de la representación?

Jonathan levantó el brazo, con mi mano todavía agarrada, y yo pasé por debajo del arco teatralmente e hice una coqueta reverencia.

Entonces, desde lejos, una voz grave comenzó a gritar:

—¡Basta! ¡Que pare el espectáculo! —Era un hombre vestido de alguacil que llegaba por uno de los caminos—. ¡Bailarina promiscua! ¡Fuera del pueblo! ¡No queremos tentaciones del diablo!

Todos se rieron y volvieron a aplaudir a los músicos. Algunos abuchearon al alguacil. Lucy, tan blanca que era casi transparente, se abrió paso rápidamente entre la gente por el lado opuesto del corro y se marchó corriendo, junto a los músicos, por una de las veredas.

Jonathan aprovechó el descuido de la gente para besarme otra vez. Un beso corto. Un beso de despedida.

—Nos vemos a la salida. Te espero en los baños —me dijo.

—¿En los baños? —repetí, extrañada.

—Sí, en los que están enfrente de la alfarería.

Asentí con la cabeza, algo confusa. Me dio un pequeño apretón en la mano y después me soltó para volver a su puesto.

Me quedé repitiendo para mí: «¿En los baños?». Pero ¿qué se había creído? ¿Pensaba que iba a ser tan fácil?

De pronto, alguien me dio un golpe tan fuerte en el hombro que me sacó de mis pensamientos.

—¡*Ay!* —grité. Debía de haber gritado «ouch» o algo más inglés, pero aquel «ay» me salió del alma.

Me volví para ver quién había sido.

Entre la gente que iba de un lado a otro reconocí el estampado marrón verdoso de la capota de Abigail.

Compré un sándwich para llevármelo a la mecedora y comer al aire libre. Un sándwich y unas frambuesas, como en mi primer día en Watermill. Había mucha gente en la taberna, pero tuve un momento para preguntarle a Rose si estaba bien. Ella me miró con desánimo.

—No sé qué hacer —dijo enseñándome las manos con discreción. Me fijé en que el sarpullido había empeorado desde el día anterior—. Creo que es de los nervios.

No tuvimos tiempo de hablar más. El turista que venía detrás de mí empezó a pedirle varias cosas. «Seguro que hay alguna crema que se pueda poner hasta que se le pase esta racha de trabajo», pensé. Al día siguiente era lunes y todo estaría más tranquilo.

—¿Hablamos mañana con calma? —le propuse—. A mí me pasó algo parecido. Lo vas a superar, ya verás.

Ella me sonrió, sin poder disimular la preocupación. Tenía los ojos demasiado brillantes. Noté que estaba controlando las lágrimas.

Pensando en ella, di un paseo hacia el jardín de hierbas y conseguí comer sin que nadie me interrumpiera.

Pero pronto la frase de Jonathan volvió con insistencia a mi cabeza. «Te espero en los baños». Es verdad que tenía ganas de estar con él. «Estar», en el sentido más íntimo de la palabra. Pero no me apetecía hacerlo de cualquier manera, en un sitio público probablemente sucio y, además, de forma programada. Le estaba quitando todo el encanto...

Me acabé las frambuesas con el ceño fruncido y me puse en pie con energía. Prefería tener la mente ocupada en el trabajo y no pensar más en el tema. Sacudí las migas del vestido y retomé los quehaceres del jardín.

La tarde se me fue volando, sin parar de hablar con la gente que iba y venía por mi recinto, y enseguida dieron las cinco en el reloj de la torre.

Estaba decidida: iría a los baños, pero me iba a hacer valer.

«Le voy a dejar un par de cosas claras sobre mí —pensé—. No sé qué se ha creído».

Todo el mundo se dirigía hacia la salida, pero yo fui caminando en dirección contraria y tomé la pequeña vereda que llevaba a la alfarería. Una vez allí, delante de las casetas de madera de los baños, me puse a esperar, observando las hojas de los árboles a la luz de la tarde. Cómo las movía el aire.

Un minuto, dos minutos, tres minutos...

Cinco minutos.

Diez minutos.

Con lo puntuales que eran los estadounidenses a la hora de cerrar los locales, seguro que ya habría salido todo el mundo.

Por fin oí pasos y vi cómo Jonathan asomaba por el lateral de la alfarería. Detrás de él, ligera como un cervatillo, venía Lucy. ¿Lucy?

Desde luego, aquello sí que era una sorpresa. ¿Estaba ella invitada a nuestro encuentro?

—¡Qué puntual! —me dijo él con una sonrisa, cogiéndome la mano—. Ven, que te voy a llevar a uno de los mejores sitios de Watermill.

Lucy me saludó y añadió:

—Creo que sospecho adónde vamos…

Watermill Village estaba vacío, pero lo recorrimos con precaución para que no nos viera nadie, por si acaso.

Pasamos la casita en la que vivía miss Milton y llegamos a la granja.

Lo que llamaban «granja» era una especie de mansión. La madera que la recubría, en vez de ser del típico color blanco de Nueva Inglaterra, estaba pintada de azul.

La rodeamos. La cara oeste daba a un lago, y en él desembocaba el río después de pasar por un molino de agua.

Lo cruzamos y contemplamos aquella casa grande desde la otra orilla, con el bosque a la espalda.

—¿Cómo se llama el río? —pregunté.

—Es el río Perdido —dijo Jonathan—. Supongo que le pusieron ese nombre porque hay zonas en las que desaparece bajo la tierra.

—El río Perdido… —repetí—. ¿Y el nombre del lago es…?

—Encontrado —respondió Jonathan.

—No puede ser —repuse—. Estás bromeando…

Pero Jonathan lo había dicho con mucha seriedad. Lo miré fijamente. Seguía serio. ¿Acababa de herir sus sentimientos?

Al cabo de unos segundos me devolvió la mirada.

Y se rio.

—Sí, es una broma —dijo por fin—. La verdad es que no sé cómo se llama. Es tan pequeño que tal vez no tenga nombre. Le podemos poner el tuyo, si quieres.

—¡El lago Valentina! —exclamó Lucy, con aire teatral.

—Me gusta —concluyó él.

La luz dorada de la tarde caía de forma oblicua sobre el río y proyectaba reflejos ondulantes en la pared azul. Reflejos y destellos que hacían que la casa pareciera un ser vivo. Una casa en movimiento, un lago azul …

—¡Un mar! —dije con alegría—. ¡Esta es la casa de la que me hablaste! ¡La casa que es casa y es mar! —exclamé con alegría.

—Eso me suena… —musitó Lucy, mirando a Jonathan de reojo.

—Sí —comentó él riendo—. Le conté que así la llamabas tú. Es bonita, ¿no? —me preguntó—. Esa era la ventana de mi cuarto. —Señaló una ventana del piso de arriba—. Aquí viví de niño.

—Preciosa —murmuré con un hilo de voz. Los brillos dorados, el viento sacudiendo los juncos, el cielo inmenso sobre la casa y sobre nosotros…—. ¡Hasta me parece oler a mar! Podría quedarme aquí toda la tarde mirándola.

—Pues nos quedamos —dijo Jonathan, tendiendo su chaqueta sobre la hierba—. ¿Señoritas? —Nos invitó a sentarnos con un gesto.

Al extender el brazo quedó al descubierto la pulsera que yo le había regalado.

—¿Y esa pulsera? —preguntó Lucy con tono de burla—. ¿Ahora eres un friki de El Señor de los Anillos o de *Dungeons and Dragons*?

Me puse colorada y bajé la vista al suelo. «Trágame tierra», pensé. Me senté sobre la chaqueta, muerta de vergüenza.

Jonathan se sentó a mi lado.

—Cuidado —respondió—, esta pulsera viene del fin del mundo. Me la ha regalado una maga muy poderosa. Y si te oye…

Lucy se rio con su risa aguda y cristalina:

—Si me oye, me da igual. Que se atreva conmigo. A ver quién tiene más poder.

Estaba claro que lo decía intencionadamente. Sabía que era yo. No había lugar a dudas.

Se sentó al otro lado de Jonathan, enganchó su brazo en el suyo y apoyó la cabeza en su hombro con familiaridad. Como quien lo hace todos los días. Su pelo blanco platino brillaba con tonos anaranjados bajo la luz de la tarde.

En cambio, a mí, un mechón negro me cayó sobre la cara. Estuve a punto de apartarlo de un soplido. Un soplido lleno de despecho, de decepción, de vergüenza, de tristeza. Pero no. Lo dejé ahí, tapándome media cara. Protegiéndome como un ala. Un ala de cuervo.

Delante de aquel paisaje tan poético, que parecía hecho para ser feliz, tenía el corazón encogido como nunca. Friki o no, sentí que sobraba al lado de ellos dos. Qué gran error, haberle regalado la pulsera a Jonathan.

Intenté irme muy lejos de Watermill, aunque solo fuera con el pensamiento. Pensé en mi mar. En el mar de mi casa.

Entonces Jonathan me agarró la mano y entrelazó sus dedos con los míos. Acercó un momento la cara hacia mi oído y susurró:

—Me gustaría conocer tu casa en el mar.

Lo miré, sorprendida. Era como si me hubiera leído la mente. Todavía me ardían las mejillas y sentía un nudo en la garganta que me impedía hablar. Pero se me escapó una pequeña sonrisa.

Lucy se revolvió, incómoda. Creo que había notado que nos estábamos comunicando.

—Bueno, chicos —dijo—. ¿Nos vamos? No tengo ganas de pasar una tarde melancólica, hablando de magos y del fin del mundo. Me dan ganas de pegarme un tiro.

Se puso de pie y se sacudió la hierba de la falda. Hierba que no tenía. Miró de reojo mi mano entrelazada con la de Jonathan y apartó la cabeza rápidamente.

Entonces me di cuenta.

¿Cómo había podido ser tan tonta?

¡Lucy también estaba enamorada de él!

¿Es que Watermill era el harén particular de Jonathan? ¿Era yo una más de sus mujeres? ¿Estaría yo el año que viene persiguiéndolo como Abigail, o contemplando una puesta de sol con él y la chica con la que me iba a sustituir?

Lo miré con suspicacia.

—Pero, Lucy… —protestó él, incorporándose sin ganas—, ¡si no llevamos ni un minuto sentados!

En cuanto me soltó la mano me envolví mejor en el chal. Empezaba a hacer frío. O sería en mi interior.

—No te preocupes —intervine, poniéndome de pie—. Yo también quiero irme.

Volvimos los tres caminando juntos, pero estuve bastante abstraída, sin participar en la conversación que Lucy creaba y dirigía. Protagonista y directora de su propia obra de teatro.

Al llegar al parking, casi vacío, Lucy se encaminó directamente hacia la camioneta de Jonathan. Claro. Volverían juntos. ¡Vivían juntos! Sentí un profundo malestar.

Mi coche estaba más lejos. En un extremo del aparcamiento.

Jonathan abrió la camioneta y le dijo a Lucy, pero mirándome fijamente a mí:

—Si no te importa, Lucy, ve sentándote. Ahora vengo. Voy a acompañar a Valentina a su coche.

Me quedé sorprendida. Y más aún de que me llamara por mi verdadero nombre delante de ella.

Seguía muy dolida por el «momento pulsera». Además, desconfiaba de él. Me estaba enemistando con demasiadas chicas por su culpa. Abigail. Lucy.

Lucy… Me habría encantado ser su amiga. Al principio me pareció fascinante. Pero ahora estábamos en equipos contrarios.

Caminamos en silencio.

—Que Lucy diga lo que quiera —me dijo cuando llegamos a mi coche—. Es la pulsera más bonita que he tenido nunca.

Bajé la vista, molesta.

—Prefiero que me la devuelvas —respondí con acritud—. Lucy la ha estropeado.

—No la ha estropeado. Está intacta —repuso él, acercándose más a mí.

Abrí la puerta para escapar de aquella conversación incómoda.

—En serio, quítatela —le dije—. Tírala. *No quiero ni verla* —añadí en español.

—*No entiendo* —repuso él en mi idioma, con una sonrisa—. Pero no me la voy a quitar —agregó con firmeza—. Que no te afecte tanto lo que diga Lucy. No es mi madre, ni mi novia, ni…

—Lucy es una…

Me quedé parada ahí. No sabía ni cómo llamarla.

—No se lo tengas en cuenta —me pidió—. No sé qué le pasa hoy. Está muy rara. Hay días en los que se le cruzan los cables…

—Pero ¿es que no lo ves? —le reproché.

—¿A qué te refieres? No la juzgues a la ligera —me dijo muy serio—. La vida que lleva no tiene ningún orden. Hoy toca aquí, mañana allá, baila en un club nocturno… Tiene la estabilidad mental de unas maracas. No es fácil ser Lucy.

—Tampoco es fácil estar cerca de Lucy. Tiene que llamar la atención todo el rato, ¿no? Si no es la protagonista, se levanta y se va…

—Creció con demasiadas atenciones. Fue una niña mimada y ahora la realidad no le está resultando fácil. Quiere seguir jugando con la vida, pero la vida a veces no trata bien a los que juegan. La vida es dura.

—Bienvenida al mundo real —comenté, sarcástica. Pero enseguida me sentí mal. Debía ser más comprensiva. Después de todo, tanto Jonathan como Alex la querían. Mucho. Aunque solo fuera por eso, debía hacer el esfuerzo. O llevaría todas las de perder.

—Lo siento —dije.

—¿Le darás otra oportunidad? —me preguntó dando otro paso hacia mí.

Asentí con la cabeza. Intentaría tener más paciencia.

Levantó mi mano derecha y me dio un beso de los suyos en la palma.

Aparté la mano con cierta brusquedad.

—Que descanses —me despedí.

No me apetecía ser tan fácil. Había sido una tarde… desagradable, por llamarla de alguna manera. Todavía me dolía la burla de Lucy. Pero, sobre todo, empezaba a dudar de él. ¿Sería un donjuán? Parecía que iba a la suya, dejando corazones rotos por todas partes. ¿No le importaba? ¿O es que simplemente estaba ciego?

Entré en el coche y, una vez segura en su interior, le sonreí cortésmente a través del parabrisas y le dije adiós con la mano.

Arranqué.

Me vendría bien hablar de todo esto con una amiga antes de dormir. Sí. Y sentir solidaridad femenina. Sororidad. No solo envidia y odio.

Me pasaría a ver a Fiammetta. Pequeña llama.

Deseaba sentir su calidez.

I have spread my dreams under your feet;
Tread softly because you tread on my dreams.

He tendido mis sueños a tus pies;
camina con suavidad porque caminas sobre mis sueños.

W. B. YEATS

10

¿Sueño o pesadilla?

stábamos en el bosque que había al otro lado del lago. No recuerdo qué hacíamos allí, solamente que caminábamos juntos, uno al lado del otro.

La atmósfera era sombría.

Jonathan recogió una seta dorada que había en el suelo. Dobló en dos la parte superior con forma de sombrero y, empuñándola como una llave, introdujo su tallo en el pequeño hueco que había en la corteza de un árbol.

Para mi asombro, el árbol se inclinó hacia atrás, como guiado por un resorte. Bajo las raíces había un pozo circular.

Nos acercamos. El pozo era plateado como un espejo.

Jonathan me ofreció su mano y me preguntó:

—¿Entramos?

Asentí con curiosidad. Puse mi mano en la suya y metimos los pies en el pozo. La apariencia líquida era solo visual. No nos mojamos. Comenzamos a descenderlo, girando como en una escalera de caracol. Conforme el agua me llegaba a la cintura y al pecho, la sensación era la de atravesar una membrana. Fluida y brillante.

Al llegar al otro lado nos encontramos en una especie de palacio.

Nuestras ropas se transformaron: el chaleco oscuro de Jonathan se llenó de espirales y arabescos de metales preciosos y sobre su cabeza apareció una corona. Estábamos en sus dominios.

Mi vestido también se transformó, ajustándose a mis curvas con elegancia. El estampado de flores desapareció entre bordados fantásticos de plata y oro rojo.

Pero entonces, un mechón de pelo negro me cayó sobre la cara, cortándome parcialmente la visión.

—Si me permites… —dijo Jonathan.

Llevó su mano a mi cabello y, con tres o cuatro gestos, desprendió el tinte negro de él, quitándomelo del mismo modo que se haría con un guante.

Sentí como si me limpiara, como si me liberara de un traje falso y sucio. Levanté uno de mis mechones con la mano. Sí. Ahora sí era de verdad mi pelo, mi auténtico color, más brillante que nunca en aquel mundo subterráneo. Como si hubieran potenciado su color al infinito. Como si le hubieran puesto un filtro en la imagen. Un filtro extraordinario. Desconocido incluso para mí. Pero indudablemente mío.

Entonces me desperté.

Conduje a Watermill bastante adormilada. Me tuve que poner música alegre para despejarme. Me había quedado hasta tarde hablando con Fiammetta por teléfono. El día anterior, cuando llegué a la tienda de móviles ya había cerrado, así que hablamos por mensajes e hicimos una videollamada después de cenar.

Fiammetta había cortado con Ryan. Estaba baja de ánimos, pero a la vez tenía la seguridad de que era lo mejor para los dos.

—«La preocupación es un gasto de energía» —aseveró—. Y Ryan ya me ha hecho perder demasiada.

—¿La frase es de tu abuelo, Fiammetta? —le pregunté.

—No, de un maestro japonés —dijo riéndose.

—Ojalá pudiera yo ver las cosas tan claras como tú. —Suspiré. En ese momento estaba hecha un lío. Tenía dudas sobre Jonathan y sospechaba que estaba resultándole una conquista demasiado fácil.

De lo que no dudaba era de mis sentimientos por él. Me atraía con una fuerza que no había sentido por nadie. Cuando estaba cerca, notaba un terremoto por dentro que me impedía pensar con claridad y sentía todas mis células tirando de mí hacia su cuerpo, hacia sus labios…

Me volvía idiota. Una absoluta marioneta.

Desde luego, si estaba jugando conmigo, tenía ya en sus manos todos mis hilos. Me iba a costar rebelarme, porque Jonathan me llevaba exactamente donde quería. Que era también donde yo quería ir. A su encuentro. A su tacto. A él. Mi voluntad se doblegaba y lo seguía como si fuera un imán. De hecho, al coger una carretera secundaria, cerca ya de Watermill Village, me di cuenta de que la camioneta azul que iba siguiendo… ¡era la suya!

«No puede ser. Voy detrás de él —me dije con ironía—. La metáfora hecha realidad».

Lo seguí disimuladamente un par de minutos, pero después decidí avisarle de mi presencia y le di las luces largas. Vi que me miraba por el espejo retrovisor.

Sonreí con timidez.

No íbamos a mucha velocidad. Era una carretera pequeña y nosotros éramos los únicos que circulábamos por ella. Enseguida sacó la mano y me hizo una señal para que parásemos en la cuneta.

El corazón me comenzó a latir desbocado. No venía preparada para verlo tan temprano. «¿Me he lavado los dientes? —pensé—. Sí, creo que sí». Pero ¿peinarme? No: me había puesto la capota en la cabeza y había salido tal cual. Además, todavía estaba dolida por la escena de la pulsera del día anterior. Me hubiera gustado tener algunas horas más para recomponerme por dentro antes de encontrarme con él.

Aparqué detrás de su coche en el arcén. Vino a abrirme la puerta.

—Ya tengo un nombre para ti, milady —me dijo, ayudándome a salir como si mi coche fuera una carroza.

—¿Ah, sí? —le pregunté levantando una ceja y aceptando la ayuda de su mano—. ¿Cuál es?

—Viviane —respondió—. Ahora que mi lago tiene tu nombre, te he puesto el nombre de la Dama del Lago. Se llamaba Viviane.

—¿Te refieres a la Dama del Lago del rey Arturo? —pregunté, sorprendida de que conociera esa historia.

—Ajá —afirmó él—. Es quien le entrega a Arturo la que será su espada…

—… Excalibur —dijimos los dos a la vez. Nos reímos.

—Exacto —asintió él, divertido—. No sabía que te gustaran las leyendas.

—Me encantan. La mitología en general. La celta, la griega… y ahora también la nativa americana. Alex me la está descubriendo.

Me miró como si hubiera encontrado un nuevo tesoro en mí. Su mirada me recordó mi sueño, no sé por qué. Él, en su reino subterráneo, quitándome del pelo aquella capa sucia de tinte.

De pronto, una nube oscura pareció pasar por su cabeza y bajó la vista al suelo.

—Oye, sobre lo de ayer… —me dijo—. Lo siento mucho, de verdad. Luego, en casa, Lucy me dijo que se había pasado contigo. Que te pidiera disculpas. Yo a veces no me doy cuenta de ciertas cosas.

Lo visualicé «en casa», hablando con Lucy. Volví a pensar en ellos dos como un equipo en el que yo me estaba entrometiendo. Bajé la vista también, dudando otra vez de él.

Pero tenía claro lo que debía decir en ese momento:

—No pasa nada. Dile que la perdono.

—Se pondrá muy contenta —me aseguró—. Es como una niña.

Volvimos a mirarnos a los ojos. Le brillaban al hablar de Lucy. No era el mismo brillo intenso de Alex, pero un poco sí.

—Bueno —añadí con cierta malicia—, espero que no sea una de las niñas a las que les gusta romper juguetes. Creo que ya tiene en la mano el corazón de alguien.

Jonathan soltó una carcajada:

—Te refieres a Alex, ¿no? ¿Te lo ha contado?

Asentí.

—Sí —continuó él, acercándose a mí—. Entre tú y yo, el pobre no tiene nada que hacer. Pero ¡la esperanza es lo último que se pierde! Es mi amigo desde que teníamos ocho años. No quiero desanimarle... En el amor, ¡nunca se sabe! Las cosas cambian a veces inesperadamente.

Apoyó ambas manos en el coche, apresándome en medio.

—Hace menos de diez días tú no existías —continuó—. Y ahora me cuesta imaginarme el mundo sin ti.

No sé cómo no me derretí ahí mismo.

Bueno, sí que lo sé. Todavía estaba a la defensiva después de todo lo de Lucy. Le iba a costar un poco más tenerme entre sus brazos. Aunque, técnicamente, ya me tenía. Me tenía lo que se dice «acorralada». Felizmente acorralada.

Pero me iba a hacer valer. Levanté la nariz con orgullo.

—Yo he existido siempre —repuse—. Eres tú el que no existías.

—¿Me estás echando un pulso? —me preguntó, llevando una de sus manos a mi cadera y atrayéndome hacia él—. Te reto a que me enseñes alguna prueba de tu existencia anterior —dijo en un susurro, casi contra mi boca.

Acepté el reto.

Y lo besé.

Lo besé como si aspirara a ganar el premio al mejor beso del mundo. Lo besé en el límite. En el límite entre lo más intenso y lo más frágil. Entre la realidad y la fantasía. Entre lo que se entrega y lo que se arrebata. Entre lo que te da poder y lo que te desarma.

Para qué mentir: lo dejé sin aliento.

—¡Guau! —dijo sacudiendo la cabeza aturdido cuando separé mis labios de los suyos.

—Ahí tienes la prueba: antes de conocerte, yo ya sabía besar.

Era lunes y, como el lunes anterior, Watermill Village se había quedado desierto. Comenzaba a gustarme el contraste entre los fines de semana y el resto de los días. Ahora llegaba un periodo prácticamente de descanso para los trabajadores. Haríamos las tareas que teníamos asignadas no como actores y actrices, sino como si esa fuera nuestra vida real. El hojalatero fabricaría faroles, regaderas y moldes de cocina para vender; el cestero, sombreros de paja y cestas; Jonathan, herraduras, atizadores de chimenea y adornos de jardín de hierro forjado; Abigail... alguna maldad, seguro. Y yo... Yo cuidaría de mi pequeño paraíso verde. Y también sacaría un poco de tiempo para terminar *Jane Eyre*. Me consolaba la valentía de la protagonista que, a pesar de las dificultades, se esforzaba por salir adelante y hacer algo en la vida.

Por la mañana estuve plantando romero y lavanda, y como no había desayunado bien, decidí ir a comer pronto, antes de lo normal incluso para Estados Unidos. Pero al entrar en La Encrucijada me crucé con Rose, que salía llorando.

—¿Qué te pasa? —dije siguiéndola.

Rose miró hacia atrás con una expresión de dolor y de odio que yo solo había visto en el cine.

—Me ha echado —respondió—. Ese... infeliz. Ese bastardo.

—¿Mister Ruskin? —pregunté.

—Sí. Me voy, porque saldrá en cualquier momento. No quiero volver a verlo en la vida.

Caminé con ella hacia el parking.

—¿Y te ha dado alguna razón?

—El sarpullido —dijo levantando las manos.

—¿Cómo?

—Sí. Dice que no es admisible trabajando de cara al público y tocando la comida de los demás.

—Pero ¿te puede echar por eso? ¿Y no te puedes poner guantes?

Me miró de frente y me mostró el cuello.

—Me sube por todo el cuerpo, Eliza —comentó—. No estoy a la altura de lo que se espera en Watermill.

—Pero tú ya sabes que lo que tienes se cura. Si vas al dermatólogo…

—Dice Ruskin que, si se me quita, puedo intentar volver. Pero que de momento me vaya a casa.

—¿Sin baja laboral ni nada?

Rose se rio.

—No. Me ha echado con todas las de la ley.

—¿Y no puedes pelear? Eso en España creo que sería inaceptable.

—Aquí lo inaceptable soy yo —dijo con amargura.

Le acaricié el brazo.

—Lo siento muchísimo, Rose. Si te sirve de ayuda, seguro que mejoras en cuanto te vayas de aquí. Este trabajo te está haciendo daño.

—Sí. El trabajo y la presión de ese hombre asqueroso.

—Un momento, ¿Jonathan lo sabe? Me han dicho que él es el propietario de todo esto. Quizá pueda hacer algo.

Me miró con desánimo.

—No creo que le interese hacer nada y, sinceramente, tampoco me parece que pueda hacerlo. Desde que murió su madre (que, por lo que me han contado, sí que fue una gran mujer), Ruskin ha hecho lo que ha querido con el personal que trabaja aquí y Jonathan no ha dicho nunca nada. Yo creo que ni ve las injusticias.

—Eso puedo intentar arreglarlo, Rose. Descuida, que haré todo lo que esté en mi mano —le prometí.

Me miró con incredulidad. Claro, Rose no sabía nada de lo que había entre él y yo.

Me despedí de ella con un abrazo y decidí hablar con Jonathan del tema. Y de la selección racial y estética que parecía haber en Watermill.

¿Es que no lo veía o es que en el fondo estaba de acuerdo?

Deseé con fuerza que fuese lo primero. Que fuera corto de vista, no injusto ni duro de corazón.

Al volver a la mecedora del jardín… ¡otro regalo!

«No puede ser. Esto es un poco agobiante», pensé.

Pero lo que vi me encantó: ¡era un corpiño! Un corpiño precioso, granate con adornos bordados y lazos de satén morado. Hacía juego perfectamente con mi vestido.

Lo levanté entusiasmada. Con ese corpiño encima del traje iba a poder lucir mi cintura. El escote tendría que seguir siendo el mismo, o sea, inexistente, absolutamente cerrado. El vestido era lo que era, eso no tenía arreglo, pero la forma de la prenda realzaría todas mis curvas, el pecho…

Me imaginé con él puesto.

Más que para mí, era un regalo para él mismo. Pero bueno, lo iba a disfrutar bastante yo también.

«Jonathan… —pensé con deseo—. Te vas a enterar».

Fui a los aseos más cercanos y me lo puse. Estaba encantada. En una escala del uno al diez, mi traje había pasado de un dos a un ocho. Me solté un par de botones del escote y aflojé un poco los lazos del corpiño para poder trabajar a gusto un par de horas en el jardín, antes de ir a visitar a Jonathan. Porque eso sí lo tenía claro: lo estrenaría con él en cuanto pudiera.

Por la tarde estuve limpiando bancales y arrancando malas hierbas. Sinceramente, lo pasé un poco mal con esta tarea. Creo que ninguna hierba es mala. Muchas de las que crecen de forma indeseada en los jardines son las más valiosas en los herbolarios para hacer ungüentos y tisanas: el llantén, la consuelda, la grindelia… Y yo estaba ahí, en Watermill, matando de raíz cientos de ellas que crecían en el lugar equivocado. En fin. Me estaba dejando todo muy mal karma.

A las cuatro y media miré a mi alrededor. Mi jardín seguía tranquilo y solitario, así que me ajusté bien los lazos del corpiño y fui a buscar a Jonathan. Tenía pensado hablar también con él de lo de Rose.

No vi a nadie a esas horas camino de la herrería. Al llegar, una chica me dijo que Jonathan había ido al establo, a ponerle a la yegua las herraduras nuevas que había hecho durante el fin de semana.

Así que fui hacia allá.

Lo encontré clavando una de las herraduras con gestos seguros. Dakota era un ejemplar precioso de yegua baya, de color blanco amarillento.

En cuanto Jonathan me vio, dio el último martillazo y la soltó. Se acercó despacio hacia la puerta, admirando mi conjunto con los ojos. Y a mí, para ser sincera, se me fue de la cabeza todo lo que iba a decirle sobre Rose, mister Ruskin y un Watermill más justo.

Me miró desde muy cerca sin decir nada. Yo esperé en silencio sus palabras. Había apenas unos centímetros entre su boca y la mía.

Sin hablar todavía, me apartó con delicadeza un mechón de pelo negro que me caía por la frente y me besó con suavidad. Rodeó el contorno de mi cintura con sus manos grandes, y al sentir su presión a través de la tela dura del corpiño me empezaron a temblar las piernas.

De deseo.

Algo que nunca me había pasado.

Un beso tras otro, nos fuimos dejando caer al suelo de paja y arena. Me acarició el tobillo con la mano y fue subiendo por mi piel hasta llegar a la rodilla.

Yo ya no podía disimular el temblor. Me sobrepasaba.

Él, al darse cuenta, me miró con esos ojos suyos y dijo sonriendo:

—¿Tienes miedo?

No.

No tenía miedo ninguno. Lo agarré del cuello ancho de la camisa y lo besé apasionadamente. Entreabrí un poco las piernas y se fue tumbando sobre mí. Entonces, mirando mi corpiño, dijo:

—Estás atada. ¿Quieres que te libere?

—*Nos van a descubrir* —susurré en español, sin darme cuenta—. *Déjame atada.*

—Estás hablando en español otra vez. *No comprendo* —bromeó con acento extranjero.

—He dicho que nos van a pillar aquí, en el establo…

—Me muero de ganas de estar contigo —dijo en voz baja, enredando sus dedos entre los lazos del corpiño, como si quisiera romperlos.

—Yo también —confesé, decidida a hacerlo ahí mismo. Decidida y deseándolo. Aunque nos descubrieran.

Pero entonces, el reloj de la torre dio las cinco, él apoyó la cabeza sobre mi pecho y nos resignamos a volver a la realidad. A la otra realidad.

—Lo que daría por quedarme así para siempre —susurró.

«Quédate», pensé. Pero no lo dije.

Lentamente, nos levantamos del suelo y nos sacudimos la paja de la ropa. Al hacer ese gesto me sentí conectada con tantos amantes del pasado que para poder encontrarse se refugiaban en establos y pajares. Algunos más satisfechos que otros. Yo, desde luego, no lo estaba en absoluto.

—Estás preciosa —comentó a modo de despedida.

—Muchas gracias —respondí—. Pero, por favor, no me hagas más regalos —le pedí, señalando el corpiño—. Es un poco… abrumador.

Preferí decir «abrumador» a «agobiante». Pero él puso cara de no entender.

—¿Más regalos? Yo no te he regalado nada más.

—¿No? —dije, de pronto algo asustada—. Entonces ¿quién me ha regalado el corpiño? ¿Abigail?

—¿Abigail? ¿Por qué te iba a regalar nada Abigail? —preguntó, tenso.

Lo miré fijamente. ¿Se lo contaba? ¿Debía confesarle lo de la serpiente?

No tenía nada que perder. De hecho, le vendría bien saber con quién se las veía.

—Hace unos días, Abigail me dejó de regalo en el armario de la escuela una caja con una serpiente.

—¿Una serpiente? —repitió él abriendo mucho los ojos—. ¿En serio?

—Sí, una de este tamaño —confirmé separando los brazos—, amarilla y verde.

—Ah, bueno, esa no es venenosa —comentó sin darle importancia—. Es una víbora de jardín.

Ahora fui yo la que repitió:

—¿Una víbora de jardín?

—Sí. Pero, aunque no sea peligrosa, no debería haber hecho algo así. Supongo que quería darte un susto. ¿Estás segura de que fue Abigail?

—Prácticamente —respondí—. También me dio un golpe ayer, cuando pasó a mi lado.

—Tendré que hablar con ella…

Negué con la cabeza, pero enseguida volví a mirar el corpiño, ahora con otros ojos.

—¿Crees que le ha podido hacer algo a la prenda? ¿Algo que me haga daño? ¿Restregarle ortigas o alguna cosa?

Jonathan hizo un gesto con la mano, como desestimando esa opción.

—Bah, lo del corpiño no creo que haya sido ella. Es un regalo precioso. Seguro que caro. Lo mismo es de… no sé. —Se quedó pensando y añadió—: ¿Alex? Lo cierto es que no he visto a nadie tan sexy en Watermill jamás. —Me dio un pequeño beso de despedida.

Tenía que volver a la herrería para arreglar una de las herraduras antes de regresar a su apartamento, y yo debía irme ya si no quería tener problemas. Así que fui directamente a la salida desde allí.

Estaba bastante escamada. Me empezaba a picar toda la piel de pensar que Abigail hubiera puesto algo en el corpiño. Escamada y también un poco molesta: mi dramática aventura con la serpiente ¿había sido un pequeño susto de nada con una víbora de jardín? ¿Lo que sentía por Jonathan era el comienzo de un gran amor, un amor con auténticos peligros y tempestades, como los del romanticismo? ¿Un amor de bosque, océano y acantilado, o un pequeño amor de jardín?

Caminé hacia los tornos con todo esto en la cabeza, dándole patadas a un canto rodado, cuando vi que mister Ruskin salía de la casa central. Ya no era santo de mi devoción. Pero, además, la cara que puso al verme fue como para echar a correr en dirección contraria.

—Buenas tardes, ¿pasa algo? —pregunté al ver su expresión furiosa.

—¿Que si pasa algo? Estamos en Watermill, ¡no en el París de *Las amistades peligrosas*!

Bajé la mirada a mi corpiño. «Oh, oh...».

—Lo siento. Me lo acaban de regalar y pensé que... En España, en el siglo XIX...

—Exacto. En España, las mujeres se vestían como furcias si querían. Pero esto es Watermill Village, un pueblo pu-ri-ta-no de Nueva Inglaterra. ¡Y en Watermill Village somos fieles a nuestra historia!

Estaba furioso. Tanta rabia no podía tener que ver conmigo. Seguro que le había pasado algo antes de que yo llegara.

—Te lo dije desde el primer día —continuó—. Y te dije exactamente lo que te tenías que poner. Ese... —señaló con desprecio mi corpiño— corsé, salto de cama o lo que sea, no te lo he dado yo, ¿verdad? Pues quítatelo. —Se acercó a mí como si me lo fuera a quitar él mismo.

Me alejé instintivamente de él y levanté las manos.

—Vale, vale... Me lo quito ahora —dije a la defensiva—, pero no me toque. No se le ocurra tocarme —repuse, sintiendo cómo el enfado se apoderaba también de mí—. Que en el siglo XIX las mujeres no tenían derechos, pero en el XXI sí los tenemos. Y a mí no me puede usted hablar así ni ponerme las manos encima.

Mister Ruskin siguió dándole al tema:

—La cintura y el pecho no se marcan. Y los botones... —añadió mientras yo me giraba en dirección a los aseos de la casa central— ¡los botones son para abrocharlos!

Hice un ademán de «ya te he entendido» mientras me alejaba de él lo más rápidamente posible.

«Para abrocharlos, para abrocharlos…», repetí en mi cabeza.

Cuando ya no me veía, arranqué con rabia uno de los botones del vestido. Más tarde me tocaría coserlo, pero necesitaba ese desahogo.

Inmediatamente recordé con qué ligereza y qué fuerza Jonathan había roto el de su chaleco cuando yo se lo pedí.

—Los botones son para desabrocharlos. Incluso para arrancarlos si hace falta —dije en voz alta—. Y esta tarde los voy a arrancar todos —decidí con rebeldía.

For my will is as strong as yours,
And my kingdom as great.

Porque mi voluntad es tan fuerte como la tuya,
y mi reino igual de grande.

<small>Dentro del laberinto</small>

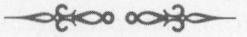

11

El fuego

En vez de cruzar los tornos de la salida, volví sobre mis pasos, evitando que nadie me viera, y regresé directamente a la herrería.

Jonathan estaba abstraído manejando un mecanismo que lanzaba llamaradas de fuego. Con la otra mano sostenía una herradura con unas tenazas muy grandes. Estaba de espaldas a la puerta.

Y qué espaldas. Con los hombros anchos que tenía y el chaleco ajustado a la cintura parecía el protagonista de un manga o un anime de época. Su cuerpo era impresionante, estilizado y musculoso a la vez. Se dio la vuelta, todavía sin verme, se bajó la visera protectora y empezó a darle martillazos a la herradura al rojo vivo. Cada golpe que daba contra el yunque lanzaba mil pequeñas chispas y resonaba con fuerza dentro de mí.

Lo contemplé durante unos instantes más, sin hacer ruido, hasta que levantó la mirada y me vio.

—Viviane. —Sonrió y se subió la visera—. ¿Qué haces aquí? ¿No te habías ido?

Bajé la vista.

Continuó:

—¿Es la primera vez que entras en la herrería? Puedo explicarte cómo funciona. Algún día te va a toc…

—No —le interrumpí—. No quiero que me expliques nada. He tenido un encontronazo con tu padrastro —le dije sin ocultar mi enfado—. Prácticamente me ha llamado «furcia española» —añadí levantando el corpiño que llevaba en la mano—: ¿Tú no sabías que esto estaba prohibido?

—¿Eso que llevabas puesto antes? —preguntó, sorprendido—. No, no tenía ni idea. Pero ahora que lo dices, nunca he visto a nadie llevar algo así.

—Me lo tenías que haber advertido, ¡este es tu mundo! ¡Conoces sus reglas! Pero tú estás en otro. En el tuyo propio, ¿verdad? —le reproché.

Al pronunciar esas palabras me di cuenta de que eran las mismas que me habían dicho siempre a mí, desde que era pequeña. No podía ser muy dura con él por eso. Reenfoqué mi enfado hacia Abigail:

—Está claro que ha sido ella. Abigail. Me ha vuelto a hacer un regalo envenenado. Pensé que me iba a irritar todo el cuerpo, pero el veneno del corpiño ha sido peor. ¡Me ha dolido en el alma! ¡Me ha dado en todo el amor propio! No te imaginas lo desagradable que ha sido Ruskin…

Estaba furiosa.

Jonathan soltó las tenazas y el martillo, se quitó los guantes y empezó a acercarse a mí. Llevaba puesta mi pulsera.

—Lo siento mucho, *baby*.

—No me llames *baby*. No me gusta —repuse—. No soy ningún bebé.

—*Honey*? —preguntó con una sonrisa encantadora.

Negué con la cabeza.

—No, eso vale para todas. Yo soy yo.

Se acercó a mí más todavía y me rodeó con sus brazos. Su camisa tenía el calor del fuego. Sus manos también.

—Perdona, tú eres mi Viviane. Mi Dama del Lago.

Después de la humillación que acababa de vivir, su abrazo cálido y aquel «mi» cariñoso me desarmaron. Noté cómo mi enfado empezaba a ablandarse y, en su lugar, me asaltaron unas ganas horribles de llorar.

Apoyé la cabeza en su hombro y se me escapó una lágrima. Él me quitó la capota, que en esos momentos me parecía enorme, y me soltó el pelo, acariciándome la nuca.

Me relajé y rompí en llanto.

—Hay gente que, aunque quiera, no puede llorar —comenté entre sollozos—. Mi abuela decía que las lágrimas son un don. El don de lágrimas. Definitivamente, creo que lo tengo.

Y añadí, riendo a pesar de todo:

—Ya estamos igual que el primer día. Aquí estás, abrazándome mientras lloro.

—Sí, aquí me tienes. Aunque me gustaría mucho más abrazarte mientras ríes.

—Yo también —respondí.

Me hizo cosquillas en la cintura y se me escapó una carcajada. Me defendí de sus cosquillas como pude y nos echamos a reír los dos. Durante esos momentos se me olvidó lo que había pasado con el corpiño, pero enseguida lo recordé todo de golpe.

—Dice Ruskin que los botones están para abrocharlos. ¿Me ayudas a desobedecerle?

—Ajá —asintió él—. Lo que necesites —accedió con una mirada traviesa—. ¿Cuál te desabrocho primero?

—No. Voy a empezar yo por los tuyos. —Le acaricié la línea de botones—. ¿Por cuál quieres que empiece?

Jonathan se acercó a mis labios y susurró:

—Por el del corazón.

Nos miramos a los ojos y de nuevo fue como caer en otro mundo por unos instantes. Pero me esforcé en seguir el hilo de la conversación.

—El del corazón... —dije, metiendo la mano en el bolsillo de mi vestido— lo tengo aquí.

Le mostré su botón.

—Cuídamelo bien —me pidió él—. Es tuyo.

Entonces me besó. Y sentí que la cabeza me daba un vuelco. Ya no sé ni con qué compararlo, pero me sentí la mujer más afortunada del mundo por estar ahí en ese preciso momento entre los brazos de Jonathan. Ya no era el chico del parking, ni el heredero de Watermill Village, ni el príncipe de un reino subterráneo en lo más profundo de mis sueños. Era él, en todas sus facetas.

Empezamos a besarnos apasionadamente, enlazando un beso con otro.

—Rómpeme todos los botones —le dije en un arrebato.

Negó con la cabeza mientras me besaba.

—No, que luego tendrás que coserlos —repuso entre beso y beso.

—Me da igual. No me importa mi tiempo —comenté besándolo otra vez.

—A mí sí —replicó él.

Separó un momento los labios de los míos y comenzó a desabrocharme cuidadosamente el primer botón. Ya estábamos sentados en el suelo, yo encima de él. Pasó del botón de arriba al de un poco más abajo, que yo ya había arrancado.

—Falta uno... —murmuró.

—No te preocupes, sigue...

Llegó al tercer botón. Estaba ya muy cerca de mi pecho. Sentía toda la piel electrizada.

Comencé a soltar los botones de su chaleco, y así estuvimos, desabrochándonos lentamente el uno al otro, reprimiendo el deseo, hasta que toda la ropa quedó abierta. La parte superior de mi vestido, su chaleco y su camisa de mangas anchas.

—Nunca he estado con alguien tan perfecto —le confesé.

—No me gusta lo perfecto —repuso él.

—¿Por eso estás conmigo? —reí.

—Eres preciosa —dijo él—. Por dentro y por fuera. Me di cuenta desde el principio —añadió dándome ahora un beso lento.

Desde mi posición, sentada sobre él, noté su presión entre mis piernas, debajo de mí. Le acaricié la espalda ancha. Él subió la mano hasta uno de mis pechos, adornado con el encaje negro del sujetador, y lo cubrió por completo con ella, como si fuera una copa, apretándolo con delicadeza. Me besó por encima del encaje y susurró:

—Demasiada ropa todavía.

Intentó desabrocharme el sujetador con la otra mano, pero le costó.

—No tienes práctica, ¿eh?

—Este sujetador es… es diferente.

—Será que viene de España —supuse—. Es… especial.

—Es especial porque es tuyo.

Por fin lo consiguió. Yo me eché un poco hacia atrás y le desabroché el botón del pantalón.

—Espera —me pidió—. ¿De verdad quieres hacerlo aquí, en la herrería?

Me reí.

—Quiero tenerte dentro —respondí—. Sentirte dentro.

Jonathan me besó el cuello. Noté que me mareaba de placer.

—¿Tienes preservativo? —conseguí pronunciar.

—Claro —afirmó él apartando un momento los labios de mi cuello—. Pero, ahora que lo pienso, caducó en 1830.

Solté una carcajada.

—He leído que Lord Byron tenía preservativos de ganchillo —comenté, dándole otro beso.

—¡Igual que yo! —exclamó él, riéndose.

—¡Pues esos no caducan!

Me encantaba su sentido del humor. Sacaba lo mejor de mí. No sé por qué, pero siempre me ha resultado fácil querer a las personas que me hacen reír.

—Ahora en serio —dije mirándolo fijamente—, ¿tienes preservativo?

—Ahora en serio —repitió él mirándome fijamente también—, busca en mi bolsillo.

Sonreí y metí la mano con cierta dificultad en uno de ellos. No era ese. Pero noté que Jonathan estaba... deseándome. Busqué en el otro hasta que encontré su cartera de cuero. Se la di para que lo sacara él mismo.

Pero antes de comenzar, había algo que tenía que hacer: cerrar la puerta con llave. Si no, no iba a estar tranquila. Me levanté y caminé unos pasos. La puerta tenía un cerrojo antiguo de madera.

Me asomé un momento. Afuera atardecía. Nunca había visto el paisaje de Watermill bajo esa claridad. Respiré hondo la brisa, con olor a leña.

Volví junto a Jonathan.

—¿Por dónde íbamos? —le dije.

Y él y yo, sobre el suelo de tierra de la herrería, entramos en nuestro propio mundo. Tal vez lo creamos. Un mundo nuestro.

El fuego crepitaba en la fragua, llenándolo todo con su baile de sombras y luces anaranjadas.

Recorrí cada centímetro de aquel cuerpo por el que sentía tanta atracción y, para qué negarlo a esas alturas, amor. Y él me recorrió con el mismo cuidado, el mismo celo, y fue buscando mi placer como si le importara más que el suyo propio.

Y cuando yo ya reventaba de deseo y casi no podía más, empezamos a movernos acompasadamente bajo mi amplia falda, y entró en mí, y me llenó por completo por dentro. Sentí la plenitud absoluta. Nos quedamos inmóviles un momento, mirándonos, conscientes de lo que estaba sucediendo. «¿Sentirá lo mismo que yo?», me pregunté por un segundo, sentada sobre él. Entonces me besó con pasión y dejé de pensar, porque aquel beso largo nos volvió a arrastrar a una especie de océano interior en oleadas rítmicas de placer, cada vez con más intensidad, y sentí que éramos un solo cuerpo, una estrella brillando hasta su máxima potencia, cada vez más, hasta estallar como una supernova. Dos universos derramados en uno.

Nos quedamos un rato abrazados, escuchando los chasquidos del fuego. Jonathan me acarició la cara con el dedo índice, desde la frente hasta la barbilla.

—Tienes perfil de estatua griega —me dijo—. Pareces sacada de las imágenes de un ánfora. Podrías ser Helena de Troya, Circe… ¡Espera! —exclamó, fijándose de pronto en el nacimiento de mi cabello—. ¡Tu pelo es de otro color! ¿Este es el verdadero? ¿No tienes el pelo negro?

—No —le confesé, sacudiendo la cabeza.

—Pero… —añadió, observando con curiosidad mis raíces— tu pelo es de un color imposible. No había visto nunca nada igual. ¿Por qué te lo tapas? Es muy bonito.

—Tu padrastro. Me obligó desde el primer día. Decía que no era creíble que alguien tuviera el pelo así, y menos en el siglo XIX. Voy a tener que teñírmelo otra vez. Ya está creciendo y se nota. Tú lo has notado.

—No, por favor. Quiero ver tu pelo natural.

Entonces aproveché para contarle lo que me preocupaba.

—Hay varias cosas que no son naturales aquí en Watermill, Jonathan. No sé si te has dado cuenta, pero no hay nadie con sobrepeso, ni demasiado alto, ni demasiado bajo, ni personas con otros tonos de piel…

—¿Cómo? Déjame que piense… —murmuró—. Alex es nativo americano, y tú, latina.

—¿Yo soy latina? —repetí con sorpresa.

—Para un estadounidense, los españoles sois latinos.

—En cualquier caso, tanto Alex como yo tenemos la piel muy clara. A nivel de apariencia, no es que Ruskin haya apostado por la diversidad. Entiendo que no hubiera demasiada en un pueblo puritano del siglo XIX, pero además de los personajes que vamos de época, hay otros puestos de trabajo, como la enfermería o la taquilla, donde tampoco veo que haya nadie de color. Ni ninguna persona que pase de los treinta años.

—Ahora que lo dices, tienes razón. Bueno, miss Milton debe de tener más de sesenta.

—Sí, salvo miss Milton —le concedí—. ¡Y hoy tu padrastro ha echado a Rose!

—¿A Rose, la camarera? —Se quedó pensando—. Pero ¿cuántos años tiene? ¡Si no aparenta más que yo!

—No, ella es joven. Pero tenía un sarpullido y eso a Ruskin le ha parecido inaceptable para trabajar aquí.

—No puede ser —dijo, asombrado.

—¿Podrías hacer algo? —le pregunté—. ¿Estaría en tu mano?

—¡Por supuesto! Dentro de un par de meses todo será legalmente mío. Y, mientras tanto, puedo mover los hilos. Hablaré seriamente con él —aseveró—. Y, si no, con mi abogado. Tengo que reunirme con él de todas formas.

Lo miré agradecida.

—No te preocupes, Rose volverá —me prometió, incorporándose con decisión—. Y tú dentro de nada podrás lucir tu propio pelo. Arreglaré muchas cosas. Todo lo que me has dicho y más que tengo en mente desde hace tiempo. Déjalo en mis manos.

Me puse en pie y lo abracé. Todavía lo conocía muy poco, y seguro que iría descubriendo aspectos que no encajarían exactamente con lo que me gustaría que dijera o que hiciera. Pero por ahora, Jonathan cumplía con creces todas mis expectativas.

Sentí su olor. Ese olor tan masculino, tan a hierba y a tierra limpia que tenía.

¿Todo esto era real o aún seguía soñando? ¿Sería la herrería un espacio más de aquel palacio subterráneo de mis sueños?

¿Sería la antesala de los deseos cumplidos?

Caminamos hacia la salida cogidos de la mano, atravesando veredas oscuras. Jonathan podía hacer lo que quisiera en Watermill, pero yo me arriesgaba a tener otro problema con mister Ruskin si me descubría a esas horas dentro del recinto. A menudo se quedaba hasta tarde trabajando en la casa central o comprobando el estado de los diferentes espacios.

Fue raro pasar los tornos con Jonathan y llegar juntos al parking. Ver el suelo de asfalto, las señales de circulación, mi coche y su camioneta, solitarios en la vasta superficie del aparcamiento, separados por más de cincuenta metros.

Habíamos llegado a nuestro siglo y era el momento de despedirse. Aunque ahora las cosas no me parecían tan claras. Ya no sabía si el XXI era de verdad nuestro siglo. Ni tampoco hasta qué punto había que despedirse.

Porque a lo mejor podíamos seguir la noche. Ponernos ropa normal e irnos a tomar algo. Pensé en todas las posibilidades que ofrecía el mundo actual. Bares, terrazas, pizzerías, cines, pubs nocturnos…

Aunque quizá fuera mejor dejarlo estar por ese día.

Pero costaba. Costaba mucho separarse de él.

Aun así, disimulé bien.

—¿Qué vas a hacer esta noche? —me preguntó mientras me acompañaba al coche.

—Nada. Cenaré alguna cosa y leeré un poco. Tengo la nevera casi vacía, pero el libro que estoy leyendo es interesante. Hará que se me olvide un rato el hambre. Mañana es mi día libre e iré a la compra.

Me di cuenta de que, en realidad, esa noche para mí era como noche de viernes. Entonces me pregunté por un segundo qué iba a hacer Jonathan. Y enseguida recordé a Lucy.

—A ti te espera Lucy, ¿no?

—Bueno, tanto como esperarme, no creo. Pero los lunes suele estar en casa.

Volví a imaginármelos juntos, viendo una serie bajo una manta.

Borré la imagen de mi cabeza. Confiaba en él, y eso era lo importante.

—En Worcester hay supermercados que abren las veinticuatro horas, ¿sabes? —me dijo, pensando en mí otra vez.

—Prefiero no salir por la ciudad de noche. Me da un poco de miedo. No me manejo bien…

Me dio un beso en la mano.

—¿Quieres que te acompañe al súper? —se ofreció—. Yo no tengo nada que hacer.

—No, déjalo —dije, no sé por qué. ¡Qué idiota! ¿Quería hacerme la dura?—. Ya compraré algo mañana.

—¡Espera! He cogido manzanas. Ven —dijo, cambiando de dirección hacia su camioneta.

Me fijé en ella mientras nos acercábamos. Estaba bastante usada. Se notaba que había vivido muchas aventuras.

Fue a la parte de atrás y sacó una caja de madera llena de manzanas rojas.

—De mi manzano favorito. Coge todas las que quieras.

Las miré con admiración.

—Son como las que me diste el día del armario, cuando me llevaste al río.

—Sí, señorita. ¡Gran día! —exclamó con tono épico—. Entonces no te fiabas mucho de mí. ¿Confías ahora? ¿O quieres que las pruebe todas antes de que te las lleves? Debe de haber cuarenta, pero por ti lo haría.

Me reí.

—No, déjalo. Ya me fío. Me llevaré solo tres, como aquel día.

—Quizá sea yo quien no deba fiarme mucho de ti —dijo mientras elegía las tres mejores—. Dicen que fue Viviane quien acabó con Merlín. Lo encerró para siempre en una jaula de cristal. —Puso las manzanas en mis manos y continuó—: Creo que yo ya estoy dentro de tu cristal.

Me acompañó a mi coche.

Nos despedimos con un beso largo y lento, y un «hasta el miércoles».

Dejé las manzanas en el asiento del copiloto y, mirándolo por última vez a través de la ventanilla, arranqué.

Mientras llegaba a la carretera principal y la velocidad nos alejaba en un río de luces, recordé que en la mitología griega las manzanas eran símbolo de amor. De hecho, lanzarle una manzana a una mujer era proponerle matrimonio. Ella debía decidir si recogerla o no.

Miré de reojo mis manzanas, en el asiento del copiloto.

Suspiré.

¡Tenía la cabeza llena de pájaros! Los libros y el cine clásico me la habían llenado de referencias, de símbolos y de poesía.

Y Jonathan era el chico, el hombre ideal en el que podía proyectar mis sueños.

Al saber que tenía la nevera vacía, se había ofrecido a acompañarme al supermercado. Y me había regalado manzanas. No estaba mal.

Pero había algo que no me acababa de encajar. Algo que yo hubiera hecho en su lugar.

Invitarme a cenar a su casa.

Though nothing can bring back the hour
Of splendour in the grass,
Of glory in the flower [...].

Aunque ya nada pueda devolvernos el tiempo
de esplendor en la hierba,
de gloria en las flores [...].

WILLIAM WORDSWORTH

12

La jaula de cristal

Nada más llegar a casa me duché.

El cuarto de baño de los pisos compartidos suele ser un asco, y el mío no era una excepción. Había una mosca muerta pegada a la cortina de la ducha desde el día en que llegué, hacía alrededor de un mes, y nadie se había molestado en quitarla. Yo tampoco, por supuesto.

Como Fiammetta y Ryan habían cortado, no pasé por el salón a saludar a nadie. Fui a la cocina, saqué de la nevera lo único que me quedaba, dos huevos, y me los hice pasados por agua.

Después me tumbé en la cama a leer mientras me comía una de las tres manzanas que me había dado Jonathan. Había terminado de leer *Jane Eyre* y me pareció el momento perfecto para comenzar *La cabaña del tío Tom*. Me había comprado una edición muy bonita, y la autora, Harriet Beecher Stowe, había nacido en Nueva Inglaterra más o menos a la vez que yo. Que mi otra yo, Eliza, la maestra de escuela o jardinera de 1830.

Pero reconozco que, con todo lo que me había pasado, me quedé dormida enseguida.

El martes me desperté con la sensación de que iba a ser un no-día. Un no-día en un no-lugar. Como en la sala de espera de un aeropuerto.

Pero al volver de hacer la compra, me puse a leer y el libro me atrapó. Me pasé leyendo *La cabaña del tío Tom* hasta que se hizo de noche. Los diálogos estaban llenos de vida y me descubrió aspectos sobre la esclavitud que desconocía por completo. Al parecer, a la autora se le había muerto un niño, y eso hizo que se identificara con todas aquellas madres a las que sus amos separaban de sus hijos para comerciar con ellos en subastas. Separación de madres e hijos, maridos y mujeres… A veces no una, sino varias veces, para que tuvieran descendencia de nuevo y volver a vender a los bebés. Horrible.

Decidí levantarme muy temprano para llegar a Watermill lo antes posible al día siguiente. Y lo hice, aunque no sé por qué razón hubo tráfico a la salida de Worcester y llegué más o menos a mi hora. Cuando aparqué, ya había bastantes coches. Pero la camioneta de Jonathan no estaba.

Pasé en el jardín varias horas plantando, arrancando hierbas de mala gana y leyendo a ratos con la esperanza de verle en algún momento. Pero no sucedió. ¿Habría hablado con Ruskin? ¿Se habría tomado la mañana libre para ir a ver a su abogado? Esto de no llevar móvil era un desastre. No tenía forma de satisfacer mi curiosidad y me sentía bastante impotente. Solo me quedaba esperar.

Y vaya si esperé.

Esperé todo el día, pero Jonathan no apareció por el jardín. No sabía siquiera si había ido a trabajar. ¿Le habría pasado algo?

Al volver a casa, pasé primero por la tienda de móviles para ver a Fiammetta, y nos tomamos juntas un café. Bueno, Fiammetta decía que aquello era más agua que café, pero… ¡Lo bueno es que nos rellenaban la taza todas las veces que quisiéramos!

Fue fantástico poder contarle lo que estaba pasando en mi vida y escuchar sus comentarios. Lo de Jonathan («¡Este tío es de película! ¡No lo dejes escapar! Y si te aburres de él, me lo presentas…»)

y lo del corpiño de Abigail. («¡No me lo puedo creer! ¡Es una psicópata!»). Aprendí por lo menos diez tacos nuevos en italiano.

Aunque no le hizo ascos al corpiño cuando le dije que se lo regalaba. La verdad es que era muy bonito, con sus encajes y sus lazos morados. Por un extraño respeto que siento hacia las cosas bellas, el día anterior pude resistir la tentación de quemarlo en la fragua. Pero tenía claro que quería deshacerme de él, y nadie mejor que Fiammetta para lucirlo.

Al volver a casa estuve un buen rato mensajeándome con mi madre. Después me hice unos macarrones con verduras y queso y me los comí sentada en la cama.

Antes de irme a dormir me asomé a la ventana.

Como no había persianas ni cortinas, mi habitación estaba constantemente iluminada por los destellos de la ciudad. Respiré el aire sucio de la calle. Letreros de neón, faros de coches, semáforos cambiando continuamente, intermitentes de ambulancias y coches de policía… Me resultó extraño cómo las luces podían producir tanto desasosiego siendo luz. Eran más inquietantes que la propia oscuridad.

Volví a quedarme dormida con *La cabaña del tío Tom* entre los brazos. Me desperté en mitad de la noche, asustada. Había tenido una pesadilla. Durante las dos horas siguientes, estuve dándole vueltas a la cabeza. Pensamientos inverosímiles, ideas desagradables, miedos… Dentro de aquella duermevela malévola, me di cuenta de que Jonathan y yo nos habíamos despedido después de hacerlo y no había vuelto a saber nada de él. No pude evitar recordar la frase que decía mi abuela: «Cuando los hombres consiguen lo que quieren, pierden el interés». Y Jonathan, definitivamente, había conseguido lo que quería.

Pero… ¿no quería nada más? ¡Yo sí! ¡Muchísimo más! Con todo lo que podíamos hacer juntos… Con todo lo que podía ocurrir a partir de ese momento en nuestras vidas, tantas posibilidades… ¿cómo cortarlo ahí? ¿Había sido el rollo de una noche?

Otra idea que me venía constantemente a la cabeza era que no había tenido valor. No se había atrevido a hablar con su padrastro y me había evitado para no reconocerlo. Le había pedido cosas importantes. Y él había faltado al trabajo, o eso parecía.

¿Por qué no lo había pensado antes?

Cuando sonó el despertador me levanté hecha polvo. Nunca he podido amar a alguien a quien no admiro. Quería creer en él. Que fuera el hombre que yo había imaginado. Si no, todo lo que sentía por él se iba a deshacer como un castillo en la arena.

Pero las dudas que me habían atormentado eran razonables.

No se podía negar que eran posibilidades.

Al llegar a la mecedora, no había notas ni regalos. Al menos, tampoco había sorpresitas de Abigail…

No había vuelto a verla desde el golpe que me dio en el hombro. Y la idea de cruzarme con ella me inquietaba, para qué negarlo. Cada vez que veía algo del mismo tono marrón verdoso de su vestido, me ponía enferma. No me gustan los enfrentamientos, pero por el camino que íbamos, sería inevitable.

Bueno, de momento pasaría la mañana en mi jardín, entretenida.

La sección correspondiente a las cuatro hermanas de *Mujercitas* estaba preciosa. Intenté encontrar un poco de paz interior quitando hojas secas de esa zona y me fui animando. Estaba a punto de comenzar la matanza de «malas hierbas», cuando me di cuenta de que podía crear un pequeño rincón donde trasplantarlas. O recolocarlas en otros bancales existentes, según su utilidad medicinal, alimentaria o lo que fuera. Hacer esto me alegró el comienzo de la mañana. Cuidar de las plantas, de los seres vivos en general, siempre me ha hecho sentir bien.

Y el trabajo mecánico me ayuda a aclarar las ideas. Entro en una especie de meditación y se me ocurren muchas cosas.

Estaba trasplantando diente de león y verdolaga cuando de pronto me di cuenta: ¡Alex! ¿Cómo no se me había ocurrido antes? Seguro que tenía el teléfono de Jonathan y podía averiguar algo a la salida. Podía incluso darle mi número de móvil para que se lo ofreciera, por si quería escribirme o llamarme.

¿O era un movimiento demasiado atrevido? Después de todo, quizá Jonathan no había venido a Watermill por evitarme.

Debía pensarlo bien.

Lo que sí hice sin dudar fue ir a visitar a Alex en la barrilería.

A diferencia de lo que sucede en otros oficios de Watermill, los barriles solo se fabrican cuando hay visitantes (son demasiado grandes para venderlos como recuerdo en la tienda). Así que Alex se había pasado varios días prácticamente sin ver a nadie en una cabaña muy pequeña, tallando figuritas de madera por placer. Y echando de menos su móvil.

Cuando llegué, estaba sentado en un taburete junto a la puerta quitando la corteza de un palo.

Me abrazó efusivamente.

—¡Qué bien que hayas venido, Eliza! No sabes la alegría que me das.

—Puedes llamarme Valentina cuando estemos solos, Alex. Es mi nombre de verdad.

Se llevó la mano al pecho e hizo una pequeña reverencia de agradecimiento.

—Valentina —repitió.

Eché un vistazo al interior de la caseta: el taller abarrotado de barriles y cubos de madera, el suelo lleno de serrín… Era un poco claustrofóbico, pero olía muy bien.

—Vengo a que me enseñes todo esto —le dije—, pero también a preguntarte si sabes algo de Jonathan.

Alex soltó un silbido.

—Las cosas van viento en popa con él, ¿no? ¡Vaya baile os marcasteis el otro día!

Sonreí, enrojeciendo al recordar la atracción que sentí mientras me llevaba con tanta seguridad entre sus brazos.

—La tensión sexual se podía cortar con un cuchillo —añadió—. ¡Menos mal que os besasteis al final! ¡Si no, os habría besado yo mismo!

Me reí al imaginarlo. Alex siempre me ponía de buen humor. Entonces me miró a los ojos y me preguntó:

—Ahora en serio, ¿todo bien, Eliz… Valentina?

Daba gusto sentir que se preocupaba por mí.

—Sí —le confirmé—. Estoy contenta.

—Me alegro. Jonathan es un tío que vale mucho. Cuídalo, ¿eh? O te las verás conmigo.

—No te preocupes. Precisamente por eso estoy aquí —me sinceré—. No vino ayer al trabajo y me pareció muy raro. Le había pedido que hiciera algo por Rose. No sé si sabes que la echaron el lunes…

—Sí. Yo los lunes libro, pero me enteré el martes nada más llegar. No me lo puedo creer —me dijo impresionado—. A ver, quitando unos pocos como Jonathan y yo, hay mucho movimiento de gente. La mayoría son estudiantes que están unos meses para ayudarse a pagar la universidad y en cuanto consiguen un trabajo de lo suyo, o mejor pagado, se van.

Agaché la cabeza sintiéndome culpable. Ese era también mi plan.

—Pero Rose llevaba ya dos años aquí —continuó—, y se veía que disfrutaba con esto. Lo malo es que hace el trabajo de dos personas. Los fines de semana se necesitan más camareros en La Encrucijada. —Se quedó un instante callado y siguió—: Pero dicen que mister Ruskin la ha despedido por la erupción que tiene en las manos, y eso es muy preocupante. —Se quitó con nerviosismo un mechón del flequillo que le tapaba la cara—. ¡Nos puede echar a todos en cualquier momento, por cualquier cosa! Yo creo que a este hombre le gustaría volver a la época en la que hubo esclavos en Watermill.

—¿Cómo? —pregunté sorprendida—. ¿Hubo esclavos?

—Bueno, no lo sé seguro, pero no sería raro que los hubiera habido —respondió apartando la vista de forma evasiva.

Sacudí la cabeza. Aquel era otro tema que me gustaría investigar. Pero no ahora.

—A ver, Alex. Has dicho que nos puede echar a todos en cualquier momento. ¿No hay diferentes tipos de contratos?

—Sí, pero indefinidos no sé yo si habrá alguno. El mío desde luego no lo es. Y llevo trabajando en Watermill desde que dejé el colegio.

La situación era bastante inquietante.

—En fin —comenté, sin saber qué decir—. Ojalá Jonathan pueda hacer algo.

—Si alguien puede, ese es Johnny.

—¿Comprobarás que está bien? No me dijo que fuera a faltar por ninguna razón.

Levantó una ceja y me preguntó, travieso:

—Valentina, ¿no quieres que le dé tu teléfono? Si me lo pasas, yo...

—Mmm... —titubeé. Me había leído la mente—. No, déjalo. La última vez que nos vimos le di... demasiado, creo —solté una risita—. No quiero que piense que lo persigo o algo así.

—Descuida —dijo—. ¿Ningún mensaje de tu parte entonces?

Me quedé callada un momento, reflexionando. Al final, respondí:

—No. No sabría qué decirle. Se me ponen estómagos en la mariposa de pensarlo.

—¿Estómagos en la mariposa? —repitió riéndose.

Volví a ponerme colorada.

—Ya sabes lo que quiero decir...

—Sí, ja, ja... Oye —comentó con cara de acordarse de algo—, hablando de ese tema: el sábado vuelve Lucy.

Sentí que todo el cuerpo se me ponía a la defensiva. Intenté disimular para no arruinar la alegría de Alex. Él siguió:

—Creo que tú y yo hacemos una pareja de baile fantástica. Sé que no soy Jonathan, pero ¿qué te parece si nos preparamos un pequeño número para el fin de semana? Menos caliente —añadió con picardía—, más divertido... A los turistas les encantan estas cosas, y en el futuro, ¡quién sabe! Si lo trabajamos bien, podemos acabar formando parte de los espectáculos que ofrece Watermill.

La idea me pareció maravillosa.

—Alex, ¡me encantaría! Me gusta mucho bailar, cantar, actuar… Y sigo sin saber nada de la agencia donde dejé mi currículum. Así que, si puedo avanzar algo por esta vía, ¡mejor!

—¡Genial! ¿Te vienes luego a ensayar a alguna hora que esté tranquilo el jardín de hierbas?

—Sí. Entre semana está tranquilo todo el día. Pero podemos quedar a las dos de la tarde, por ejemplo.

—Tendremos que tararear las canciones, porque música… sin mi móvil no tengo forma de ponerla.

—¡Pues tarareamos si hace falta!

Chocamos las manos con alegría y nos dimos otro abrazo de despedida.

Volví a mi jardín mucho más contenta. Y serena.

Y lo que es mejor, con una nueva ilusión.

El jardín de hierbas vibraba al sol, lleno de vida.

Me acerqué al árbol del amor y apoyé la mano en él. Entonces recordé algo que me había enseñado mi madre. Las flores rosas de este árbol no crecían de los tallos, sino que nacían directamente del tronco. El tronco, el propio tronco, florecía.

Me pareció muy simbólico. Algo perfecto para un árbol que se llamara así.

Sin embargo, en ese momento me acordé de las pesadillas que había tenido durante la noche. Y de las dudas que sentía sobre Jonathan. Y me dejé llevar por la melancolía.

Las leyendas antiguas tienen imágenes muy poderosas. La jaula de cristal, esa trampa de amor donde Viviane había encerrado para siempre a Merlín, no paraba de venirme a la cabeza. La falta de presencia, el miedo a perder al otro, o a que no sea lo que uno espera, el deseo insatisfecho… eran un motivo de infelicidad invisible.

Aunque el día estuviera en todo su esplendor.

Eché un vistazo al jardín de hierbas que hasta hacía nada había sido un paraíso, y recordé de golpe el nombre de un libro antiguo que estudié en el colegio. Nunca llegué a leerlo, pero su título expresaba a la perfección lo que sentía en ese momento.

Cárcel de amor.

What other dungeon
is so dark as one's own heart!

¡Qué otro calabozo
es tan oscuro como el propio corazón!

NATHANIEL HAWTHORNE

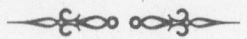

13

Bailando en la tormenta

Enseguida se nubló. En cuestión de una hora, el cielo se oscureció intensamente. Cesó la tregua que nos había dado la lluvia.

Y yo que me quejaba de lo pequeña que era la escuela… Comparada con el cobertizo donde tuve que estar encerrada, ¡era inmensa! Pasé horas mirando por la ventana, leyendo mi libro y viendo llover. Y soñando con que algo, o más bien alguien, viniera a romper el aburrimiento de aquella jaula de cristal.

Pero nada. No ocurrió. A las dos menos veinte cogí una lona que había en el cobertizo y me cubrí la cabeza con ella para ir a La Encrucijada a buscar un sándwich y algo de postre, y después a la barrilería a encontrarme con Alex.

—Deberías comprarte un paraguas —me dijo mientras abría la puerta del estrecho taller.

—Ah, ¿es que se puede llevar paraguas? —pregunté, bastante sorprendida.

—Siempre que parezca antiguo… —contestó—. Si no, estos meses te van a salir setas en el pelo, con lo que llueve en Watermill.

Iba a responderle con otra broma, cuando exclamó:

—¡Vámonos! Aquí no hay sitio para bailar.

—¿Adónde vamos?

Alex sonrió.

—A la granja —respondió con satisfacción, como quien se refiere a un palacio.

La granja era el punto de Watermill Village más alejado de todo. Más allá solo había naturaleza. El bosque y el lago donde desembocaba el río antes de perderse bajo la tierra.

No era exactamente una granja. Bueno, por sus funciones sí, pero se acercaba más a la idea que yo tenía de una pequeña mansión. Una edificación noble al estilo colonial de Nueva Inglaterra. Según me contó Alex, se construyó a mediados del siglo XVIII, después de que un incendio destruyera la granja anterior.

Contemplé sus tablillas superpuestas de color azul, como las olas ordenadas de un mar.

—La casa que es casa y es mar —susurré.

—Así la llama Lucy —dijo Alex, orgulloso. No podía ocultar lo que sentía por ella—. Johnny antes vivía aquí —me explicó—. Dentro hay un salón donde podremos bailar cómodamente, ya verás.

Entramos con prisa, porque la lluvia suave comenzó a transformarse en tormenta. Al pasar al interior noté diferentes olores: a leña, a camomila, a cera de muebles… Me sentí a gusto inmediatamente.

El *grandfather clock* (o reloj de pie, como lo llamaríamos en España) dio las dos y cuarto, y un pequeño ratoncito se escabulló corriendo hacia la cocina. No pude evitar sobresaltarme.

Entonces Alex, con mucha energía, comenzó a apartar sillones, quitó la alfombra y en menos de lo que canta un gallo estábamos bailando ruidosamente sobre la madera del suelo.

La lluvia arreciaba contra las ventanas. Los truenos hacían temblar los cristales emplomados. Pero dentro, la granja era una fiesta. Alex era tan divertido…

Me enseñó a bailar tres canciones, tres coreografías distintas que él ya tenía estudiadas en su cabeza. Era fan absoluto de Lucy y de su grupo, y podía tararear de memoria los solos de violín de Lucy e imitar incluso su forma de improvisar.

—El amor hace maravillas —le dije, metiéndome con él.

—¡Ya te digo! —aceptó con una carcajada—. ¡Y yo que pensaba que no tenía oído musical!

Se nos fue el tiempo volando. Pero en cierto momento Alex se puso serio y me dijo:

—Oye, después de que te fueras me quedé pensando en lo que dijiste de Johnny. Es verdad que ayer por la mañana temprano le puse un mensaje y, cuando miré el móvil antes de dormir, vi que todavía no lo había recibido. Pensé que estaría desconectado a propósito y no le di importancia, pero si tú tienes razones para preocuparte…

Me mordí el labio.

—Si mañana sigue sin venir, ¿podemos hacer algo?

—Sí. Sé dónde está su piso. Podríamos ir a hacerle una visita por la tarde —dijo con los ojos brillantes.

—A él y a Lucy, ¿eh, listillo?

Alex sonrió como un niño travieso.

—Toma mi número de teléfono, por si acaso. Avísame si esta tarde no sabes nada de él, ¿vale? —le pedí.

Se sacó del bolsillo un lápiz de carpintero y le dio la vuelta a la manga de su camisa, blanca y almidonada, para escribirlo ahí.

—Trucos del siglo XIX… —murmuró—. Soy todo oídos.

Se lo dicté.

—Esta noche te mandaré un mensaje para que tengas mi número, ¿vale? —prometió. Algo debió de notar en mí, porque añadió—: No te preocupes. Johnny siempre ha sabido cuidar muy bien de sí mismo.

Sus palabras me reconfortaron.

Esperaríamos un día más y, si no, tomaríamos cartas en el asunto. Era un alivio saber que no estaba sola en mi preocupación. Éramos un equipo.

A las tres y cuarto nos marchamos de allí, dejándolo todo como estaba, para llegar a nuestros puestos a las tres y media. Pero, justo antes de salir, entró miss Milton y Alex me la presentó.

Era una señora mayor con aspecto encantador. Tenía ese tipo de pelo blanco sedoso de las mujeres que han sido muy rubias, y llevaba una capota de paja y un vestido de flores de lavanda debajo de un chal lila claro.

—¡Buenas tardes, cielo! —me saludó—. Pues si tú eres Eliza, creo que mañana me va a tocar explicarte las tareas de la granja, porque a partir del sábado vendrás a ayudarme aquí.

—¿Ah, sí? —exclamé, ilusionada.

—Sí. Me lo comentó mister Ruskin esta mañana. Ya verás, esto es muy entretenido. ¿Has ordeñado alguna vez?

—La verdad es que no. Mi familia es más de plantas que de animales.

—Todo tiene arreglo —señaló con buen humor—. Tenemos un ternerito que nació hace tres semanas y te vas a enamorar de él. Pero también va a haber mucho trabajo de plantas, descuida. Es la época de cosechar los nabos para los cerdos, las zanahorias… Hay que quitar rastrojos, arrancar las tomateras secas… ¡Y haremos también algún queso juntas! ¡Varios, de hecho! No te vas a aburrir.

—¡Qué ganas tengo ya de empezar! —dije con entusiasmo.

Me encanta aprender cosas nuevas, y la dinámica de rotar trabajos que había en Watermill me estaba resultando muy enriquecedora.

Habló con Alex un poco más de varias cosas prácticas y después, al despedirse, me cogió la mano con suavidad.

—Entonces te veo mañana, cielo. Cuando a ti te venga bien. Si no estoy aquí, me encontrarás en el establo o en la casita de al lado, donde vivo —me explicó haciendo un gesto en esa dirección—. No tiene pérdida.

Asentí con la cabeza.

No faltaría.

Esa tarde recibí una breve visita de mister Ruskin para avisarme de que, en efecto, a partir del sábado me tocaba estar en la granja.

No nos habíamos visto desde la escena tan desagradable del corpiño, así que nuestra conversación fue bastante fría y breve. Yo iría a la granja, y una veterana llamada Sophia se ocuparía de mi jardín. Vendría directamente el sábado, cuando yo me hubiera ido. Sophia no necesitaba ninguna explicación. Según él, conocía el jardín como la palma de su mano.

Mister Ruskin cumplió su cometido y se fue, pero antes me advirtió de que no podía quedarme encerrada en el cobertizo cada vez que lloviera, que en Watermill Village era dos de cada tres días. Tenía que seguir trabajando en el jardín.

Una hora después, una chica me trajo de su parte una capa de lana de color verde oscuro que haría las funciones de impermeable.

Me la puse y estuve un rato quitando plantas tronchadas por la lluvia y colocando tutores a otras que se habían caído. Pero la tierra encharcada no lo hacía demasiado fácil.

Volví a casa destemplada. Desanimada. Y con la capa mojada.

Nada más llegar vi que los girasoles que Jonathan me había regalado se habían marchitado del todo. Aquello me acabó de deprimir. Me puse el pijama y me metí en la cama. Me abracé las rodillas y me puse a escuchar música. Música que me hacía sentir bien y también música que me hacía llorar.

No sé cómo, pasó más de hora y media.

Entonces Alex se puso en contacto conmigo y todo mejoró un poco. Alex siempre me saca una sonrisa. Nos intercambiamos algunos GIF y comentarios sobre mister Ruskin que me subieron la moral y me hicieron reír. Además, me tranquilizaba tener su teléfono.

Antes de terminar, me dijo que Jonathan seguía sin responder ni recibir mensajes.

«Si mañana tampoco viene, vamos a buscarlo, ¿te parece?», me escribió.

«OK. Cuenta conmigo», le respondí. Y, después de unos cuantos emojis y GIF simpáticos de Superman y Wonder Woman al rescate, nos despedimos.

De madrugada hubo otra tormenta, que sacudió con fuerza la ciudad y sus luces de neón. Me pasé la noche sudando y con escalofríos. Creo que me levanté con unas décimas, pero cuando sonó el despertador hice de tripas corazón, me tomé el desayuno con un paracetamol que había traído de España y fui a trabajar. Siempre he tenido un fuerte sentido del deber, pero, para qué nos vamos a engañar, también estaba ansiosa por saber si volvería Jonathan. Ansiosa por verle.

Afortunadamente, la capa se había secado y fue un alivio ponérmela antes de salir. Me coloqué el chal morado alrededor del cuello, como una bufanda amplia.

Debo confesar que cada vez me gustaba más la ropa que tenía que llevar.

Caminé hasta donde había aparcado el coche la tarde anterior, apretando el botón de Jonathan en la mano. Después me puse música suave para conducir a Watermill Village.

Su coche no estaba en el aparcamiento. Me hundí en el asiento con desánimo y me quedé así un par de minutos, esperando.

—Venga, Valentina, adelante —me dije para animarme—. Lo mismo llega luego.

Había parado de llover. Menos mal. Eso al menos me daba un respiro, el tiempo que durara. Mi estado de salud era un poco precario, no quería complicarlo más.

Crucé los tornos y entré en Watermill cargada de incertidumbre. ¿Lo vería? ¿No lo vería? ¿Acabaría yendo a su piso por la tarde con Alex?

Menos mal que el paisaje seguía siendo magnífico. Toda aquella belleza junta. Los olores de la hierba y las flores vinieron a mi encuentro. El frescor de la mañana era tonificante, e inmediatamente me sentí mejor.

Durante un par de horas me dediqué a arreglar los estragos que había provocado la tormenta en el jardín, hasta que de repente oí una voz detrás de mí.

—Mira a quién tenemos aquí…

Cerré los ojos con alivio y placer. Era la voz de Jonathan.

Me volví hacia él. Estaba apoyado en la pared del cobertizo, mirándome trabajar.

Tiré al suelo la pequeña azada y fui hacia él. Con tranquilidad. Intentando disimular los nervios.

Me quedé a un metro de distancia y lo observé durante unos segundos. Todas las dudas que había tenido volvieron a mi cabeza.

Llevaba tres días sin dar señales de vida. ¡Tres días!

¿Me había estado rehuyendo a propósito? ¿Quería marcar distancia después de haberme llevado a la cama? Bueno, a la fragua, para ser más exactos… ¿O su ausencia había tenido que ver con lo que yo le había pedido? A lo mejor era un cobarde y no quería enfrentarse con su padrastro.

O tal vez simplemente había estado enfermo. Pero ¿tan enfermo como para tener el móvil apagado tres días enteros? ¿Es que había explicación para algo así?

—¿Qué tal estos días, Dama del Lago?

Lo miré a los ojos con expresión retadora.

—Aburridos, la verdad —respondí—. Ha llovido mucho desde la última vez que te vi.

—Sí. Creo que sí.

Me sentía a la defensiva. Había levantado un muro a mi alrededor. Una barrera de desconfianza. Si Jonathan quería que me acercara más, iba a tener que esforzarse.

—¿Por qué no has venido? —le pregunté con suspicacia—. Pensaba que le ibas a decir cuatro cosas a Ruskin. ¿Qué te ha pasado?

—Para ser sincero, no lo sé —respondió—. No me podía levantar de la cama. Tenía mareos, dolor de cabeza…

Jonathan era fuerte. Tenía músculos de trabajar en el campo y espaldas anchas. Pero su palidez, más acentuada de lo normal, indicaba que estaba diciendo la verdad.

Bajé la barrera y sonreí.

—Y tú, ¿estás bien? —me preguntó, tendiéndome la mano para que me acercase.

—Ajá —asentí—. Aunque ayer cogí frío. Tu padrastro me ha hecho trabajar bajo la lluvia —expliqué, dando solo un paso hacia él.

Jonathan se rio y me dijo:

—¡Bienvenida a mi vida!

Recorrió la distancia que faltaba hasta llegar a mí y me cogió la mano con naturalidad. Sentir su tacto era electrizante. Solo el hecho de que me tocara ya me encendía todo el cuerpo.

Pero no quería ser tan fácil. Me agarré como pude a la conversación sobre la lluvia.

—No me gusta nada la sensación de tener la ropa mojada. Este es mi nuevo impermeable —dije haciendo un mohín hacia mi capa—. Abriga, pero si se empapan los bajos del vestido, el agua me sube por toda la falda.

—Cómprate *long johns*. Van desde el cuello a los tobillos. Y son muy propios del siglo XIX... Aunque ahora los hacen térmicos.

—*Long johns*? —Recordé, en las películas del Oeste, aquellos calzones sucios que les cubrían todo el cuerpo a los vaqueros, con botones en el trasero. Me dio la risa—. ¿En serio? No se me ocurre nada peor que ponerme encima.

—Creo que estarías impresionante con ellos —dijo acariciándome el brazo—. Se ajustan perfectamente al cuerpo. Los hay de color negro... ¡Parecerías Catwoman!

—Si te gustan tanto, ¿por qué no los llevas tú?

—Yo ya estoy curtido —respondió haciéndose el duro de forma cómica—. Watermill es mi segunda piel. —De pronto, algo le oscureció la cara—. La lluvia me afecta más por dentro que por fuera.

—Hace nada que estuviste enfermo otra vez —le recordé—. Deberías ir al médico.

—Bueno, de momento... hoy hablaré con Samuel —dijo para zanjar el tema—. Pero primero quería volver a verte. ¿Me has echado de menos?

Me rodeó la cintura y me atrajo hacia él.

Bajé la vista.

—Digamos que… he pensado en ti —respondí.

Acercó sus labios a los míos, pero no llegó a besarme.

—¿Ah, sí? ¿Un poco? ¿Mucho? ¿Bastante? ¿Insoportablemente?

—Bueno… Una pizquita —dije haciendo un gesto con los dedos.

Jonathan echó la cabeza para atrás con una carcajada.

—¡Es imposible no quererte!

Me dio un vuelco el corazón. ¿Había dicho «quererte»?

—¿Es que has intentado no hacerlo? —le pregunté con media sonrisa.

—Querer duele —respondió—. Pero desde que te metiste en mi armario, no verte duele mucho más.

—¿Tu armario? ¡Era mi armario! —bromeé.

—Pero yo llegué antes.

Volví a la conversación importante. Decidí ser sincera:

—A mí me pasa igual —susurré.

—¿Sí? —inquirió él en voz muy baja, tan cerca de mis labios que más que oírlo lo sentí.

Nos quedamos así unos segundos, aguardando lo que iba a pasar.

Por toda respuesta, lo besé.

La paciencia no ha sido nunca una de mis virtudes.

Pero no me arrepiento: cientos de fuegos artificiales me recorrieron el cuerpo entero.

Y como en el romanticismo, donde la naturaleza refleja los estados de ánimo del protagonista, todo aquel desbordamiento, aquella explosión interior que yo sentía, coincidió con un gran trueno sobre nuestras cabezas. Comenzó a llover con fuerza.

Jonathan y yo nos reímos, pero seguimos besándonos.

—Está lloviendo —dije entre beso y beso.

—Ya lo sé —respondió él—. Mucho.

Le besé otra vez.

El agua nos bajaba por la cara.

—Debemos ir a cubierto —seguí yo—. Es demasiado fuerte.

—Ya lo sé —repitió él. Continuó besándome.

—¿Vienes al cobertizo?

—No puedo. —Se separó un poco de mí—. Tengo que hablar con Samuel de lo de Rose y de las cosas que me comentaste y luego debo ir a la tienda. Llegan nuevos pedidos para el fin de semana —me explicó—, pero mi pensamiento estará aquí contigo, bajo la lluvia —añadió.

—Será mejor que tu pensamiento venga conmigo al cobertizo —bromeé—. Lo siento por mister Samuel Ruskin —dije con retintín—, pero no voy a trabajar si «llueven gatos y perros». Esto es demasiado.

—Tú sí que eres demasiado. —Me levantó del suelo entre sus brazos y me hizo girar en el aire, bajo la tormenta.

Después me dio un último beso de despedida. Un beso lento.

—No cojas frío —me pidió.

—¡Tú tampoco! —exclamé yo mientras se alejaba—. ¡Y suerte con Ruskin!

—Gracias —dijo él desde la distancia.

Y como en el romanticismo, donde la naturaleza refleja los estados de ánimo del protagonista, un rayo de luz anaranjado atravesó de pronto la oscuridad de las nubes, dándole al paisaje una atmósfera mágica, propia del mundo de los sueños.

Me quedé unos segundos contemplándolo.

La lluvia seguía cayendo con fuerza a mi alrededor, pero ahora las gotas tenían un brillo dorado.

Hope, and keep busy.

Tened esperanza, y manteneos ocupadas.

<small>LOUISA MAY ALCOTT</small>

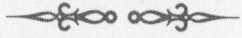

14

Puro teatro

Llevaba ya dos semanas sin móvil durante siete horas al día y empezaba a notar cambios en mí. Sobre todo, con tanto tiempo entre manos. Y más todavía cuando llovía con fuerza.

Ocupaba los ratos muertos pensando, leyendo, contemplando la naturaleza y apuntando ideas que se me ocurrían en un pequeño cuaderno que me había comprado en la tienda. Tenía las tapas verdes, con dibujos de hojas estampadas en oro.

Confieso que tengo móvil desde que cumplí doce años, y para mí supuso una revolución. Con él en la mano me sentí por primera vez adulta, autónoma y, sobre todo, libre. Estaba lleno de posibilidades.

En cambio, ahora me reconocía más libre sin él. Vivía el presente por completo, las sensaciones que cada momento me ofrecía, sin la obligación de comprobar cada dos por tres si tenía mensajes, mirar el correo… Sin la ansiedad por ver lo que hacía la gente en las redes para no quedarme atrás. ¡Y no había anuncios! ¡Nadie reclamaba mi atención para venderme nada!

No. Ahora miraba a mi alrededor y lo disfrutaba. En Watermill, la mayoría de mi tiempo mental me pertenecía.

Eran pequeñas cosas, pero después de dos semanas, comencé a darme cuenta de que me iban calando. Podía vivir así perfectamente y ser feliz de una manera desconocida hasta entonces. Bueno, en realidad, ser feliz como no lo era desde la infancia, independiente por completo de este aparato, por lo menos hasta las cinco de la tarde.

El viernes que volví a ver a Jonathan, excepto el momento de su aparición y nuestro reencuentro, fue un día más o menos tranquilo.

La lluvia aflojaba a ratos, se iba y volvía con intensidad.

A la hora del almuerzo, compré en La Encrucijada un sándwich y algo de fruta, como había hecho el día anterior, y me lo fui comiendo mientras iba a buscar a Alex a la barrilería para seguir ensayando nuestro baile.

Noté que se me estaban pasando los efectos del paracetamol. Tenía un dolor de cabeza bastante fuerte y escozor en la garganta. Me tomé otro para poder seguir el ritmo.

Igual que ocurrió el jueves, Alex y yo fuimos a la granja, asustamos al ratoncito que se refugió en la cocina y pasamos casi una hora bailando ruidosamente sobre el parquet del suelo.

—¡Mañana es nuestro gran debut! —exclamó, ilusionado—. ¡Te espero en la plaza del Tejo a las doce!

A mí, la idea de volver a ver a Lucy me ponía a la defensiva (lo de la pulsera me había llegado al alma), pero no le comenté nada. Me limité a sonreír. Yo era una recién llegada y Lucy llevaba años fascinando a Alex. Si había que tomar partido, estaba segura de que no lo tomaría por mí. No le iba a poner en esa tesitura.

—¿Dónde estarás el resto del día? —le pregunté.

—Me toca la alfarería. No voy a tener un momento de descanso —se quejó, compungido.

—Ánimo. Creo que yo en la granja tampoco.

Al dar las tres y cuarto fui a buscar a miss Milton por los alrededores. La encontré en el corral de las gallinas.

Me contó que dar de comer a los animales era una de las principales atracciones para los turistas, así que el sábado y el domingo se lo dejaríamos a ellos. Me explicó dónde estaba el grano para las gallinas y las zanahorias y el pienso para los caballos, la yegua Dakota, los conejos y las cabras.

—A los cerdos, en cambio, los alimentarás tú —añadió enseñándome unos cubos llenos de manzanas y restos de comida—, así evitamos sustos. La vaca y las ovejas estarán pastando en el prado.

Después me llevó al establo y me explicó cómo ordeñar a la vaca, que se llamaba Bessie. Reconozco que al principio me resultó bastante desagradable tocar aquellas ubres viscosas. Tendría que acostumbrarme.

—El ternero tomará leche de su madre al despertarse, pero en cuanto tú llegues, a las nueve y media o diez, tendrás que separarlos, porque a las dos de la tarde está anunciado en el programa que ordeñaremos a Bessie, y como no los separemos no va a tener leche. ¿Lo entiendes todo bien? —me preguntó con tono maternal. Luego continuó—: Cuando la hayas ordeñado en ese cubo de ahí, mete la leche en este biberón y pídeles a los niños que te ayuden a dárselo al ternero. Eso les encanta. ¡Ven a conocerlo! —me animó mientras abría una de las puertas del establo para que saliéramos al campo.

Allí estaba él, correteando alrededor de las ovejas y el perro pastor.

El ternerito se acercó a nosotras. Era monísimo. Me miró con sus ojos limpios y curiosos y le devolví la mirada con amor. «¿Cómo podemos comernos algo así? —no pude evitar preguntarme—. ¡Si no es algo, es alguien!».

Después, miss Milton me llevó al huerto y señaló dónde estaba el rastrillo y la azada para preparar el terreno donde plantaríamos verduras durante la semana.

Me despedí de ella con ganas de ponerme manos a la obra. Había tanto que hacer… Además, miss Milton, a pesar de su edad y la dulzura de su carácter, estaba llena de energía. ¡Y era una energía contagiosa!

Intenté aprovechar al máximo mi última tarde en el jardín de hierbas para dejárselo a Sophia, la mujer que me iba a sustituir, lo mejor posible.

Diez minutos antes de que sonara el reloj de la torre, me senté en la mecedora blanca.

Seguro que las cosas cambiarían mucho antes de que me tocara ocuparme otra vez de aquel jardín de hierbas. Con tantos trabajos diferentes como había en Watermill, sería ya invierno, o tal vez estaría entrando la primavera. El jardín sería distinto, y también yo lo sería. De hecho, quizá ni siquiera estaría allí cuando fuera mi turno de volver.

Sentí nostalgia incluso antes de marcharme. Miré todos los bancales que había limpiado y sembrado; el refugio para las «malas hierbas» que había creado, con su propio cartel de BUENAS HIERBAS; los tutores que había puesto; el romero y la lavanda que había plantado…

Sin embargo, cuando el reloj dio las cinco, sentí que estaba preparada para la nueva aventura de trabajar en la granja. Podía aprender muchas cosas de miss Milton.

Y me gustaba la idea de tener compañía.

Me levanté con un fuerte dolor de garganta, pero tenía tanta ilusión por comenzar en mi nuevo puesto que me tomé un antiinflamatorio y me puse en marcha.

Llegué treinta minutos antes de las diez. Y no fui la única que llegó pronto. Como era sábado, algunos querían tenerlo todo listo para la avalancha de visitantes. Pero miss Milton nos llevaba ya varias horas de ventaja. Se levantaba a las cinco para dar una primera ronda de comida a los animales de la granja, curarlos si era necesario, sacar a los que iban al prado y limpiar algún área. Ese día había sido el establo.

Me fijé en cómo era su casa al pasar por delante. Tenía encanto. Estaba rodeada de flores: caléndulas, bergamotas rojas con forma de estrella, crisantemos naranjas, varas de oro de un amarillo intenso, como fuegos artificiales que un mago hubiera detenido al vuelo… En las ventanas, pensamientos morados, lilas y blancos.

El tejado era a dos aguas, hecho de ramas oscuras. Parecía que le hubieran vertido por encima una densa crema de chocolate espolvoreado con virutas.

—Miss Milton, ¿con qué debo empezar? —le pregunté nada más llegar.

—Llámame Heather, cielo.

No me extrañó nada que tuviera nombre de flor. Brezo.

Tan activa y amable como siempre, me dio indicaciones concretas y se fue a lo suyo, dejándome a mi aire. Y a mi aire empecé a atender a los turistas, que llegaron enseguida.

Me convertí en Eliza, la granjera de 1830. Había tenido ya cuatro hijos y tendría diez más antes de cumplir los cuarenta. De forma natural, me fui inventando un personaje: una mujer hogareña que hablaba con el acento de miss Milton para explicar la vida en la granja.

Pero al cabo de un rato empezó a surgir dentro de mí otro personaje, otro modelo de granjera, aparentemente más cómica, pero que iba salpicando las explicaciones con comentarios irónicos sobre los sacrificios que hacía la mujer de la época, su entrega al trabajo doméstico, a la procreación, al hombre…

Tuvo mucho éxito. La gente se animaba a intervenir sobre el tema y a hablar de experiencias que habían vivido las mujeres de sus familias, no demasiado tiempo atrás. Me di cuenta de que trabajar en Watermill podía ser como actuar en un teatro, pero mejor: como eran grupos pequeños, se podía dialogar con el público y descubrir cosas nuevas en cada actuación. Aquello me animó mucho y me subió un poco la energía.

Enseñé a los visitantes a dar de comer a los animales y alimenté yo misma a los cerdos. Hasta que de pronto pregunté la hora que era. ¡La una menos cuarto!

¡Me había perdido el concierto de las doce!

Después de haber ensayado tanto…

¡Pobre Alex! Con la ilusión que le hacía. ¿Me estaría odiando en ese momento?

Fui a la cocina de la granja y busqué papel y lápiz para mandarle una nota.

> *Perdóname, Alex.*
> *No he parado en la granja. Ya sabes, el primer día…*
> *¡Te veo en el concierto de las tres sin falta!*
> *Un abrazo,*
>
> ELIZA

En cuanto vi a una chica vestida de época que pasaba por el camino, le pedí por favor que se la llevara a la alfarería o, si no lo encontraba allí, a La Encrucijada.

Al poco empezaron a llegar familias que querían ver cómo ordeñábamos a la vaca. Así que fui a buscar a Bessie al prado y… encontré al ternerito con su madre. ¡Horror! ¡Se me había olvidado separarlos!

Me costó muchísimo hacerlo. Además, las vacas tienen un tamaño considerable e imponen mucho. Supongo que si me hubiera parado a pensarlo con frialdad, no me habría atrevido. Pero ni me lo pensé. ¡No me quedaba más remedio que actuar!

Conseguí separarlos con mucha dificultad, metí en un cercado al ternerito (que me miró con ojos de no comprender), y me llevé a su madre al establo para el show.

El show fue… que no hubo show. De las ubres apenas salía nada. Pero bueno, hice que varios niños lo intentaran, a ver si había suerte.

En fin. Fue un desastre.

Además, yo ya estaba desfallecida. El antiinflamatorio había dejado de hacer efecto y me tomé otro. Pero sin nada en el estómago (porque iba a emplear el tiempo de comer en ir a bailar con Alex), muy pronto tuve una sensación pastosa en la boca y náuseas.

Sinceramente, cuando llegué a la plaza del Tejo, mi humor era horrible.

Había poca gente todavía. Los músicos estaban ya allí, pero aún no habían comenzado a tocar. Hice de tripas corazón y me acerqué. Debía volver a hacer teatro.

—¡Hola! —saludé a Lucy.

Me abrazó como si fuera mi hermana, con su máscara de «soy encantadora y voy a encantaros a todos». Yo me quedé paralizada, pero me esforcé por sonreír cuando se separó de mí.

—¿Qué tal? —pregunté—. ¿Todo bien?

—Sí, aquí estoy, con mi amigo más fiel —respondió señalando su violín.

Alex se asomó por detrás de mí.

—¿No soy yo?

Ella le miró con coquetería.

—Pensaba que querías ser algo más, Alexander the Great… —dijo. Y le dio un beso en la mejilla que acabó en una especie de lametazo felino.

»Algunos cuerpos necesitan degustaciones —afirmó, apartándose finalmente de él.

Alex se puso rojo y empezó a balbucear. Me pareció que dudaba entre confesarle su amor eterno, abrazarla o echarse a sus pies, así que, antes de que hiciera el ridículo, cambié de tema y le pregunté a Lucy, a bocajarro:

—¿Qué has traído hoy para romper las reglas?

Lucy me miró con complicidad. Primero a mí y luego a Alex. Entonces, asegurándose de que nadie la veía, se levantó la falda hasta el muslo. Allí, sujeto por una especie de liga, ¡estaba su móvil!

Nos guiñó el ojo.

—Guardadme el secreto.

Acto seguido, como si fuese la jefa de la banda (que tal vez lo era, no lo sé), se dio la vuelta y les gritó a los músicos:

—¡Vamos allá!

Se colocó el violín sobre el hombro y comenzó a tocar una tonadilla alegre. Los músicos la siguieron con la guitarra y el tambor. Tiré de la mano de Alex, que después del beso de Lucy y de ver su muslo se había quedado en coma, y me puse a bailar con él las tres canciones que habíamos ensayado.

Aquello fue una fiesta para todos.

Para mí, honestamente, fue un esfuerzo, pero lo hice lo mejor que pude.

Por el rabillo del ojo veía a Lucy lucirse (valga la redundancia), como una estrella fugaz de luminosa blancura. Bailaba haciendo girar su falda de vuelo con picos, conectaba con el público y tocaba de forma extraordinaria. Para qué negarlo, la chica tenía talento.

Volví a la granja rumiando mi mal humor y con el estómago vacío.

Me pasé la tarde arrancando tomateras secas y preparando la tierra para los cultivos de otoño. Era un trabajo penoso. Contaba los minutos que faltaban para irme a descansar. No quería ver a Jonathan ni a nadie. Solo tenía ganas de meterme en la cama.

Tampoco había vuelto a encontrarme con miss Milton desde la mañana, cuando me dijo mis tareas. Mejor. Con lo mal que me había salido todo, prefería no tener que darle explicaciones.

Sin embargo, apareció cuando ya me marchaba y me dio una carta que le había dejado Jonathan para mí.

—Vino a verte cuando te habías ido a comer —me comentó con una sonrisita picarona.

Cogí la carta, le di las gracias y me la guardé en el bolsillo del vestido.

Entonces me preguntó qué tal había ido el día.

No fui capaz de mentirle.

—Sinceramente… muy mal, miss Milton.

—Heather, por favor.

—Heather —repetí—. Yo… Se me olvidó separar al ternero. Bessie no tenía leche cuando tuve que hacer la demostración. Salí del paso como pude.

Me miró con ojos inquisitivos y me preguntó:

—¿Se lo pasaron bien contigo, a pesar de todo?

Me paré un momento a pensar. Recordé los personajes que me había inventado, la granjera irónica…

—Sí —reconocí.

Era innegable que habían disfrutado y, además, habían aprendido. Y yo también, al escuchar sus experiencias.

—Pues eso es lo importante, querida. No le des más vueltas a lo del ternero. Le has hecho un favor y me alegro por él. Pero… me parece a mí que tú no estás bien. —Me puso la mano en la frente—. Tienes los ojos muy brillantes. Tómate una infusión de agua con limón esta noche.

Asentí. No tenía limones en mi piso, pero no quería seguir hablando. Necesitaba irme a descansar. Me encontraba fatal.

Estaba ya abriendo la verja para marcharme cuando me llamó desde la puerta de la casa.

—¡Eliza! ¡Espera! ¡Toma! —Se acercó a pasitos rápidos y me puso un limón en la mano—. Para esta noche. Cuídate, ¿de acuerdo?

Se me saltaron las lágrimas.

—Oh, cielo… —me dijo dándome un abrazo—. No te preocupes. El primer día siempre es muy raro. Es difícil en todos los trabajos.

Asentí de nuevo, con un nudo en la garganta. Aquella frase ya me era familiar.

—Mañana será mejor —me animó—. ¿O es por Jonathan? —preguntó de repente—. Es un buen chico, pero como te haga sufrir, tendré que hablar con él.

Solté una carcajada, a pesar de las lágrimas.

—No… Me trata muy bien. Demasiado.

—Demasiado bien no existe —aseveró clavando en mí sus ojos claros—. No te mereces menos.

Nos separamos. Leí la carta de Jonathan mientras me dirigía a la salida.

Mi querida Viviane:

Hablé con Samuel.
Rose estará de vuelta la semana que viene.
Si ella quiere, claro.
Y vamos a contratar a alguien más de apoyo los fines de semana.
Tengo ganas de verte.
¿Mañana en el concierto de las tres?
Te espero,

J.

Sentí una inmensa alegría por lo de Rose. Pero lo de ver a Jonathan en el baile... Tal y como me encontraba de salud y de ánimo no tenía pensado volver al concierto al día siguiente. ¿Qué les había dado a todos con Lucy? Se veía que atraía la presencia de los dos chicos como un imán.

Me habría gustado decir que no y disfrutar de los sábados y los domingos en Watermill sin pensar en ella, pero iba a tener que pasar por el aro.

De momento, tendría que sonreír y hacer teatro.

And thus the heart will break,
yet brokenly live on […].

Y así el corazón se romperá,
mas aun roto, seguirá viviendo […].

LORD BYRON

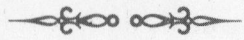

15

La caída

Comenzó como un sueño agradable. Estaba bailando en la plaza del Tejo, pero no con Alex, sino con Jonathan. Me llevaba de esa manera tan suya, haciéndome sentir segura pero a la vez ligera, libre entre sus brazos.

Empezó a invadirme una sensación de felicidad muy intensa, dando vueltas con él, como cuando montaba en el tiovivo de pequeña y sentía que no podía haber nada mejor en la vida. Disfrutando el momento. Girando ambos como un solo astro bajo la música de los planetas.

De pronto, el tejo extendió sus ramas como una cúpula sobre nosotros y el ambiente se volvió lúgubre. Siniestro. Sus frutos rojos con forma de campanilla derramaron un venenoso resplandor.

Alguien me puso un violín en las manos y me apartó de él. Y desde el corro, tuve que contemplar cómo Lucy ocupaba mi puesto entre sus brazos. Sacudiendo su melena brillante y blanca como la luna, moviéndose con más agilidad, con más encanto, con todas las destrezas que ella tenía y que a mí me faltaban.

Jonathan la miraba fascinado. Y la dejaba hacer.

El baile cada vez se iba volviendo más pegado, más íntimo. Ella le susurraba cosas al oído, y después pasó a besarle el cuello. Él puso cara de «Uf, me estás llevando al cielo», y dijo «Para, *baby*, que estamos en público... Pero no, no pares...». «Llámame *baby*, como cuando lo hacemos», susurró ella en voz baja, y él presionó su vientre contra el suyo, Lucy se humedeció los labios con la lengua, y él la levantó en brazos y la besó como si se fuera a acabar el mundo, apretándole los muslos con sus grandes manos, mientras la sostenía a horcajadas...

Y entonces yo, de golpe, entré en la escena. Hecha una furia, rompí el violín contra el suelo y, con un trozo de madera afilado, me abalancé sobre ellos y corté el sueño en mil jirones de tela, que cayeron manchados de sangre.

Al tocar el suelo, la tela envejeció súbitamente. Se volvió amarillenta, como del siglo XIX, y la sangre se convirtió en sangre seca.

«Pero ¿qué he hecho?», me dije a mí misma. Y me vi desde fuera, agarrando con dolor y angustia aquella tela entre las manos.

Me horroricé de pronto al ver que mi cara era la de Abigail.

Me desperté con un acceso de tos. «Ha sido un sueño, un sueño...», me repetí para tranquilizarme. Pero me di cuenta de que entre mis dedos... seguía estando la tela.

La solté como si quemara.

Eran las sábanas.

Me eché a llorar. Todo estaba empapado de sudor. Tenía fiebre y un dolor terrible de cabeza y de garganta. Y miedo. Miedo de mí misma. De sentir cosas tan fuertes.

Durante el resto de la noche apenas conseguí dormir a pesar del antiinflamatorio que me tomé. Tuve visiones que no llegaban a ser sueños, me sorprendía repitiendo palabras sin sentido y la madrugada fue eterna.

Cuando se hizo por fin de día, me tomé otra pastilla con un café bien fuerte y volví a Watermill.

«Soy una irresponsable —me dije mientras conducía de camino al pueblo—. Tenía que haberme quedado en casa».

Pero ¿casa? ¿Estaba llamando casa a aquella triste habitación del piso compartido? No. Estaba mejor en Watermill. Algo en mi interior lo sabía.

Y ahora, con el tiempo, sé que fue lo mejor que pude hacer. Aunque me esperaban momentos muy duros ese día.

El antiinflamatorio hizo su efecto y, como un robot, fui ejecutando las tareas que me encomendó miss Milton a primera hora. Lo primero, separar al ternero de su madre.

Pobrecito.

Lo llené de caricias y de mimos.

Con los turistas no estuve tan simpática como el día anterior. Sobreviví como pude, interpretando el papel de granjera normal y corriente hasta que llegó el momento del ordeño y tuve un breve rato de lucidez con los visitantes. La leche salía de las ubres sin problemas, y el tiempo de darle el biberón al ternero fue muy emocionante para todos, especialmente para los niños.

Aguanté hasta las tres menos cuarto sin comer para no dejar mi puesto más de lo necesario en un día con tanta gente. Mi intención era ir a la taberna después del baile.

Pero el antiinflamatorio había dejado ya de actuar. El dolor de garganta era lacerante y la cabeza me ardía.

Caminé como un zombi hasta la plaza del Tejo y lo siguiente que recuerdo es estar bailando ya con Alex.

Notaba la cabeza demasiado ligera. Se me iba. «Tienes las manos muy calientes», me dijo Alex. Lucy tocaba tan rápido que parecía rabiosa, con una sonrisa extraña fija en los labios. Me recordó a un zorro. Un zorro ártico, blanco como la nieve. Más bien, una zorra.

Alex y yo seguimos dando vueltas, y mi mareo era cada vez mayor. Distinguí a Jonathan entre la gente. Empecé a sentir oleadas de sudor frío. Jonathan… Me habría gustado seguir mirándolo, pero Jonathan… Alex me llevaba hacia otro lado, y yo sentía que mi cuerpo ya no daba más de sí. Jonathan otra vez en mi campo de visión. Intenté pedirle ayuda con los ojos, pero volvió a desaparecer. Y cuando ya casi no podía más, volví a verlo de nuevo. Y a Abigail también, cerca de él.

«¡No! ¡Que no se le acerque! ¡Que no se nos acerque!», murmuré como pude, y escuché: «Eliza… Eliza, ¿estás bien?… Valentina… ¡Valentina, que te caes…!».

Lo vi todo negro.

Cuando abrí los ojos había murmullos a mi alrededor. Un niño pequeño lloraba, asustado. La cabeza me daba vueltas. Sentí alivio al distinguir la cara de Jonathan delante de mí, repitiendo mi nombre: Viviane, Viviane, Valentina…

Volví a verlo todo negro. Lo siguiente que supe era que me llevaba en brazos. Apoyé la mejilla en su hombro y me dejé llevar por él. Estaba donde necesitaba estar. Por fin. Con él. Segura en su abrazo.

Todo volvió a fundirse en negro.

Me desperté de nuevo en la casa central, tumbada en la camilla de la enfermería. Jonathan me sujetaba la mano.

Dentro de lo mal que me sentía por dentro (parecía que la cabeza me fuera a estallar), fue un alivio sentir su tacto. Moví un dedo para acariciarle la mano, y aquel movimiento ya supuso un gran esfuerzo.

—Te hemos dado zumo con azúcar. ¿Qué más te puedo dar? Tienes mucha fiebre.

Intenté hablar, pero casi no me salía la voz.

—Ibuprofeno —conseguí pronunciar.

Jonathan fue al botiquín y me lo trajo con un vaso de agua.

—Deberías comer algo —dijo, apartándome un mechón negro de la cara—. ¿Qué te apetece?

No tuve ni que pensar.

—Chocolate.

Jonathan se rio.

—Eso no te ha costado nada decirlo.

Se me escapó una sonrisa. Era verdad. Lo había pronunciado con total claridad.

Salió un momento y le encargó a Alex, que estaba esperando fuera, que me trajera una chocolatina de la taberna. Oí que también me pedía un sándwich.

—Alex ha ido a por ello —comentó al volver—. Está muy preocupado. ¡Se siente culpable! Cree que te obligó a bailar demasiado rápido.

Negué con la cabeza.

—Hoy no tendría que haber venido a trabajar —conseguí explicar.

—Ahora te llevaré a tu casa en coche —me dijo, cogiéndome la mano otra vez.

—¡No! —protesté. Y después de toser un par de veces, añadí—: No quiero ir a mi piso.

—Pero… Tienes que descansar.

Me incorporé un poco.

—Allí no tengo comida —murmuré con voz ronca—. No tengo nada. Nadie…

Me salió del alma.

—Yo puedo ir al supermercado y comprar lo que necesites —se ofreció—. Podría quedarme contigo cuando salga de Watermill.

Negué con la cabeza.

—Esa no es mi casa.

Jonathan se quedó pensando un momento.

—¿Quieres que te lleve a la mía?

Un mundo de posibilidades se desplegó en mi imaginación. Estar con Jonathan en su casa. Recuperarme con él. Dormir con él. Dejar que me cuidara. Ver películas bajo la manta…

Me vino de golpe la visión de Lucy, y aquel paraíso que me había montado en la cabeza se deshizo como un espejismo.

—No. Será mejor que no —dije con un hilo de voz.

Jonathan me acarició el pelo.

—Entonces ¿qué hacemos?

—Me gustaría quedarme aquí. No sé cómo ni dónde, pero aquí.

—¿En Watermill?

Asentí con la cabeza.

—Déjame que piense… Te podrías quedar en la granja. Sería posible. Allí suele haber comida. Y puedo traer más. La chimenea funciona. Las noches junto al río son frías…

Sentí una gran ilusión por dentro.

Jonathan siguió, con brillo en los ojos:

—Ha sido la casa de mi familia desde hace tres siglos. ¿Te he contado que crecí allí? Estuve hasta los dieciséis o diecisiete años. Y me podría quedar contigo estos días. Miss Milton la ha mantenido en buen estado. Seguro que la casa y sus fantasmas te acogerán sin problemas.

—Creo que ya conozco a uno de sus fantasmas —comenté más animada al recordar al ratón de la cocina—. Me ha caído bien.

—Eso me lo tienes que contar —me dijo mientras se dirigía a la puerta—. Voy a hablar un momento con Samuel del tema y enseguida vuelvo. ¡No te muevas de aquí!

Asentí con la cabeza.

—Descuida. No podría dar un paso ni aunque quisiera —comenté con una pequeña sonrisa.

En cuanto se marchó, respiré hondo. Me seguía doliendo la cabeza con fuerza, como a oleadas, pero la idea de quedarme en Watermill y recuperarme junto a Jonathan superaba mis mejores expectativas.

Poco después llegó Alex con la comida de La Encrucijada y se quedó un rato hablando conmigo, mientras yo me tomaba el sándwich y el ibuprofeno hacía efecto.

—Vaya susto nos has dado —me dijo.

—Lo siento. ¿Sabes que me voy a quedar en la granja con Jonathan?

—¿En serio? ¡Qué suerte! ¡Va a ser toda una experiencia! Cuando éramos pequeños algunas veces me quedaba a dormir en casa de Johnny. Siempre he querido volver. Esta tierra, el bosque, el lago… están llenos de espíritus. Y por la noche es cuando mejor se puede hablar con ellos. En mi familia siempre lo hemos creído.

—¿Hay algún truco para que te acepten bien? —le pregunté dándole un último bocado a mi sándwich—. ¿Tienes algún consejo?

—Ofréceles comida. Eso siempre ayuda —dijo, y me entregó la chocolatina con solemnidad ritual.

La cogí alegremente.

—¡Y muestra gratitud! ¡Que no se te olvide darles las gracias por todo!

—¡Muchas gracias, Alex! —me reí—. ¡Sí que hay buenos espíritus en estas tierras!

—Más de los que te imaginas.

Whatever our souls are made of,
his and mine are the same.

Sea cual sea la materia
de la que están hechas las almas,
la suya y la mía son la misma.

EMILY BRONTË

16

Lago de Fuego

Jonathan regresó para decirme que ya estaba todo hablado con Ruskin y que podía estar tranquila. Alex se quedaría un rato más conmigo mientras él iba rápidamente a su piso a coger ropa, algunas cosas más y la comida que tenía en la nevera. Así no tendría que volver en unos días y nos asegurábamos de que no nos faltara nada básico. Además, a mediodía también dispondríamos de la comida de la taberna en caso de apuro.

Antes de irse, se detuvo un momento y me miró.

—Me gusta el color verdadero de tu pelo —dijo.

—¿Ah, sí? ¿Y cómo es ese color? —le pregunté con curiosidad. Nadie había sido capaz de describirlo.

Jonathan me pasó los dedos por las raíces mientras pensaba y después respondió:

—Es mi nuevo color favorito.

—¡Eso no vale! —protesté con una carcajada y varias toses.

—¿Te puedo dar un beso?

—Mejor no —le dije sonrojándome—. Te arriesgas a que te pegue cualquier cosa… Pero en la mano sí.

Se la tendí, como hacían en el siglo XIX.

—Gracias. —La cogió y me dio un beso en el dorso. Luego le dio la vuelta y me besó en la palma—: Este hueco… Podría irme a vivir para siempre al hueco de tu mano.

Tuve que morderme el labio. No sé cuántas terminaciones nerviosas tiene ese lugar, pero cada vez que me besaba ahí sentía un escalofrío por todo el cuerpo. Un escalofrío de placer. Aunque probablemente si me besara en otro sitio, en la rodilla, en el brazo, en el cuello o en el costado, habría sentido lo mismo. Lo que me llevaba a otro mundo eran sus labios. Era él.

—Bueno, ¡ya está bien! ¡Que todavía estoy aquí y me voy a morir de empalago! —exclamó Alex.

Jonathan se incorporó y le dio una palmada en la espalda.

—Cuida de ella, por favor —le dijo—. Vuelvo enseguida.

Estuve a punto de replicar: «No necesito que nadie me cuide», pero me reprimí. Después de haber perdido la consciencia, creo que Jonathan tenía razón al pedirle a su amigo que me echara un ojo. Cualquier médico en España me habría tenido un buen rato en observación.

Mister Ruskin se pasó a verme unos minutos después, para saludarme y comprobar que estaba bien. Más o menos bien.

—Ya me ha dicho Jonathan que te vas a quedar unos días en la granja —comentó.

Asentí con la cabeza.

—Bueno, espero que te venga bien el descanso y que te recuperes pronto. Ya nos vas informando.

Había hablado en plural. ¿Se refería a Jonathan y a él? ¿O es que hablaba en plural mayestático, como los reyes? En cualquier caso, había sido amable y se lo agradecí.

Quizá se estaba asegurando de que no iba a aprovecharme de la situación. Ese domingo no había venido la enfermera que debía estar allí, y en los establecimientos de Estados Unidos hay un gran temor a la denuncia cada vez que alguien se cae o tiene un accidente en ellos. Pero nada más lejos de mi intención. Yo lo único que quería era que Jonathan volviera lo antes posible. A pesar de haber comido, me sentía muy débil. Quería irme a la granja con él y meterme en una cama grande y blanda, con un grueso edredón.

Dormir. Dormirme en su abrazo.

Dormir.

Dormir.

—¿Te importa que me duerma un poco, Alex?

—Claro que no. Duérmete, yo me quedo leyendo… —dijo, y buscó algo a su alrededor— los cuadros de la pared.

Me reí entre toses. En la enfermería, decorada a la antigua, había cuadros con mensajes hechos en punto de cruz. Mensajes como «*Mens sana in corpore sano*» o «Tu cuerpo es tu primer hogar» rodeados de pajaritos, conejos y ocas con gorros de paja.

—No me hagas reír, que me da la tos —supliqué.

—¿Me estás pidiendo que me calle? Pero ¡si va contra mi naturaleza! —protestó él, y a mí me volvió a dar la risa y, con la risa, la tos—. Perdón. Ya me callo —me aseguró—. No te preocupes. Duérmete, que yo me quedo aquí hasta que vuelva Johnny.

Lo cierto es que, en cuanto Alex dejó de hablar, me quedé profundamente dormida.

Cuando me desperté, él y Jonathan hablaban en voz baja, de pie junto a la puerta. A sus pies había una mochila y una bolsa.

Extendí el brazo hacia Jonathan, y se acercó a mí.

—¿Ya estás despierta, milady? —me preguntó—. Qué bien, porque te vamos a llevar a tu nueva residencia. Va a ser divertido.

—¿Cómo vamos a ir? —le pregunté casi sin voz.

—Pues… para que no tengas que hacer ningún esfuerzo, hemos pensado en un transporte único. Bastante subestimado, la verdad.

—Pero ¡te va a encantar! —intervino Alex con una sonrisa de oreja a oreja—. ¡Voy a por él!

Jonathan me cogió la mano y esperamos unos minutos. Me di cuenta de que ya se me había pasado el dolor de cabeza. La pastilla debía de estar haciendo efecto. Enseguida oímos golpes en la puerta.

—Siguiente parada, Hospital Central. ¡Que suban y bajen los pasajeros!

—Creo que el pasajero eres tú —dijo Jonathan levantándome en brazos con una facilidad sorprendente y abriendo la puerta.

Miré ante mí. Allí estaba Alex.

—Como decía el poeta, cuyo nombre no recuerdo, «Hay tanto que depende de una carretilla roja» —recitó.

—William Carlos William —intervino Jonathan—. Si miss Gladis supiera que te has olvidado de su nombre te lo haría copiar cien veces.

—No me la recuerdes… —dijo sacudiendo la mano. Recuperó mi atención e hizo un gesto hacia abajo. Y abajo había… ¡efectivamente! ¡Una carretilla roja!

—¿Voy a ir en carretilla? —pregunté, divertida.

—¡Ajá! ¡Todos a bordo! —respondió mientras Jonathan me sentaba en ella con suavidad y recogía sus cosas.

—¡Yujuuu! —exclamó Alex, que arrancó y me llevó a toda velocidad por el vestíbulo de la casa central hacia la puerta.

—¡Cuidado! —gritó Jonathan.

Pero Alex estaba entusiasmado. Salimos afuera y respiré profundamente el aire de la noche. No era muy tarde, pero ya estaba oscuro. Con todo Watermill apagado, las estrellas se veían con mucha claridad. Muchísimas estrellas. Excepto en el oeste, donde asomaba sobre los árboles una enorme luna amarilla.

—Es la luna de la cosecha —me dijo—. ¡Justo hoy!

Recordé lo que había dicho Alex de los espíritus de la naturaleza y me sentí muy afortunada por estar ahí, con ellos dos, en ese preciso instante. Viviendo el presente. Completamente despierta.

—¡Auuuuuuuuu! —aulló Alex—. ¡Vamos! ¡En dirección a la luna!

Jonathan y yo nos reímos y aullamos también mientras emprendíamos el camino hacia la luna, que era el mismo que llevaba a la granja.

Era muy divertido ir en carretilla, escuchando sus bromas e intentando mantener el equilibrio entre los baches del camino.

Alex y Jonathan hicieron turnos para llevarme.

Al llegar al lago nos quedamos todos un momento callados, contemplando los brillos amarillentos y dorados de la luna sobre la superficie. Ondas en un lago de fuego.

Y entonces ocurrió.

—*Where do bad folks go when they die?* —preguntó Alex.

Jonathan se rio y continuó:

—*They don't go to Heaven where the angels fly.*

Entonces yo también me uní, pronunciando con fuerza:

—*They go to the Lake of Fire and fry…*

Y todos gritamos juntos el final del estribillo:

—*See th'em again 'til the fourth of July!**

Era la canción «Lake of Fire», del single de Nirvana. Seguimos cantándola los tres, bajo la luna amarilla como aquella de la que hablaba más adelante la canción. La luna a la que aullaba una mujer. La luna hacia la que volaba.

La emoción hizo que recuperara la voz. Fue un momento increíble, el de sentir de golpe que compartía con ellos también un presente fuera de Watermill. ¡Nos gustaba Nirvana a los tres! ¿Qué más teníamos en común? ¿Qué grupos de música? ¿Qué series? ¿Qué libros? ¡Quería saberlo todo sobre sus gustos!

Recuerdo que, al acabar, los miré a los dos y solté un largo aullido hacia el cielo. Alex y Jonathan se sumaron a mí. Y nuestras tres voces unidas subieron a la luna. Deseé que se quedaran allí preservadas para siempre en su luz, junto a la magia de aquel momento.

Alex nos acompañó hasta el porche de la casa. Me dio pena que se fuera. Jonathan debió de sentir algo parecido, porque le preguntó:

---

* ¿Adónde van los tipos malos al morir? / No van al cielo donde vuelan los ángeles. / Van al Lago de Fuego y se fríen. / ¡No volveremos a verlos hasta el 4 de julio! *(Trad. de la A.)*

—¿Te quieres quedar, Alex? Hay habitaciones de sobra.

—Nah, no te preocupes —respondió él con las manos en los bolsillos—. Me voy a casa. Pero ya que hoy puedo estar un rato en Watermill de noche, creo que andaré un poco por el río e iré al árbol quebrado. A ver si vuelvo a encontrarme con Philip.

—Philip es su animal totémico —me explicó Jonathan—. Es un pájaro negro.

—Negro con dos manchas rojas sobre los hombros —puntualizó Alex—. Concretamente, es un turpial alirrojo o tordo sargento.

—Sí, Viviane. Philip es mucho más complejo de lo que tú y yo podamos jamás comprender —me dijo Jonathan para meterse con él.

Alex puso los ojos en blanco, pero con buen humor, y se despidió:

—Bueno, os dejo tranquilos, tortolitos. —Chocó el puño con el de su amigo—. Eres un tío con suerte, Johnny.

—Lo sé —dijo él.

—Vivi… digo Eliz… ¡Valentina! —consiguió decir Alex mirándome ahora a mí—. Si tienes una gemela en España, dime dónde que voy para allá.

Me reí.

—Gracias, Alex —dije acariciándole el brazo.

En cuanto se alejó, hice el esfuerzo de bajar de la carretilla yo sola y, con un leve tambaleo, me quedé en pie.

—¡Bravo, señorita! —aplaudió Jonathan, abriendo la puerta y encendiendo la luz del vestíbulo—. Ponte cómoda —me invitó mientras hacía un gesto hacia el salón y dejaba la mochila en el suelo—. *Mi casa es tu casa* —dijo en español—. Voy a llevar la comida a la nevera.

No era lo que se dice una casa moderna, pero tenía luz eléctrica en el piso de abajo, cuarto de baño y electrodomésticos de hacía quince o veinte años. Por eso las visitas turísticas de la granja nunca incluían su interior.

Era una construcción que solo se veía por fuera, para mostrar su arquitectura colonial. Los turistas visitaban el porche (donde los fines de semana se exponían las carnes ahumadas al estilo tradicional y los quesos), el huerto, el establo y el gallinero, pero tenían vetada la entrada.

Fui despacio al cuarto de baño y después me senté en un sillón. Andar me resultaba agotador.

—¿Tienes hambre? —Oí que me preguntaba desde la cocina—. ¿Quieres un *cordon bleu*? ¿Un bogavante? ¿Un suflé de limón flambeado?

Me reí.

—No, gracias.

Se asomó para mirarme y dijo:

—Algún día te prometo que te cocinaré todo eso. Y platos todavía mejores. Pero me temo que hoy... —Se quedó pensando un momento—. ¿Te apetece una tortilla con queso? ¿Patatas fritas de bolsa? ¿Una ensalada de lechuga con... lechuga?

Lo miré agradecida. Sinceramente, me habría tomado un caldo, pero dudaba que tuviera nada parecido, así que negué con la cabeza.

—Lo siento mucho —respondí. Volvía a estar de bajón—. Lo único que necesito es dormir. Pero cena tú —insistí—. ¿Luego vendrás a estar un rato conmigo?

—Luego no. Ahora mismo —repuso acercándose. Me ayudó a levantarme—. Te llevaré a la mejor habitación.

Me temblaban un poco las piernas. Llegamos al pie de las escaleras y miré hacia arriba con horror. Él, sin que yo comentara nada, se dio cuenta.

—Ven aquí —dijo, y me volvió a coger en brazos.

Cada vez que me levantaba me sentía ligera como una muñeca.

—*Gracias* —susurré en español.

—*De nada* —respondió él, también en español, con un fuerte acento americano—. *È un piacere*.

—Eso es italiano —repuse con una pequeña sonrisa.

—¿No son el mismo país? —dijo para picarme mientras subía los escalones.

Le di un pellizco en el brazo.

—No me pellizques que te suelto —me amenazó.

—Vale, vale… —contesté entre risas.

Me acurruqué otra vez contra él. Enseguida llegamos al primer piso, y Jonathan comenzó a avanzar por el pasillo oscuro.

—Aquí arriba las únicas lámparas que hay son de gas —me explicó—. Encenderlas es más complicado. Un momento. —Me sostuvo con un solo brazo y se sacó el móvil del bolsillo trasero del pantalón. Encendió la linterna.

—¡Un artefacto del futuro! —bromeé—. ¿De dónde lo has sacado?

—He hecho un pacto con el diablo. A cambio de pasar una noche con la chica más bella del mundo.

Me dejé llevar y le besé en el lugar que me pillaba más cerca de los labios: el cuello.

—Mmm… —murmuró él, parándose en mitad de la oscuridad—. Ten cuidado, que si haces eso, yo puedo hacer lo mismo —me advirtió.

Al momento, llevó sus labios a mi cuello y lo besó como si me absorbiera, tomando aire profundamente. El roce áspero de su barbilla me erizó toda la piel, y sin darnos cuenta estábamos besándonos en las tinieblas del pasillo como si no hubiera un mañana. Abrí las piernas y apresé su cintura entre mis muslos, como Lucy en mi sueño. Él dejó caer el móvil y siguió avanzando por el pasillo conmigo en brazos, sin parar de besarme, hasta llegar a la última puerta.

La empujó con el pie, entró en el dormitorio y me tumbó sobre la cama.

—Bienvenida a mi antigua habitación —me dijo, encima de mí.

—¿Este cuarto es tuyo? Pero ¡si la cama es enorme! —exclamé—. ¡Es de matrimonio!

—Yo debía de tener diecisiete años cuando nos fuimos de aquí. Creo que ya era tan alto como ahora.

—¿Has traído a otras chicas?

—Sí, todos los días traía a alguna enferma.

Me reí. Me miró a los ojos.

—No, a ninguna. Eres la primera. La verdad es que si te hubiera conocido con diecisiete años, no habría hecho más que tartamudear. Ni en mis mejores sueños habría imaginado que alguien como tú estuviera a mi alcance… o en esta cama.

¿Estaba loco? ¡Si él parecía sacado de un anuncio! ¡Yo sí que no me lo podía creer! Pero disimulé bien y acepté los piropos como si oyera cosas así todos los días.

La luz amarillenta de la luna iluminaba tenuemente la habitación. «La luna de la cosecha», recordé. Era una noche muy especial.

Jonathan estaba sobre mí, apoyado sobre sus manos. Le acaricié el brazo derecho y noté su músculo, duro, en tensión.

—A ver, Dama del Lago —me dijo desde arriba—, ¿qué hago ahora contigo? ¿Pongo sábanas nuevas, te arropo con tres mantas y te dejo dormir?

—Ajá —respondí, mirándolo con coquetería y dándole un beso en la barbilla. Le di unos cuantos más siguiendo la línea de la mandíbula hacia su oreja derecha.

—Si eso es lo que quieres, me lo estás poniendo muy difícil —murmuró en voz baja, cerrando los ojos de placer.

Después bajó los labios hacia mi cuello, me besó, y el beso se convirtió en un suave mordisco. Exhalé un suspiro. Lo deseaba tanto… Pero, después de haberme desmayado y sintiéndome todavía tan débil, ¿era razonable hacerlo? ¿Exponerme a la montaña rusa de su cuerpo?

Por otro lado, me consumía de deseo por él.

Metió la mano bajo mi falda y fue subiendo por mi pierna hasta llegar al muslo. Me mordí el labio al sentir su tacto sin telas de por medio.

—Viviane —susurró en mi oído—, ¿qué hacemos? Para ser sincero, yo creo que deberíamos ser buenos esta noche.

Cerré los ojos con rabia. Tenía razón. Maldita sea. Tenía razón.

Golpeé el puño sobre el edredón y me rodaron dos lágrimas por las sienes. Eran de frustración. De frustración y de pura debilidad.

—¿Estás llorando? —me preguntó sorprendido, separándose un poco de mí.

—No. Es que… Quiero estar contigo —sollocé con un gran nudo en la garganta. Me incorporé y me limpié las lágrimas con el dorso de la mano—. Pero sí. Yo también creo que es mejor que descanse.

—Sí —dijo él acariciándome el pelo—. No te preocupes. Vamos a estar juntos varios días. Hay tiempo de sobra para que te recuperes… y lo hagamos en todas las habitaciones de la casa —sugirió—. Una por una. Y varias veces.

Me encantaba que me hiciera reír.

Se levantó.

—Ahora voy a buscar mi móvil, creo que lo he perdido en uno de tus arrebatos de pasión. Ah, y al sótano, a abrir el gas para tener luz aquí arriba.

Esperé acurrucada en la cama a que Jonathan lo preparara todo. Enseguida volvió, sacó un viejo Zippo de un cajón y, después de intentarlo varias veces, logró que funcionara. Encendió con él una lámpara de pared y giró la llavecita que regulaba la intensidad de la llama.

La habitación se llenó de luz cálida. Apenas tenía decoración, pero se notaba que era el cuarto de un chico.

—En la mesita de noche tendremos que usar velas —me explicó mientras las buscaba por otros cajones de la cómoda.

—¿No tenías electricidad en tu cuarto?

—No. Mis padres eran… bastante especiales. Un poco hippies, ahora que lo pienso. Para el ordenador y otras cosas nos apañábamos con los enchufes del piso de abajo.

Encontró varias velas artesanales, de las que suelen hacer en Watermill. Cogió una y la encendió con el mismo Zippo.

—Es el lugar ideal para escribir una novela —comenté—. ¿Nunca te ha dado por la escritura?

—Bueno, he compuesto algunas canciones. Solía tocar la guitarra cuando este era mi cuarto. Pero sobre todo, leía. Siempre me ha gustado mucho leer. A ver dónde hay sábanas… —comentó distraído mientras abría el armario—. ¡Hey! Pero ¡si me dejé algunas camisetas!

Sacó varias perchas de las que colgaban tres o cuatro camisetas de grupos de música.

—Esta es la del concierto de Dave Matthews Band —me contó con cara de haberse ido muy lejos en el pasado.

—No los conozco.

—Te van a encantar, seguro. Las sábanas… —murmuró—. ¡Ah, sí! ¡Aquí están!

Las sacó de un cajón del armario y las contempló como si le trajeran recuerdos de otra vida.

Me levanté con dificultad y me senté en la silla para dejarle hacer la cama, cosa que hizo rápido y con destreza. Sobre las sábanas puso una colcha gruesa de *patchwork*.

—Ya está, milady.

La abrió para mí como en los hoteles, con forma de triángulo.

—¡Oh! ¡No tengo pijama! —me di cuenta de pronto.

—¿Quieres dormir con alguna de mis camisetas?

Se me iluminaron los ojos.

—Sí. Me encantaría. La de Dave Matthews.

Le pedí que se diera la vuelta mientras me cambiaba, lo que provocó unas cuantas bromas y protestas. Pero hizo lo que le había pedido.

Me estaba enorme. Flotaba dentro de la camiseta como si fuera un camisón.

—Ya te puedes volver.

—Te queda muy bien. Demasiado bien —sentenció él, acercándose a mí y rodeándome la cintura—. Sobre todo con esos ojos brillantes por la fiebre —me besó—. ¡Guau! ¡Estás ardiendo, Viv! —comentó y me puso la mano en la frente—. Verdaderamente eres la Dama del Lago. ¡Pero del Lago de Fuego, como el de la canción!

—Entonces ven conmigo al infierno —le dije con una sonrisa, metiendo las piernas debajo de las sábanas—. Te espero. Pero primero ¿me podrías traer un ibuprofeno? ¿Y un vaso de agua, por favor?

—Tus órdenes son deseos para mí —respondió, mirándome desde la puerta—. Digo… ¡al revés! Ya no sé ni hablar. Hace mucho que no te veía con ropa… moderna. Creo que desde el primer día en el parking.

Sonreí. Era verdad.

Cuando se marchó, me quedé mirando la habitación unos instantes. Eché un vistazo también al suelo de madera. La altura de la cama era considerable. Las camas que había visto en Estados Unidos eran casi el doble de altas que en España.

«¡Si me caigo de aquí, me desnuco!», me dije, moviéndome hacia el centro. La verdad es que también era el doble de blanda, así que me puse cómoda, me abracé las rodillas y enseguida me quedé dormida.

Recuerdo de modo muy confuso que en algún momento Jonathan me dio el vaso de agua con la pastilla.

Varias horas después, me desperté con él a mi lado.

No sé por qué, me levanté. Tambaleándome un poco, me acerqué hacia la ventana. No se veía nada fuera. La noche se había vuelto muy oscura. Era la noche más oscura que había visto jamás. Pero había algo acogedor en esa oscuridad. Había paz.

Volví a la cama. Me acurruqué en el pecho de Jonathan y me sentí tremendamente feliz. Tanto, que me costó conciliar el sueño otra vez.

Permanecí en duermevela toda la madrugada, con el corazón acelerado cada vez que Jonathan se movía o me pasaba el brazo por encima. Cada vez que era consciente de que estaba conmigo, sentía un lago de fuego, abrasador y brillante, dentro del corazón.

Sleep, sleep tonight
and may your dreams be realized.

Duerme, duerme esta noche
y tal vez se cumplan tus sueños.

U2

17

El espíritu de la casa

A la mañana siguiente me trajo el desayuno a la cama.

—¿Cómo puedes ser tan perfecto? —le pregunté, incorporándome y frotándome los ojos. Jonathan me miraba desde arriba, completamente vestido y con la bandeja en las manos.

—¿Perfecto yo? Pregúntaselo a mi padrastro, a ver qué te dice… —dijo levantando una ceja y sentándose a mi lado.

Intenté arreglarme un poco el pelo revuelto, pero desistí en cuanto me puso la bandeja sobre las piernas.

Contemplé mi desayuno: café con leche, tostada con mantequilla y, encima de una servilleta de tela, un pequeño girasol silvestre. Después, pensando en lo que acababa de decir, repuse:

—Es mejor que no te afecten sus comentarios. Ruskin sí que deja bastante que desear. —Tosí y probé el café—. ¡Qué bueno! ¿Qué tal fue la conversación que tuviste con él?

—¿La de Rose? Tensa. Muy tensa, la verdad. Y no lo entiendo, porque debería estar haciéndose a la idea de que dentro de nada deberá dejar Watermill. Él solo es el administrador de la herencia hasta que yo cumpla los veinticinco, según el testamento. Está obligado a pasármelo todo en dos meses, el día de mi cumpleaños. Es ridículo que se rebele ahora a lo que yo diga, o que se empecine en sus normas. Ya debería estar dejando las cosas en mis manos, para facilitar la transición.

Se quedó parado un momento, reflexionando, y después continuó:

—He insistido en que esta semana quiero estar presente en las dos entrevistas que va a hacer para contratar gente nueva. Me ha dejado muy tocado lo que me comentaste sobre su selección de personal. No sé cómo no me he dado cuenta antes. Supongo que estaba en mi mundo.

Me cogió la mano. Yo sonreí, orgullosa de él. Y contenta de haber sido de utilidad. Escuchar que iba a solucionarlo me llenaba de alegría.

Lo contemplé con más atención. Tenía el pelo mojado. Se había duchado, vestido… Y yo en cambio debía de estar hecha un desastre. Pero me gustaba aquel espejismo de vida de pareja que estábamos viviendo de una forma tan improvisada.

Y esa mañana, a pesar de haber dormido muy poco, me sentía mejor.

Con la voz todavía un poco ronca, le pregunté:

—Hay una cosa que no entiendo. Has crecido en este paraíso. La granja sigue siendo tuya… ¿Por qué no vives aquí? ¿Por qué estás pagando un piso compartido en la ciudad?

—Cuando mi padre murió, mi madre cayó en una depresión. Intentó superarlo, pero le costó mucho. No levantaba cabeza. Fueron un par de años muy difíciles. Se esforzó sobre todo por mí, por Watermill. Pero esta casa le traía demasiados recuerdos y decidió que un cambio de aires nos ayudaría a los dos, así que nos fuimos a vivir a Boston y yo enseguida me marché a la universidad. Estudié Administración y Dirección de Empresas en Yale —me aclaró—, en Connecticut.

Me quedé pensando: «¿En qué película he visto la Universidad de Yale?». Me vino a la cabeza enseguida.

—¡En Yale se rodó una de las películas de Indiana Jones!

—Sí, y unas cuantas más —se rio.

Me imaginé a Jonathan en aquel escenario de acción y se me escapó una sonrisa.

—Viví en un colegio mayor allí hasta que acabé los estudios —continuó—. Entre tanto, mi madre conoció a Samuel Ruskin y se casó con él. Ambos parecían tener muy claro lo que querían de mí: que dirigiera Watermill.

—Perdona, la tostada está buenísima —dije con la boca llena. No pude evitarlo. Estaba para hacerle un monumento.

—La mantequilla es de la leche de Bessie. La ha hecho miss Milton.

—¿Tú no la llamas Heather?

—No, la llamo miss Milton desde niño —me explicó—. Aunque ella insiste, me cuesta cambiar ahora.

Intenté retomar el hilo.

—¿Qué pasó después? —le pregunté.

—Pasé años rebelándome. No quería hacerme responsable de todo esto. Lo sentía como una carga. Quería probar otras cosas, trabajar en Nueva York o en Washington D. C. Alquilé un piso en Worcester, la ciudad que estaba más cerca de Watermill, mientras enviaba currículums a empresas de otros lugares y esperaba alguna llamada. Pensaba que trabajar aquí sería algo temporal. Pero llegó la pandemia… y todo se alargó.

»Van pasando los años —continuó—. Pero cada vez tengo las cosas más claras. Pertenezco a este lugar. Desde que mis padres se fueron… —dijo levantando la mirada hacia arriba—, Watermill me sigue uniendo a ellos. Siento que siguen vivos en todo esto. Y cada vez soy más consciente de que la vida me ha hecho un gran regalo. Sería estúpido si dejara que se perdiera.

Abrí los ojos, sorprendida.

—¿Crees que se puede perder?

—Watermill es como un caballo salvaje que necesita ser domado. Y necesita tiempo. Las construcciones antiguas, el puente cubierto, ¡esta granja misma!, hacen aguas por todos lados. Se están desmoronando sin hacer ruido. La lluvia los corroe. Las heladas del invierno los resquebrajan… Habría que emprender restauraciones costosas. Y tomar medidas que afectan a toda la gestión turística. Lo bueno es que, con mi formación, me siento capaz. Además, veo que Samuel está llevando una línea equivocada en muchos aspectos, no solo en el de recursos humanos que tú me descubriste. Así que estoy deseando coger las riendas.

—Qué bien. Me alegro mucho.

—Bueno, lo del dinero es un problema que todavía no sé cómo voy a resolver. Samuel me ha dicho que tenemos muchísimas pérdidas. Y no lo entiendo. En fin. Parece que, ahora mismo, pensar en restaurar algo es una utopía.

—Ay, Ruskin…

—Sí, Ruskin —dijo, poniendo los ojos en blanco—. Voy a hablar con mi abogado este miércoles. Ya te contaré.

Apoyó la mano en mi pierna por encima de la manta.

—Gracias por estar aquí. Por haber venido desde tan lejos.

Sonreí.

—Si no he hecho nada… —Bajé la mirada.

—Tú me inspiras a hacer las cosas bien. A ser mejor. Ojalá te quedaras para siempre.

Lo miré a los ojos y sentí un nudo en el estómago. Con esas palabras había tocado algo que me preocupaba desde hacía días. Qué dirección quería darle yo a mi vida.

Lo tenía más o menos claro cuando cogí el avión. Me acababa de graduar en Arte Dramático e iba a intentar ser actriz de cine y de teatro en Boston y Nueva York. Ahora… no me imaginaba viviendo feliz en ninguna otra parte del planeta que no fuera Watermill.

Pero ¿estaba preparada para reconocerlo en voz alta? ¿Me iba a deshacer de la idea tan fácilmente? Aquellos sueños… ¿seguían siendo todavía mis sueños?

No dije nada después de su «para siempre». Y me di cuenta de que mi silencio, mi expresión de culpa, Jonathan pudo interpretarla como una negativa. Después de todo, la mayoría de los empleados se iban al cabo de unos meses, cuando les surgía algo mejor. En Watermill estaban acostumbrados.

Él tampoco dijo nada. Enseguida se levantó y se despidió de mí. Debía ponerse a trabajar. Pero no se iría lejos. Había acordado con su padrastro que echaría una mano en la granja para compensar mi baja. Miss Milton necesitaba alguien que la ayudara en el huerto.

—Vendré a comer contigo —me dijo, tocándome la frente—. No tienes fiebre, pero creo que es mejor que hoy te quedes en la cama.

—Sí. Yo también.

En cuanto salió, me desperecé, satisfecha, y después me arrebujé bajo la colcha. Pero, aunque lo intenté, con el café que me había tomado no había manera de dormir. Empecé a pensar en cosas prácticas: se me había olvidado el móvil en mi piso. ¿Se habría preocupado mi madre al ver que no respondía sus mensajes? (Solíamos escribirnos casi a diario…). ¿Cuánto tiempo iba a pasar sin cambiarme de ropa interior? ¿Habría agua caliente para darme una ducha en algún momento? Todas las dudas posibles me vinieron a la cabeza.

Al cabo de dos horas, que se dice pronto, me puse mi vestido y bajé con lentitud al salón en busca de algún libro para leer. Recordaba que había una estantería.

Al llegar, el ratoncito de siempre se escabulló hacia la cocina.

—¡Hola! —lo saludé con suavidad, siguiéndole los pasos—. ¿Cómo te llamas? Vives aquí, ¿verdad?

El ratón se dio la vuelta un momento, me miró a los ojos y se metió por una finísima grieta que había en el armario empotrado. Me pareció sorprendente su forma de aplanarse para caber por ahí.

—¡Eso es flexibilidad y lo demás son tonterías! —exclamé—. ¡Muy bien!

Abrí la nevera y busqué algo que pudiera darle. ¡Queso rallado! ¡Sí!

Cogí un montoncito y lo dejé delante del agujero.

—Para ti —susurré.

Pero el ratón no volvió a salir. Bueno, lo dejaría ahí para cuando él quisiera cogerlo.

Recordé lo que había dicho Alex sobre dejarle comida a los espíritus. Y también lo que había aprendido de pequeña sobre los romanos: cómo honraban a los dioses de la casa, los lares y los penates. Eso me hizo sonreír. Sentí que estaba haciendo lo correcto.

—Te llamaré Mur —le dije a través de la grieta—. Como en el cuento del mur de campo y el mur de ciudad, de *El libro del buen amor*.

De golpe, me asaltaron un montón de recuerdos del colegio. Eché de menos la sensación de aprender. Fui a la estantería y elegí un libro sobre la historia de Massachusetts.

Después cogí un vaso de agua y volví a la habitación.

Sinceramente, la historia de Massachusetts me dejó grogui enseguida. El autor era tan soporífero que venció a la cafeína.

Estuve durmiendo hasta que Jonathan llamó a la puerta de la habitación a la hora de comer.

—¿Se puede? —dijo asomando la cabeza.

Abrí los ojos y sonreí. Se acercó a mí.

—¿Cómo está la Dama del Lago de Fuego? ¿Tienes fiebre otra vez? —Me tocó la frente.

—No creo —respondí con un hilo de voz—. Me siento bien.

—Me alegro.

Olía a campo. A hierba. Se inclinó hacia mí para darme un beso.

—Ya tenemos la nevera llena, y he preparado algo para que comamos juntos. ¿Tienes hambre?

Asentí con la cabeza.

—¿Prefieres comer en la cama?

Volví a asentir y lo miré con cara traviesa.

—Vale. Suena prometedor —dijo. Se levantó y fue hacia la puerta, pero a mitad de camino me preguntó—: Oye, ¿tú has dejado queso en el suelo de la cocina? Es muy raro...

—Ah, sí.

—¿Es una tradición española?

Me quedé parada un momento y respondí:

—Sí, de las más antiguas —le aseguré con la mayor seriedad posible—. Echar queso por el suelo es lo primero que hay que hacer al llegar a una casa. —Al ver la cara que puso, se me escapó la risa y confesé—: No, es broma. Es para mi amigo el ratón.

—¡Hay ratones dentro de casa! Voy a tener que traer a Weedle.

—¿Weedle es un gato? ¡No, por favor!

—Los ratones destrozan los cimientos, que es lo que faltaba.

—Mi ratón no lo hace. Es solo uno, y es muy bueno. Monísimo, con las orejitas pequeñas y redondas… Por favor, por favor.

Jonathan se lo pensó un momento.

—De acuerdo, como quieras. Pero no lo alimentes mucho, ¿vale? Estamos en el límite del bosque. No me gustaría que vinieran más roedores o mapaches.

—La granja sería una casa perfecta de acogida —bromeé—. Un santuario para los animales que lo necesiten. Ya me has acogido a mí…

—Yo solo acojo ejemplares únicos, en peligro de extinción —respondió desde la puerta.

—Intentaré extinguirme lo más tarde posible. Lo prometo.

—Te tomo la palabra.

Fue muy agradable comer juntos. Pero en cuanto se fue volví a encontrarme mal. Comencé a sentir escalofríos y me subió la fiebre.

Me pasé la tarde durmiendo y sudando, con sueños muy intensos. En cierto momento recuerdo que vino miss Milton, Heather, a ver cómo estaba. Me trajo un vaso de leche caliente con miel, pero apenas la probé.

Me desperté a mitad de la noche. La luna entraba por la ventana y Jonathan dormía a mi lado. Estuve un rato mirando su perfil, recortado en la penumbra. No cambiaría ni un solo trazo de aquellas líneas. Estaba hecho a la medida de mis deseos.

Pero tenía mucha sed, y después de comprobar que no había ningún vaso en la habitación, decidí bajar a la cocina a buscar agua.

Cogí el móvil de Jonathan para usarlo de linterna y atravesé el pasillo oscuro. La madera del suelo crujía bajo mis pies descalzos. Me sentía despierta, muy despierta. Con todo lo que había dormido, me encontraba mejor, con energía.

Al bajar las escaleras, volví a ver al ratón y lo seguí a la cocina. Se metió de nuevo por la rendija del armario empotrado.

—¡Hola, amiguito! —dije en voz alta mientras me bebía un vaso de agua—. ¡Oh, pero si te has comido todo el queso! ¿Quieres más?

Saqué un poco de la nevera y le dejé otro montoncito en el mismo sitio del día anterior. Entonces, la curiosidad me hizo abrir el armario donde se había escondido.

Lo iluminé por dentro con el móvil. Era una despensa con baldas. En la parte baja había un saco. Metí la cabeza y miré bien a ver si encontraba a mi ratón. Pero al enfocar la esquina con la linterna, vi que había una lengüeta muy bien disimulada donde la madera del marco se juntaba con el yeso.

¿Para qué servía aquello? Lo toqué con los dedos. Se me quedó pegado algo viscoso, parecido a una telaraña. Los sacudí con mucho asco y me limpié en el grifo.

Después volví al armario. Quité el saco, que era de carbón, y metí la cabeza para mirar aquella cosa con más atención. Sí, definitivamente era una lengüeta. Muy pequeñita, de madera, y junto a ella había una ranura. ¿Sería en realidad una palanca? ¿Se movería si la corría hacia allá?

Sentí un hormigueo de emoción.

Lo hice. Presioné la lengüeta y, para mi sorpresa, el suelo del armario rechinó y se abrió, dejando al descubierto un gran hueco.

—¡Dios mío! —Me tapé la boca con la mano—. ¡Una trampilla!

Mi corazón latía como loco. ¿Qué debía hacer? Miré a todas direcciones, indecisa. ¿Subir las escaleras y despertar a Jonathan? ¿Bajar en secreto y emprender aquella aventura yo sola? Pero ¿y si había algo peligroso abajo? ¿O si no podía salir y me quedaba atrapada?

A mi alrededor solo se oía el tic tac del *grandfather clock* del salón.

—A ver… —pensé en voz alta, para aclarar mis ideas y tranquilizarme a la vez—. Seres vivos, allá abajo, no creo que haya más que ratones y bichos.

Solo llevaba puesta la camiseta de Jonathan, tenía las piernas desnudas y los pies descalzos. La idea de sentir alimañas rozándome los tobillos, ¡o incluso pisarlas!, no me hacía ninguna gracia. Pero podía soportarlo si era el precio de descubrir algo interesante.

—Y si me quedo atrapada, empiezo a dar gritos y ya está. Jonathan me oirá. Tampoco estamos tan lejos…

Así que me armé de valor. ¡Justo ese día había recordado a Indiana Jones! ¿Renunciaría Indiana a un buen misterio por ir descalzo? Jamás.

Decidida, quité la harina y los pocos alimentos que había en las dos baldas que estaban sobre el agujero y después retiré las propias baldas para pasar mejor. Iluminé el interior con la linterna.

Se veía una escalera de mano, de madera. Eso me dio confianza. El suelo no debía de estar muy lejos.

Me puse de espaldas y apoyé la punta de un pie en el primer escalón, agarrada al borde del armario.

Comencé a descender con cuidado. Era como dejar que se me tragara la tierra.

—Uno, dos, tres… —fui contando los peldaños—, cuatro, cinco, seis…

Iluminé el suelo y después bajé el pie. Sentí arena y polvo.

El techo era bajo, de piedra, abovedado. Y estaba… ¡llenísimo de arañas! Pequeñitas, negras y brillantes. Al apuntarlas con la luz, corrían a montones por el pasillo hacia la única puerta que se veía.

Tenía el corazón desbocado.

Me dirigí hacia allá.

¿Qué me iba a encontrar detrás de esa puerta?

—Por favor, que no haya cadáveres —me dije a mí misma.

To me every hour of the light and dark is a miracle [...].

Para mí cada hora de luz y oscuridad es un milagro [...].

Walt Whitman

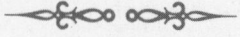

18

Luces y sombras

Que no haya cadáveres —me repetí, como si sirviera de algo. De pronto, oí un pequeño ruido y me quedé paralizada de miedo. Respiraba aire frío. Me temblaba la mano con la que sujetaba el móvil.

«No tengo que hacer esto ahora —me dije—. ¡Puedo hacerlo de día!».

Debían de ser las tres o las cuatro de la madrugada. ¿Era necesario pasarlo tan mal? Si ese pasadizo llevaba oculto muchísimos años, ¿qué más daba una noche más?

Esto acabó de convencerme.

Volví sobre mis pasos. Subí la escalera y lo dejé todo como estaba: el saco de carbón, las baldas, la harina…

Pero antes de irme, me di cuenta de que había dejado el suelo alrededor del armario lleno de pisadas blancas. La arena del pasadizo.

Cogí papel de cocina, lo mojé y eliminé mis huellas.

—¡Qué manía de no tener fregona en este país! —murmuré entre dientes.

Me limpié también los pies como pude y subí a la habitación.

Jonathan seguía durmiendo. Me metí entre las sábanas, helada y con el corazón acelerado. Después me acurruqué contra su pecho. Enseguida me rodeó con el brazo. Cerré los ojos, disfrutando de su abrazo inconsciente.

Me esforcé por dormir, pero no había manera. Estaba nerviosísima. Me preguntaba una y otra vez qué habría al final del pasillo, en aquella habitación. ¿Era un búnker? Seguro que tenía mucho que ver con el pasado de la familia de Jonathan. Pero ¿cómo de lejano sería ese pasado? ¿Segunda Guerra Mundial? ¿Guerra fría? ¿O se remontaría mucho más atrás?

¿Sabía él algo de eso?

Las preguntas se agolpaban en mi cabeza. De repente, Jonathan subió la mano desde mi cintura hasta mi pecho. Seguía dormido. Su respiración era acompasada y tranquila. Pero el hecho de tener su mano abarcando uno de mis pechos me despertó todos los poros del cuerpo. Los encendió. Me quedé inmóvil, esperando algún movimiento más por su parte. Pero el movimiento no llegaba. Entonces puse mi mano sobre la suya y la apreté contra mi escote. Jonathan exhaló un suspiro suave y me agarró mejor. Pegué mi espalda contra su abdomen. Estábamos los dos perfectamente acoplados.

Sentía su corazón en mi espalda. El mío, latiéndome en las sienes. No quería despertarlo, pero tampoco iba a ser capaz de dormir, estando tan cerca de él. De pronto, su mano bajó desde mi pecho a mi vientre y noté detrás de mí una presión inequívoca. Su cuerpo se estaba despertando también. Se estaba dejando llevar por el deseo.

Me apreté contra él y abrí un poco las piernas. Él bajó la mano por mi vientre un poco más. Tan cerca…

—¿Cómo te encuentras? —me susurró al oído.

—Muy despierta —le respondí en voz baja.

—Ya me doy cuenta. —Me giró con un brazo y se puso encima de mí.

Volví a sentir su presión entre las piernas. Me besó en el cuello suavemente. Después bajó el cuello de la camiseta, tan grande que casi podía quitármela cuerpo abajo, y fue dándome pequeños besos hasta llegar a uno de mis pezones. Lo besó y succionó. Y yo sentí como si me absorbiera el alma. Ardía de deseo por él. Cada centímetro de mi piel iba al encuentro de la suya.

—Quiero tenerte dentro —murmuré—. Ven.

Levantó la cara y replicó:

—Todavía me falta mucho de ti por recorrer…

Y fue bajando por la camiseta hasta llegar a mis bragas, donde me dio un último beso. Sentí su respiración caliente a través de la tela.

—Por favor, entra. Ven —le pedí.

—Qué prisas tienes —repuso con una carcajada—. Si esta parte es la mejor.

Se levantó un momento a buscar un preservativo de su cartera y se metió conmigo bajo las sábanas. Entonces fui yo la que se puso encima de él. Recorrí aquel cuerpo magnífico con las palmas de las manos, con los labios, con la lengua…

—No puedo más —me dijo en cierto momento—. Me vas a matar de deseo…

Entonces, de rodillas sobre él, le ayudé a entrar poco a poco, con un suave vaivén, dentro de mí. Cuando estuvo dentro por completo, nos miramos unos instantes, concentrados en la sensación de estar unidos. Totalmente.

—Nadie me ha hecho sentir nunca lo que siento contigo —susurró.

Le estiré los brazos y entrelacé mis dedos en los suyos, besándole en los labios. Contraje los músculos internos para provocarle más placer, y él gimió. El deseo comenzó a arrastrarnos en su oleaje. Mientras me movía sobre él, sentía que no había nada que deseara más en el mundo que estar ahí y ahora entre sus brazos. Con él entre las piernas. Siendo uno.

Empecé a perder el control de mi cuerpo conforme el éxtasis me iba arrastrando. No pude evitar gemir con él, al principio entre susurros, y poco a poco con más intensidad, hasta que ambos llegamos al límite de nuestras fuerzas y sentimos al unísono las sacudidas del clímax, las ráfagas incontenibles. El desbordamiento. Él en mí y yo en él.

Apoyé la cara sobre su pecho.

—*Te quiero* —se me escapó en español.

Hubo un silencio. Dos silencios. Tres silencios.

—¿Qué has dicho? —me preguntó en voz baja.

—Perdón. No he dicho nada —me retracté.

«Trágame tierra», pensé.

Él tampoco dijo nada. Me acarició la espalda.

Al cabo de unos instantes que se me hicieron eternos, comentó:

—Si no has dicho nada, no te puedo decir que yo también.

Levanté la mirada hacia él.

—¿Tú también?

—¿Lo dudabas?

Jonathan estaba todavía dentro de mí.

—Me quedaría así contigo para siempre —me dijo, abrazándome con fuerza.

—Yo también.

—¿Tú también?

—¿Lo dudabas?

Nos echamos a reír.

Unos minutos después, nos quedamos dormidos.

Al día siguiente, martes, era mi día libre.

Jonathan volvió a despertarme con el desayuno en la cama. Esta vez, tortitas con sirope de arce. Y había traído también café y tortitas para él. Me podría acostumbrar tan fácilmente a aquella vida cotidiana…

Charlamos un rato y después se fue a trabajar en el huerto.

Yo me había levantado sin fiebre. Me sentía activa. Estaba dispuesta a superar mis temores y a vivir mi propia aventura.

Pero primero me duché. ¡Había agua caliente! Me puse mi vestido largo, cogí el Zippo y una vela del cajón del dormitorio y bajé a la cocina.

Todo estaba en calma. La luz dorada de las diez de la mañana caía pacíficamente sobre el suelo de madera. Cuando pasaron quince minutos sin que nadie apareciera, decidí abrir el pasadizo.

Aparté el saco de carbón, pero no las baldas. Podía entrar sin quitarlas.

Me recogí la falda con un nudo, accioné la trampilla y bajé con cuidado los primeros peldaños. Desde el otro lado, busqué a ciegas otra lengüeta para cerrar la entrada desde el interior. Tenía que haberla…

¡Sí! Ahí estaba. La presioné y la trampilla se cerró mecánicamente, dejándome a oscuras. Comprobé que se abría y se cerraba de nuevo, por seguridad. Sí. Funcionaba bien.

Después, con asco, me limpié los dedos en el vestido (¡había más telarañas!) y terminé de bajar la escalera. Una vez en el suelo, encendí la vela con el Zippo.

Bajo la luz cálida de la vela todo me daba menos miedo que con la de la linterna. Avancé por el pasillo con la cabeza agachada para no rozar el techo, que seguía lleno de arañas, y llegué hasta la puerta del fondo. Estaba entreabierta.

«Como haya un muerto me da un ataque aquí mismo», me dije.

La empujé suavemente y me asomé con precaución.

Camas. ¡Había solo camas! Menos mal. Camas y jergones. Más de diez. Recorrí la sala con los ojos. En la pared opuesta había un escritorio antiguo.

Atravesé la sala hasta llegar a él, con los cinco sentidos en alerta. Bajo una espesa capa de polvo descansaban varias plumas, un tintero, papel secante y un candil que me recordó al que había en la escuela de Watermill. Si era un refugio, debía de ser del siglo XIX. Quizá para esconderse durante alguna de las guerras…

Mi conocimiento de la historia americana dejaba mucho que desear, pero sabía que había habido dos grandes guerras en el país:

la de la Independencia de Inglaterra y la de *Lo que el viento se llevó*, entre los estados esclavistas del Sur y los antiesclavistas del Norte. Aunque no las situaba demasiado bien en el tiempo.

Volví a inspeccionar la habitación. Al fondo había otro pasillo que se perdía en la oscuridad. Fui hacia él y comencé a andar. Era muy largo y se iba haciendo cada vez más estrecho. Así que al cabo de cincuenta metros decidí volver.

Se lo contaría todo a Jonathan y lo recorreríamos juntos hasta el final.

En la sala de las camas volví a ver a Mur, el ratón, y lo saludé cariñosamente. Me dio tranquilidad. De alguna manera, no estaba sola.

Después, seguí por el pasillo hacia la salida. Subí varios peldaños y presioné la lengüeta para descorrer la trampilla. Pero ¡no se abrió! ¡La madera no se movía!

Le di con más fuerza.

Imposible.

¡Estaba bloqueada!

La empujé desde abajo. Era como si hubiera un peso sobre ella. ¿Alguien había vuelto a meter el saco de carbón? ¿Miss Milton?

—¡Por favor! —grité—. ¡Estoy aquí dentro! ¿Hay alguien ahí?

Empecé a ponerme nerviosa.

Volví a gritar.

—¡Por favor! ¡Ayuda! ¡Estoy aquí! ¡Dentro del armario!

El sonido de mis propios gritos me provocaba todavía más nerviosismo. Pero no quedaba más remedio. ¡Tenía que gritar!

—¡Socorro! ¿Hay alguien ahí? ¡Ayuda!

Estuve gritando más de quince minutos, que se me hicieron eternos. Al principio intenté mantener la calma, pero conforme pasaba el tiempo me fui dejando llevar por la angustia. Quedaba poco para que la vela se consumiera, lo que me producía aún más ansiedad.

Me eché a llorar de frustración. Entonces pensé que tal vez en los cajones del escritorio hubiera alguna vela más. Fui para allá rápidamente.

Abrí los cajones. ¡Sí! ¡Dos velas!

Encendí una de ellas con la llama de la mía y aproveché la luz para echar un vistazo en el interior de varios. La curiosidad hizo que se me fuera pasando la angustia.

No parecía haber nada interesante. Papel de cartas. Sobres. Más tinteros.

Pero había algunos cajones cerrados con llave. Además, recordé que a este tipo de escritorio antiguo se le solía llamar «secreter». Muchos de ellos tenían algún cajón oculto donde guardar documentos importantes.

Observé el escritorio con atención.

No vi nada interesante. Metí la mano en los cajones que podía abrir, uno por uno, palpando también por dentro en la parte superior en busca de más lengüetas o palancas.

No encontré nada.

Decidí volver a la escalera y, al menor ruido que hubiera en la cocina, comenzar a dar gritos.

Un rato después, la vela se apagó.

Me quedé en la oscuridad para no agotar del todo los recursos que tenía: la última vela y el Zippo.

Pasé una hora así, a oscuras. La hora se convirtió en dos. Intenté no perder la esperanza. Para matar el tiempo me puse a cantar canciones, recité poemas que sabía de memoria…, hasta que, de pronto, me pareció oír ruidos metálicos, como de ollas o sartenes. ¡Había alguien en la cocina!

—¡Socorro! ¡Ayuda! ¡Estoy aquí! —grité con todas mis fuerzas—. ¡Por favor!

Al cabo de varios minutos gritando, por fin escuché la voz amortiguada de Jonathan al otro lado.

—¿Viviane? ¿Estás ahí? ¿Dónde?

—¡Quita el saco de carbón, por favor!

Oí cómo lo levantaba y lo dejaba con un golpe seco en el suelo de la cocina. Accioné la lengüeta e inmediatamente entró la luz del día.

Me tuve que cubrir los ojos, porque era deslumbrante.

Enseguida lo distinguí a él.

—¿Viviane? —exclamó, atónito—. Pero ¿qué es esto? ¿Cómo has entrado ahí? —Me tendió la mano y se la cogí.

—¿No sabías que esta trampilla existía? —le pregunté.

Él negó con la cabeza, sorprendido.

—¡Ven! ¡Que te lo voy a enseñar!

—Tú y yo siempre acabamos metidos en armarios… Es el destino —bromeó.

—¡Es una especie de búnker, ya verás! Pero necesitamos más velas… —dije.

—¡Tengo la linterna del móvil! —repuso—. Espera. Voy a quitar estas baldas.

Mientras apartaba los alimentos y retiraba las tablas, bajé los peldaños para dejarle sitio.

La escalera crujió bajo sus botas. Al llegar abajo, lo miró todo con los ojos muy abiertos.

—¡No me lo puedo creer, Viviane! ¡Has descubierto un pasadizo!

—Ha sido un regalo de mi amigo el ratón. Mur, el espíritu de la granja. ¿Ves como hice bien en ofrecerle comida?

Se rio.

—Sí, ya veo. ¡En solo un día en esta casa has descubierto más que yo en diecisiete años!

Me ofreció su móvil con la linterna encendida.

—Tú me guías —dijo.

Comenzamos a recorrer juntos el pasillo de piedra. Yo, con la cabeza agachada, y él, con medio cuerpo.

Abrí la puerta con cuidado y pasamos.

—¡Mira! —Le fui señalando con la luz—. Hay muchísimas camas. Y allí —indiqué, apuntando hacia el secreter—, un escritorio antiguo.

Nos acercamos a él. Nada más ver el candil, miró un número que tenía en la base y dijo que era de la década de 1850.

—¡Eres todo un experto en candiles!

—¿Todavía no has visto la exposición que hay en la casa central? —Levantó la ceja.

Desvié su atención hacia el mueble.

—En España, muchos de estos escritorios tienen cajones secretos. He estado mirando, pero no encuentro ninguno.

Empezó a manipular los cajones con interés. Después de unos cuantos intentos, de tocar aquí y allá y recorrer con atención el escritorio varias veces con los dedos, tiró de una tabla que yo pensaba que era fija en la estructura ¡y resultó ser un cajón!

—¡Lo has encontrado! —exclamé con emoción.

Jonathan empezó a sacar los papeles que había dentro y los puso sobre la mesa.

—Por lo que veo, son sobre todo mapas —dijo—. También hay un cuadernillo con nombres y direcciones. Y … —añadió, hurgando en el cajón secreto— unas llaves. Deben de ser de los cajones cerrados. A ver… —murmuró estudiando los mapas y los nombres escritos en el cuadernillo—: Noah, Bet, Jim, Phibe… Esto… ¡creo que podría tener que ver con el *Underground Railroad*!

Observó con atención uno de los planos.

—El *Ferrocarril Subterráneo* —traduje al español, sin comprender—. ¿Es un tren bajo tierra? ¿Una especie de metro antiguo?

—No —rio—. Es algo mucho más importante. Dame un momento. —Siguió mirando el mapa. Al cabo de unos instantes, me aclaró—: En el siglo XIX hubo rutas secretas por las que los esclavos negros podían escapar a los estados libres, a Canadá o a México. En este mapa de aquí —dijo señalando el que tenía en la mano— hay marcados varios caminos que atraviesan Massachusetts hacia el Norte. Señalan granjas y casas de gente de la zona —añadió—. Hay una lista de nombres y apellidos. Los Peabody, los McGarry, ¡los Van Tassel! ¡Mi familia! ¡Mira!

Observé los nombres en el mapa e intenté asimilar aquella información.

—Pero ¿entonces había vías de tren o no? —pregunté.

—No, lo del Ferrocarril Subterráneo fue solo una manera de llamarlo, porque era la gran época del ferrocarril. Los fugitivos tenían que huir por bosques, marismas… Había muchos peligros, cazarrecompensas y gente que podía delatarte. Todo era clandestino. De hecho, es raro encontrar documentos, porque había multas e incluso penas de cárcel por darles cobijo.

Aquello me recordó algunas de las cosas que había leído en la novela de Harriet Beecher Stowe.

—¿Te das cuenta de lo que significa, Viviane? —continuó Jonathan—. Si estos mapas son lo que creo que pueden ser, ¡mi familia colaboró, ayudando a todas estas personas! —Sacudió el cuaderno. Le brillaban los ojos.

—¿No tenías ni idea?

—No. El último que lo supo debió de llevarse el secreto a la tumba. Desde luego, mis padres no sabían nada, porque me lo habrían contado, seguro. Habría sido muy emocionante para ellos también.

Después me miró fijamente y añadió con tono confidencial:

—Siempre vivieron con la duda de si nuestra familia había llegado a tener esclavos en algún momento de la historia. No se han encontrado registros que lo confirmen, pero eso también es extraño. Pudieron haberse quemado. —Hizo una pausa—. La verdad es que esa duda fue siempre un peso para mí también.

—Tú no eres culpable de lo que tus antepasados hayan hecho.

—Lo sé. Pero la idea de que hubieran sido esclavistas me hacía querer levantar un muro entre ellos y yo. Además, me habían atado a Watermill, que fue para mí una carga durante varios años. Una condena. Sin embargo, ahora… ¡querría saberlo todo sobre ellos! ¡Cómo fueron sus vidas, su implicación en la guerra, sus estrategias para acabar con la esclavitud! ¿Quién construyó este refugio? —concluyó, haciendo un gesto a su alrededor, con asombro.

Lo contemplé, ilusionada. Me alegraba haber hecho algo importante. Algo por él.

Uno a uno fue abriendo los cajones cerrados con llave y, gracias a la cámara del móvil, hizo fotos de todo lo que encontró.

—Tengo un amigo, Steven, que se quedó en la Universidad de Yale como profesor. Seguro que él, con sus contactos, me puede decir el valor histórico que tiene esto. Sinceramente, creo que es algo muy bueno. Y muy grande.

—Qué bien —murmuré con un suspiro.

Me miró con alegría y me levantó en volandas.

—¡Yeaaah! —gritó.

—¡Pues aún hay más! —le dije cuando me dejó en el suelo, haciéndome la interesante.

—¿Más?

—¡Sí, mira! —Señalé el camino que se perdía en la oscuridad.

Los ojos de Jonathan destellaron.

—¡Vamos! —exclamó con ímpetu, cogiéndome de la mano.

As oil will find its way into crevices
where water cannot penetrate, so song
will find its way where speech can no longer enter.

Como el aceite se abre camino en las grietas
donde el agua no puede penetrar, así la canción
se abre camino donde el discurso ya no puede entrar.

HARRIET BEECHER STOWE

19

Al otro lado

Echamos a correr por el pasillo. Pero el camino era bastante largo y se iba estrechando. Poco a poco, a pesar de la emoción, tuvimos que bajar el ritmo. Además, conforme avanzábamos iba habiendo más movimiento por el suelo: escarabajos, pequeños insectos y roedores que se escondían en las grietas de las piedras al recibir la luz.

Cuando llevábamos casi media hora caminando, Jonathan echó un vistazo a su móvil y dijo con preocupación:

—Se me va a acabar la batería.

—¡Espera, ya se ve algo al fondo! —exclamé.

En efecto, había una puertecilla cuadrada a veinte metros de nosotros.

Nos acercamos.

No estaba en posición vertical, sino casi tumbada, inclinada hacia arriba. La superficie debía de estar sobre nuestras cabezas. Era de madera muy vieja, sujeta por herrajes oxidados. Conseguimos descorrer el cerrojo, pero no había forma de que aquella puerta se moviera.

Jonathan se colocó debajo y empezó a empujarla con los hombros. Con cada golpe, caía de sus ranuras polvo y arena.

—Parece que está tapada por kilos de tierra —dijo, esforzándose—. Debe de dar al bosque al otro lado.

Le ayudé a empujar. Sin éxito.

De pronto, se le ocurrió:

—¡Podría decirle a Alex que nos ayude! Entre todos seguro que la abrimos —aseguró, apoyándose en mi hombro y tomando aire—. Pero ahora nos tenemos que ir, porque nos vamos a quedar a oscuras dentro de nada.

Volvimos sobre nuestros pasos.

Así fue. Nos quedamos sin luz a mitad del camino. Yo me había dejado la vela con el Zippo en el escritorio, en la sala de las camas, y tuvimos que avanzar tanteando las paredes del túnel, lo que me daba bastante aprensión. Bajo mis pies, a veces crujían cosas. El roce de la falda me incomodaba. Me hacía dudar de si era la tela o un ser vivo lo que me tocaba la piel. Pero prefería dudar a recogérmela y no tener aquella campana protectora alrededor de los tobillos.

Por fin llegamos al escritorio y encendimos la vela. De ahí fuimos al pasillo y del pasillo, a la escalera; y de la escalera, a la acogedora cocina de la casa, bañada de luz.

Respiré aliviada mientras salía del agujero.

Jonathan subió detrás de mí, radiante y lleno de energía.

—¡No me puedo creer lo que hemos descubierto! —Rectificó—: Lo que has descubierto. Voy a ir corriendo a avisar a Alex. ¿Te parece que le invite a venir cuando termine, a las cinco? Me muero de ganas de ver a dónde lleva esa puerta.

Asentí con la cabeza, pero me moría de hambre.

—Si te vas, ¿te importa que yo coma algo ahora? Ya no puedo más. No estoy fuerte del todo… —me excusé.

—Perdona, claro que sí —dijo él—. ¡Con el descubrimiento se me había olvidado que hay que comer! Prepárate lo que quieras

y… ¡Ah, por cierto! ¡Mira lo que me dio Rose para ti esta mañana! —Señaló la encimera.

Había una cesta llena de frambuesas primorosamente dispuestas.
Se notaba que las había colocado con detalle, una a una. Jonathan
sacó del frigorífico un frasquito de cristal lleno de nata casera.

—Y esto también. Dice que pases a verla cuando te encuentres
bien, que quiere darte un beso.

Sentí una gran emoción. ¡Qué alegría que hubiera vuelto!

Abracé a Jonathan. Él lo había hecho posible.

—Bueno, me voy a buscar a Alex, que debe de estar en su pausa para comer —dijo él con ímpetu—. Pero no se lo vamos a
decir a nadie más de momento. Prefiero tener toda la información
en la mano antes de que se entere más gente. Sobre todo por mi
padrastro…

Me volvió a coger en volandas con entusiasmo, me besó rápidamente y se fue.

—Descuida. De mí no va a salir —murmuré, poniéndome a
lavar las frambuesas—. Te lo prometo.

Cuando terminé de comer, me fui a dormir la siesta. Estaba ago-
tada después de todas las emociones de la mañana, que había sido
una auténtica locura. ¡Había pasado de la euforia del descubrimiento a la angustia de quedarme encerrada, y de nuevo a la euforia de la aventura junto a Jonathan! Eso, más todo el esfuerzo de
recorrer el camino subterráneo de ida y vuelta, me había consu-
mido las fuerzas.

Me metí bajo la colcha de *patchwork*. Paseé la vista por sus
retales verdes y granates y contemplé la habitación unos instantes
antes de dormir. La luz dorada atravesaba las cortinas. Por la ventana entraba el canto de los pájaros, el suave murmullo del agua
del molino y el de las hojas, sacudidas por la brisa.

Estaba en su cama. Me sentí afortunada. Lo que habría dado
Abigail por estar ahí. Y probablemente Lucy…

Pero Jonathan me había elegido a mí. El hombre de mis sueños. El hombre que admiraba y deseaba. Jonathan Van Tassel, ni más ni menos. El futuro propietario de todo aquel milagro de naturaleza, de historia, de misterios… Sentí como si un río de felicidad me recorriera por dentro.

Podían torcerse muchas cosas. No lo quería pensar. Las relaciones de amor eran complicadas, y en Watermill había gente que parecía querernos mal.

Pero ese momento, la alegría de estar ahí, en su habitación, sintiéndome elegida, querida, no me lo podía quitar nadie.

Volver a entrar en el pasadizo secreto con Alex fue bastante emocionante también. Alex, con su entusiasmo natural, fue haciendo comentarios de los suyos y dando gritos de sorpresa durante todo el recorrido: al abrirse la trampilla del armario, al ver las arañas del primer pasillo, las camas, el escritorio, el cajón secreto… Cuando íbamos por la mitad del largo camino hacia la puertecilla cuadrada, Jonathan le preguntó:

—Alex, tú que conoces tan bien el bosque, ¿te suena que haya alguna elevación de terreno que pudiera esconder una puerta? No tiene por qué ser muy alta…

Alex se lo pensó un momento.

—No, la verdad es que no.

—¿Y hay alguna historia de las que cuentan en tu familia que pudiera tener relación con el Ferrocarril Subterráneo?

Negó con la cabeza.

—Que yo sepa, tampoco —dijo—. ¡Vaya bicho! —Señaló distraído hacia la izquierda, donde algo se escabulló entre las piedras.

Cuando por fin llegamos a la puertecilla, nos pusimos a empujar con fuerza. Una, dos, tres veces… Nada. Pero se fue venciendo poco a poco. Había raíces enredadas por fuera.

Finalmente, tras diez o quince empujones más, se abrió con una gran polvareda y crujidos de ramas.

Asomamos la cabeza. Estábamos debajo de un arbusto. Varios arbustos unidos. Saúcos.

Salimos como pudimos de ahí y miramos a nuestro alrededor.

—Fíjate —comentó Alex rascándose la barbilla—, sí que había un montículo. Pero con los arbustos, ni me había dado cuenta.

—Me parece a mí que esta parte del bosque está cerca… —empezó Jonathan.

—… del árbol quebrado —terminó Alex.

—¿Cómo era esa canción tuya?

—Sí, se lo iba a decir ahora a Valentina.

Los dos se conocían tan bien que a veces me resultaba difícil seguir el hilo de su conversación. Parecían entenderse entre líneas. Uno continuaba los pensamientos del otro.

—¿De qué estáis hablando? —pregunté.

—Había una leyenda por la zona, pero ya nadie en mi familia se acuerda de lo que trataba —me explicó Alex con una sonrisa melancólica—. Solo de la canción.

—¿Nos la podrías cantar? —le pregunté.

—¿En serio? Os pensaba decir solo la letra. Porque cantar, así, de día, a capela y sin cerveza…

—¡Venga, Alex! —insistió Jonathan—, cántala. Es importante.

—Vaaale… Era algo así… —Se aclaró la voz y comenzó a cantar con suavidad:

Abraza al árbol quebrado
cuando busques tu destino.
Abraza al árbol quebrado
y encontrarás el camino.

La carne puede ser débil
pero el hierro permanece.
Abraza al árbol quebrado
y el camino que te ofrece.

La melodía era sencilla pero muy sugerente.

—¡Es preciosa! —comenté—. ¿Lo habéis abrazado alguna vez? —pregunté pasados unos segundos—. Me refiero al árbol quebrado.

Alex bajó la vista y se sonrojó.

—Yo sí, de pequeño. Pero no pasó nada. No se abrió ningún camino mágico, como esperaba…

—Yo reconozco que no lo he hecho. Me encantan los árboles, pero no me ha dado nunca por abrazarlos —dijo levantando una ceja.

—¡Nunca es tarde para empezar! —exclamé de buen humor. Yo sí que había abrazado unos cuantos, la verdad.

—Vamos a verlo —se animó Jonathan—. Si no me equivoco, creo que está por ahí. —Señaló hacia la izquierda.

El bosque era denso, con árboles muy altos. La mayoría eran robles, arces y hayas.

—Tienes que ver cómo se ponen en noviembre —me dijo Jonathan—, con los colores del otoño. Rojos, amarillos, naranjas… Parece un gran incendio.

Me mordí el labio. Para noviembre faltaba solo un mes y unos días. Era más que probable que todavía siguiera en Watermill, pero pensar en el paso del tiempo me empezaba a provocar ansiedad. No tenía ni idea de qué sería de mi vida a corto plazo. De hecho, mi visado solo duraba seis meses. Si quería quedarme más tiempo tendría que investigar ese tema, hacer trámites…

—¡Ahí está! —exclamó Alex, señalando un árbol muy grande—. Es un arce.

Nos paramos a contemplarlo. Su corteza era de color gris plateado, pero lo más especial era que su tronco estaba radicalmente torcido. No cabía duda de por qué lo llamaban el árbol quebrado.

Me acerqué a él y lo toqué con emoción.

—Este es el árbol de la canción…

—Venga, ¡más vale tarde que nunca! —dijo Jonathan alegremente, dirigiéndose al árbol—: ¡Ven a mis brazos, amigo! *Ouch!* —se quejó, frotándose las costillas. Se había golpeado con algo que salía de la corteza—. ¿Qué es esto?

Nos acercamos a mirar. Era un clavo enorme, de unos diez centímetros, con la cabeza rectangular.

—¡Es un clavo! —dije yo.

—¿Cómo no lo había visto antes? —se preguntó Alex, acercándose.

—Hay que fijarse, la verdad. Es casi del mismo tono que la corteza.

—Estaría por encima de tu altura cuando eras un niño —comentó Jonathan.

—«La carne puede ser débil, pero el hierro permanece» —recitó Alex.

—¿Hacia dónde señala? —pregunté.

Jonathan puso la mano en la dirección que marcaba el clavo y cerró un ojo.

—Directamente hacia los saúcos. ¡Hacia el refugio! —exclamó.

—Sí. Allí los fugitivos tendrían cama y comida —razonó Alex.

—Y después de coger fuerzas, podrían salir otra vez por la trampilla y seguir las indicaciones que les hubieran dado para llegar al siguiente lugar seguro —continuó Jonathan.

—Y así hasta Canadá… —concluyó Alex.

Era como tocar la historia con las manos. El hilo dorado con el que estaba hecha también la historia. Entre tanta ambición y tantas guerras, este era un hilo secreto de protección. De defensa de los derechos humanos. De amor a los demás.

Dejándome llevar por el impulso, abracé al árbol. Jonathan y Alex también lo hicieron.

—*Ouch!*

—¿Otra vez, Johnny? —preguntó Alex.

Nos reímos los tres.

Permanecimos allí un par de minutos, disfrutando del abrazo.

Al separarnos del árbol, nos miramos.

Reinaba una enorme paz en el ambiente. Comenzaba a hacerse de noche.

—¿Y ahora qué hacemos? —preguntó Alex.

Me lo pensé un instante y lo vi claro.

—¿Alguien quiere probar la tortilla de patatas?

Los dos levantaron la mano. Estaban hambrientos.

—*Typical Spanish?* —preguntó Alex.

Solté una carcajada.

—Por supuesto —respondí haciendo un gesto flamenco, en broma—. Vamos a casa.

There's something at work in my soul
which I do not understand.

Hay algo actuando en mi espíritu
que no comprendo.

Mary Shelley

20

El olor del miedo

*F*ue divertido hacer con ellos la tortilla e ir explicándoles los pasos.

Además, los huevos que habíamos cogido del corral eran totalmente naturales, con las yemas de color naranja vivo. Prometía estar deliciosa.

—Una cosa FUN-DA-MEN-TAL es freír primero las patatas y la cebolla —les expliqué—. A mí se me olvidó la primera vez que la hice y, aunque tenía una pinta muy buena, por dentro la patata estaba cruda.

—¡Puaj! —exclamó Alex, levantando la tapadera de la sartén—. Pero ¡esto parece que va a estar riquísimo!

Ya estaba terminando de cuajarse.

—Ahora viene la parte más difícil: darle la vuelta. —Busqué por los armarios un plato grande—. Hay que hacerlo muy rápido, porque las tortillas huelen el miedo.

Jonathan soltó una risotada.

—¡En serio! —insistí—. Si lo haces con miedo, te chorrea el huevo ardiente por el brazo y es tan horrible...

—... que la Inquisición española lo convirtió en una tortura —bromeó Jonathan.

—Muy gracioso —dije poniendo los ojos en blanco—. ¿Quieres probar a ver si duele? —le propuse, retadora.

Jonathan me miró con competitividad y aceptó el desafío.

—Venga.

—¡No! ¡Dejadme a mí! —se interpuso Alex, apartando a Jonathan.

Este se encogió de hombros.

—Vale —accedí al ver que le hacía tanta ilusión—. Tápalo bien con este plato y le das la vuelta a la sartén con la otra mano —imité el gesto—. Así. *¡Venga, Alejandro!* —le animé en español.

—¡Allá voy! —exclamó. Le dio la vuelta con inseguridad—. ¡Aaaaaah! —gritó mientras le chorreaba el huevo por la muñeca.

Intervine rápidamente y le quité la sartén.

—¡Os lo dije! ¡Huelen el miedo!

Jonathan abrió el grifo y le metió el brazo debajo del agua.

—Madre mía... —gimió Alex—. ¡Quién lo hubiera dicho!

Jonathan me miró y comentó:

—No te vuelvo a llevar la contraria.

Cenamos los tres en la mesa de la cocina. La tortilla fue todo un éxito. Salió muy rica. Y la ensalada de acompañamiento tampoco estaba mal. Después tomamos las frambuesas con nata que me habían sobrado de la comida y nos acomodamos en el salón.

La noche era húmeda y la proximidad del lago acentuaba la sensación de frío, así que Jonathan encendió la chimenea. Después sacó una botella de whisky que había traído de su casa y nos quedamos un par de horas hablando sobre lo que podía significar lo que habíamos encontrado.

Estábamos muy cansados, pero llenos de alegría y expectación.

Jonathan y Alex me contaron todo lo que sabían del Ferrocarril Subterráneo. Al parecer, se habían descubierto colchas de *patchwork* cuyos dibujos eran mapas en clave. En algunos lugares se sabe que hubo guías que se jugaban la vida una y otra vez acompañando a los esclavos hacia la libertad. Siguiendo la metáfora del tren, se les llamaba «conductores». La más conocida, Harriet Tubman, decía que nunca había perdido un pasajero.

Después comentaron anécdotas que recordaban del antiguo Watermill y de las familias de la zona.

Acabamos hablando del presente.

Al día siguiente, Jonathan iría a ver al abogado que le llevaba los papeles e intentaría firmar todo lo necesario para ir asumiendo ya algunas responsabilidades legales.

Yo… por desgracia, debía volver a mi piso. Necesitaba cosas básicas, como ropa interior. Me moría de ganas por lavarme los dientes, y mi móvil también se había quedado allí. De hecho, le pedí a Jonathan que me dejara mandarle un mensaje a mi madre desde su teléfono, por si se había preocupado al no tener noticias mías.

En cierto momento de la noche, con dos copas de whisky ya en el cuerpo, Alex comentó:

—No os lo iba a decir, pero… ¿a que no sabéis a quiénes vi el otro día saliendo juntos de los baños?

—¿De los baños? ¿Juntos?

Alex asintió con la cabeza.

—De los baños pequeños, los que están junto a la alfarería.

—¿A quiénes?

—A Abigail… y a tu padrastro, Johnny.

Jonathan y yo abrimos los ojos como platos.

—¿Cómo? No puede ser… —dijo él incorporándose en el sofá.

—Como lo oyes. Vi que salía primero Abigail, alisándose la falda. Por su cara sospeché que había gato escondido. Me oculté detrás de un árbol y un minuto después, del mismo baño de chicas, ¡salió Ruskin! Muy colorado. Miró a un lado y al otro y después enfiló el sendero hacia la casa central.

—Uf. Qué bajo ha caído —bufó Jonathan con una sonrisa melancólica.

—¿Por cuál de los dos lo dices? —Alex soltó una carcajada—. No sé quién es peor…

Jonathan enredó sus dedos en los míos.

—Lo mismo así Abigail se tranquiliza y nos deja por fin en paz. Por lo que a mí respecta, que hagan lo que quieran. Ambos. Me dan absolutamente igual. Yo ya he encontrado lo que buscaba —aseguró apretándome la mano.

—¿«Os» deja en paz? Sabía que Abigail iba como una desesperada detrás de Johnny —dijo mirándome—, pero ¿a ti también te ha molestado?

No me podía creer que se me hubiera pasado contarle a Alex lo de la serpiente y el corpiño. Así que le puse al día de mis aventuras en Watermill gracias a Abigail. Visto con la perspectiva del tiempo todo sonaba gracioso, y la verdad es que nos reímos un rato.

Después, la conversación derivó hacia Ruskin. Apoyé la cabeza sobre las piernas de Jonathan y me fui quedando adormilada mientras él me acariciaba el pelo y hablaba con Alex de cosas del pasado.

Tal vez fuera el whisky pero, al final de la velada, la tristeza me nubló la mente, como una bruma. Me di cuenta de que esa iba a ser mi última noche en la casa.

Quizá para siempre.

Alex había bebido demasiado y se quedó a dormir en el sofá, junto a los rescoldos del fuego.

Jonathan y yo nos despedimos de él y subimos con lentitud las escaleras hacia el piso de arriba. Había sido un día muy largo.

Cuando íbamos por el séptimo peldaño me detuve un momento y apoyé la cabeza en su hombro. ¿Qué iba a ser de nosotros?

Sentía como si estuviera en un cruce de caminos. En medio de un puente. O de una escalera… hacia la oscuridad. Una escalera como aquella. Miré hacia abajo y sentí vértigo.

El corazón quería atarme, enraizarme a aquellos tablones del suelo. A aquella casa. A Watermill. A él. Pero mi razón apuntaba hacia una dirección que ya no tenía claro que quisiera seguir. Una posible vida en la ciudad, haciendo castings, representando obras… Además, estaba el tema del visado y su fecha de caducidad. Nada de mi presente era seguro.

Jonathan, que se había quedado ahí parado conmigo, en el séptimo escalón, me preguntó en voz baja:

—¿Qué te pasa, *baby*?

Obviamente, su estado de ánimo era mejor que el mío. Para él todo estaba claro. Tenía su futuro muy cerca, luminoso y prometedor. Solo debía estirar el brazo, coger el fruto del árbol y saborearlo el resto de su vida.

Era yo la que estaba a la intemperie.

—No me llames *baby*, por favor.

—Perdona, Dama del Lago —rectificó, inclinando la cabeza teatralmente.

Me aparté de su cuerpo, irritada.

—No. Tampoco quiero que me llames así —dije en voz bien alta—: Soy Valentina. Que significa «la que tiene valor». Y ya no quiero jugar a ciertas cosas.

Me alejé de él y terminé de subir los escalones yo sola.

Hice ademán de encender la luz del pasillo, pero recordé que era de gas y desistí. Seguí caminando a oscuras hacia la habitación, aparentando seguridad.

Jonathan se paró un momento a encender la luz, con éxito, y preguntó a mi espalda:

—¿He hecho algo mal esta noche? ¿O he dicho algo que te pudiera molestar?

Desaparecí por la puerta de nuestra habitación.

Sin responder.

Claro que no había dicho ni hecho nada mal. ¡Él todo lo hacía bien! ¡El desastre era yo! Me sentía un fracaso. Me sentía perdida.

En la penumbra del cuarto, me senté en la cama y me miré las manos. Manos inútiles.

Poco después llegó él y se sentó a mi lado, en silencio. No dijo nada.

Esta vez fue Jonathan quien apoyó la cabeza en mi hombro.

—No quieres volver a tu piso en Worcester, ¿verdad?

Asentí. Dos gruesos lagrimones me resbalaron por las mejillas. Me los limpié con el dorso de la mano.

—No quiero, pero lo haré, porque tengo que hacerlo. Tampoco sé qué quiero hacer. Vine aquí para ser actriz, Jonathan. Y no sé nada de la agencia donde dejé el currículum. No tienen interés en moverme. Siento que debería ser más proactiva...

Jonathan tardó en hablar. Finalmente, se levantó y abrió el cajón donde guardábamos las velas.

—¿Te ha entrado prisa por salir ya de aquí?

Sus ojos brillaron en la oscuridad, como un tigre al que le hubieran dado un zarpazo.

—No... No es eso —dije levantándome y caminando hacia él.

—A lo mejor nada de esto te importa —me reprochó—. Pero Watermill es mi vida. Y para mí es muy emocionante todo lo que está pasando. Podrías compartir un poco mi alegría.

—¡Si te he dicho que no quiero ni salir de la granja! —exclamé—. Watermill me ha enamorado desde el primer momento. Y tú... Tú también.

—Entonces ¿qué? —repuso—. ¿Nos vas a dejar ya por ser una diva más en cualquier parte? ¿Lo que quieres son focos? ¿Público? ¿Seguidores? Porque entonces, definitivamente estás en el sitio equivocado... y con la gente equivocada.

Lo miré a los ojos. Confieso que hasta entonces pensaba que él y yo nos entendíamos sin palabras. Me dolía tener que explicarme. Era como asumir que la comunicación interior no funcionaba. Que no había conexión real más que en mi imaginación.

—¿Cómo puedes pensar eso? —repliqué—. A mí lo que me gusta es actuar. Nunca he hablado de perseguir la fama. Pero lo que Watermill y tú estáis exigiendo de mí es que renuncie a los planes que yo tenía cuando llegué aquí.

—Planes que, en cualquier caso, no están saliendo, ¿verdad?

Tuve que reconocerlo.

—Efectivamente. Planes fallidos —pronuncié con claridad.

Bajé la vista al suelo.

—Sueños por los que ya no sé si quiero luchar —continué con abatimiento—. Pero al menos, me gustaría tener claro que, si renuncio a ellos, es porque de verdad no me interesan. No porque lo voy a dejarlo todo por ti sin pensármelo dos veces.

Jonathan seguía mirándome con ojos de tigre.

—Lo que tienes es miedo. Pero sí, piénsalo bien, porque no quiero que dentro de veinte años me eches en cara que renunciaste a tus sueños por mí.

Levanté una ceja.

—¿«Dentro de veinte años» has dicho? —No respondió—. ¿Quieres seguir a mi lado dentro de veinte años? —insistí.

Jonathan me miró con gravedad y exclamó, como mordiendo las palabras:

—¡Veinte años no es nada! La vida me parece corta para todo lo que quiero hacer contigo.

Me acerqué lentamente a él, sintiendo como si una llama me iluminara por dentro. Continuó:

—Y si al final te llevan a ese Lago de Fuego, juro por Dios que iré detrás de ti, Valentina.

Sonreí al oír mi nombre verdadero.

—Valentina —repitió—, «la que tiene valor».

Sin poder reprimirme más, lo besé con todo mi amor. Y él me devolvió el beso casi con agresividad.

De una forma que me es muy difícil de expresar, aquella noche que pasamos juntos estuvo cargada de dramatismo. De momentos de sexo con una entrega absoluta, de besos llenos de una tristeza indecible, de miedo, de devoción, de arrebatos de risa compartida, de caricias de una delicadeza extrema… Y poco a poco, entre la duermevela y el sueño, la noche desembocó en una sorprendente claridad. Cuando llegó el amanecer, sentí una extraña lucidez.

Me asomé a la ventana, y delante del lago en calma, como un sueño de plata prendido por los juncos, murmuré pensando en voz alta:

—Me quedaría a vivir contigo para siempre. Aquí. En la granja.

Jonathan me oyó.

—Quédate —respondió desde la cama, tendiéndome la mano para que me acercara—. No salgas de mi vida, por favor.

Kiss me, and you will see how important I am.

Bésame, y verás lo importante que soy.

SYLVIA PLATH

21

La traición

Esa mañana Jonathan desayunó temprano y se fue a cabalgar por el bosque. Me dijo que, con todo lo que había pasado el día anterior, quería respirar aire puro y volver a ver el árbol quebrado antes de ir a la ciudad para su cita con el abogado.

Luego estaría presente en una de las entrevistas de trabajo que iba a hacer su padrastro.

Yo también salí temprano de la habitación para ver en qué podía ayudar a miss Milton. Ya me sentía recuperada. Esa tarde a las cinco volvería a mi piso.

—Ah, cielo… —me dijo dándome un toquecito en el brazo—. Me alegro mucho de que estés bien. Estos días he estado haciendo los quesos en mi casa, para no molestarte usando la cocina. Dejan un olor muy fuerte…

Me fijé en el aroma que flotaba en ese momento en el porche. Olía deliciosamente a leña y algo más.

—¿A qué huele ahora?

—Estoy ahumando carne en el jardín trasero.

El olor era muy apetitoso. Me transportó a otra época. No ya al siglo XIX, sino a un tiempo mucho más antiguo. Había algo ancestral en ese olor a carne y humo. Algo primario.

Pero recordé los ojos del ternerito y se me revolvió el estómago.

Volví a centrarme en el presente.

—¿Qué puedo hacer para echarte una mano hoy, Heather? Siento mucho no haber sido de utilidad estos días.

—No te preocupes —dijo, y le quitó importancia con un gesto—. Esto ha estado muy tranquilo, casi sin gente. Además, Jonathan ha trabajado por tres.

Se paró un momento a pensar.

—Mira, me vendría muy bien que hicieras mantequilla. Nos conviene tener más, y yo últimamente tengo las cervicales un poco doloridas. —Se frotó el cuello por detrás.

Me mostró un barril pequeño y estrecho que había junto a la puerta. Tenía dentro un palo que acababa en una tapa de madera con agujeros.

—Echa dentro estos dos litros de nata —me pidió, acompañándome a la cocina y señalando un gran tarro que había traído de su casa—. Hay que sacudir el palo arriba y abajo durante un rato para batirla. Poco a poco la nata se irá montando. Y luego se te cortará. Ya verás. Al llegar a cierto punto, la nata se corta. Estalla.

—¿Estalla?

—Sí. Comenzará a salpicar. Abajo se quedará la mantequilla, sólida. Y el suero, líquido, alrededor. Mete el suero en este otro frasco, ¿quieres, querida? —Me pasó uno que había dentro de un armario—. Lo usaré luego para hacer pan.

La verdad es que fue divertido. Pero al cabo de un rato de darle al palo arriba y abajo me dolían bastante el cuello y los hombros. Me alegré de no tener que hacer ese trabajo todos los días.

A la hora de comer fui a ver a Rose a La Encrucijada. Pasé por debajo del halcón del cartel y lo saludé como a un viejo amigo.

En cuanto me vio, Rose salió de detrás del mostrador y vino a darme un abrazo.

—¡Eliza! —dijo estrechándome con emoción.

—¡Rose! —exclamé.

Me susurró al oído:

—Entre tú y yo, llámame Shannon. Es mi verdadero nombre.

Me emocionó mucho.

—Yo soy Valentina —susurré.

Nos separamos un momento y ella se enjugó las lágrimas. Estaba a punto de hablar cuando de pronto asomó por la puerta Louise, la chica que me había mostrado el jardín de hierbas, y nos dijo que fuéramos a la casa central.

—¡Mister Ruskin se está peleando! —exclamó, morbosa—. ¡Con su hijo!

—¿Su hijo? —murmuré, extrañada—. ¡Jonathan! —grité de golpe, tapándome la boca con la mano.

Shannon y yo echamos a correr hacia allá, junto al resto del personal de Watermill que estaba en la taberna.

Ante la casa central había un corro de gente. La mayoría trabajadores, pero también había un pequeño grupo de turistas. En el centro, Jonathan y Ruskin se atacaban mutuamente y esquivaban los golpes. Ruskin esgrimía un atizador de chimenea con un gancho afilado en la punta. Jonathan, una rama que apenas le servía como defensa.

Los visitantes de Watermill hacían fotos y sonreían, creyendo que la pelea era uno de los espectáculos del pueblo.

—Oh, oh… —me dije para mí. Jonathan llevaba todas las de perder. La rama parecía que se iba a romper con cada ataque de Ruskin.

Delante de los dos, en un lugar preeminente del corro, estaba Abigail.

Un momento.

¿Se estaban peleando por ella?

Sentí un nudo en el estómago. La contemplé, allí en medio, con su vestido marrón verdoso. Se la veía inquieta, pero ufana. Intentaba poner cara de angustia, pero no podía disimular que estaba disfrutando.

¿Sería por lo que nos había contado Alex la noche anterior sobre Abigail y Ruskin? ¿Había enfurecido a Jonathan de tal modo?

Dentro de la confusión que sentía en ese momento, fue ganando espacio el sentimiento de dolor. De decepción.

¡Cómo había podido estar tan ciega! ¡Jonathan en realidad la amaba!

Los cimientos de todo lo que sentía por él se tambalearon y me invadió un sudor frío. ¡Hacía apenas seis horas que acabábamos de salir de la cama! Y había sido una de las noches más intensas de mi vida. ¡Pero si había decidido irme a vivir allí con él! ¡A Watermill!

Apreté los párpados e intenté desaparecer en mi mundo interior. Habría metido la cabeza bajo la tierra si hubiera podido. Pero un grito me hizo abrir los ojos de golpe. Era de Jonathan. El atizador le había rozado la cabeza. Afortunadamente, no había sido grave.

No. No podía evadirme. Era imposible.

Volví a contemplar la pelea con el corazón en la garganta. Los chasquidos del atizador contra el palo eran sobrecogedores. Cada golpe de los que daba Ruskin podía ser mortal.

Sentí náuseas.

—¿Es que nadie va a parar esto? —grité.

Busqué en el corro alguna cara amiga. Alex no estaba. Un momento, ¡Reed, el alguacil! ¿Dónde estaba? En realidad, el alguacil era el guardia de seguridad, solo que vestido de época. ¿Qué diablos hacía? De pronto, me quedé de piedra. ¡Pero si Reed estaba allí, en el corro! ¡Mirándolo todo sin intervenir!

Se le veía indeciso. Uno de los que peleaban era su jefe actual, y el otro, su jefe futuro. Tomar partido por la persona equivocada podía significar perder su trabajo. Pero a mí me pareció un cobarde.

—¡Que alguien llame a la policía! —oí que gritaba otra persona.

Uno de los turistas dejó de usar el móvil para hacer fotos y comenzó a marcar un número, supongo que el de emergencia. Por fin se estaban dando cuenta de que aquello iba en serio.

Alguien entró corriendo en la casa central, probablemente para buscar también un teléfono.

En ese momento, Ruskin le dio un fuerte golpe con el atizador en el antebrazo a Jonathan, que gimió.

Su camisa blanca se manchó de sangre.

Abigail y yo soltamos un grito.

Ruskin se quedó un momento quieto, esperando la reacción de Jonathan. Aprovechando esa pausa, varias personas que estaban detrás de Ruskin se animaron a intervenir, apremiadas al ver la sangre. Lo sorprendieron por la espalda y lo agarraron de los brazos.

Forcejearon unos segundos hasta que el atizador cayó al suelo, pesada y ruidosamente.

Jonathan se apretaba la herida, mirando la escena mientras recuperaba el aliento.

—¡Traed una cuerda! —gritó Reed, que por fin había decidido actuar.

Sujetaron a Ruskin con fuerza hasta que una chica trajo una cuerda de una de las casetas donde guardaban aperos. Lo ataron a una silla.

Entonces Jonathan se acercó a él.

—No quiero volver a verte en la vida —le dijo, mientras la enfermera de Watermill corría hacia él con una venda para evitar que perdiera más sangre—. ¡Te vas a pudrir en la cárcel! —amenazó a Ruskin—. Ya me ocuparé yo de ello.

Este sonrió con cara de superioridad, sin decir nada.

«¿En la cárcel? —pensé sin entender—. Y Ruskin, ¿de qué se ríe?». Aquella sonrisa me dio un mal presentimiento.

Jonathan se alejó de él y fue a sentarse en uno de los bancos de madera. La enfermera lo acompañó. Todos lo miraban, pero nadie se atrevía a acercarse demasiado a él. Me abrí paso entre la gente, pero cuando ya estaba a punto de llegar, vi que Abigail lo había hecho antes.

Me quedé paralizada.

Claro. Qué tonta había sido. Abigail…

Ahora se abrazarían delante del público, se pedirían perdón por haberse puesto los cuernos y tendría lugar una de las reconciliaciones más románticas y espectaculares de la historia. Y yo, con el corazón hecho pedazos, tendría que ser testigo de todo.

Abigail acercó el rostro al de Jonathan e hizo ademán de tocarle el hombro, diciéndole unas palabras que no pude escuchar. Pero él la apartó con un gesto de desdén que no dejó lugar a dudas.

De desdén y de asco.

Abigail, en vez de insistir, dio un giro de ciento ochenta grados y, con cara de indignación, se fue directamente hacia Ruskin.

«¿Cómo?», me pregunté sorprendida. No entendía nada.

Entonces Jonathan pareció buscar a alguien entre la gente.

Me vio.

Sentí que me llamaba con los ojos.

Temblando, di un paso hacia delante.

Nos entendimos sin palabras.

Me acerqué.

Pero no sabía si tocarle, si cogerle la mano… Estaba sangrando. Y yo me encontraba sumida en un estado de confusión y de nervios terrible. Me senté a su lado en el banco y lo miré fijamente.

—¿Cómo estás? —logré pronunciar sin que la voz me temblara demasiado.

Su sonrisa fue más bien una mueca de dolor.

—Ya ves —dijo torciendo la cabeza hacia su brazo. La herida había empapado de sangre la venda—. El muy bastardo me ha estado robando desde hace años.

Repetí sus palabras en mi cabeza e intenté pensar con claridad.

¿Así que de eso trataba? ¿La pelea no tenía nada que ver con Abigail? Me recompuse. Ruskin le había estado robando. ¡Ruskin le había estado robando!, me repetí de nuevo, comprendiéndolo por fin.

—Durante varios años ha ido pasando dinero, mucho dinero, a diferentes cuentas —me explicó—. Algunas extranjeras. Va a ser difícil rastrear dónde está todo ahora…

Se calló un momento y apretó los dientes. Le costaba disimular el dolor.

—¿Y el abogado lo ha permitido? —le pregunté—. ¿Ruskin no necesitaba tu firma ni…?

—No. Era el administrador de la herencia. Podía hacer lo que quisiera sin mi autorización. Sinceramente —siguió, con sus ojos verdes clavados en mí—, no sé si puedo fiarme tampoco de mister Adahy.

—Mister Adahy es…

—Mi abogado —me aclaró—. Es uno de los tíos de Alex.

—¡Aquí todo queda en familia! —intenté bromear.

—En los sitios pequeños, ya se sabe. —Hizo una pausa—. Me choca que permitiera todo este movimiento de dinero sin buscar mi confirmación, sin informarme siquiera, hasta que esta mañana…

Se quedó callado. Noté que intentaba contener la emoción.

—Estoy en la ruina —concluyó—. Watermill lo está. Y yo también.

Apoyé la mano en su rodilla.

—Si hay algo que pueda hacer… —le dije con un hilo de voz—. Sé que valgo para poco, pero aquí me tienes, si me necesitas.

Me cogió la mano e hizo un amago de sonrisa.

—No vales para poco. Eres Valentina, «la que tiene valor». Aprecio y agradezco tu ayuda.

Le sonreí, intentando reprimir las lágrimas.

Una sirena de policía irrumpió con estridencia en Watermill. El coche patrulla se detuvo en el aparcamiento y dos agentes armados saltaron los tornos con agilidad y llegaron corriendo adonde estábamos.

Tengo recuerdos borrosos de todo lo que ocurrió a continuación. Se llevaron a Ruskin esposado, hubo algunos insultos entre él y Jonathan, y después Jonathan se tuvo que ir con ellos para prestar declaración y denunciar también hechos más graves.

Pero antes de irse, se acercó un momento a mí y, delante de todos, me rodeó con el brazo que no estaba herido y me besó en los labios. Los visitantes aplaudieron y soltaron silbidos.

—Estos turistas… —dije, poniendo los ojos en blanco.

Jonathan me miró y susurró, como si me hiciera una promesa:

—Nos vemos mañana.

—Ya te echo de menos —murmuré cuando ya no me oía.

El coche de policía se alejó con su sirena y sus luces, y en el reloj de la torre dieron las cuatro y media. Los empleados de Watermill se miraron unos a otros, desorientados, sin saber qué hacer. Las dos personas que tenían responsabilidad allí se habían ido dentro de aquel coche de policía.

Pero al ver que Jonathan me había besado, todas las miradas confluyeron en mí.

Hubo un silencio incómodo.

Al cabo de unos instantes, Shannon lo rompió para expresar las dudas del grupo.

—¿Qué hacemos ahora? —me preguntó directamente, en voz alta.

Enrojecí.

Tenía que decir algo. Era inevitable.

These boots are made for walkin'
And that's just what the'll do.

Estas botas están hechas para caminar
y eso es justo lo que van a hacer.

<small>NANCY SINATRA</small>

22

Un paso adelante

iré a mi alrededor. Todos esperaban una respuesta. Incluso gente que llevaba allí bastantes más años que yo, como Louise o Sophia, confiaban en que les daría una solución.

Y, para ser sincera, la tenía.

Me dirigí hacia el grupo e intenté ser clara.

—Creo que debemos volver a nuestros puestos y cerrar lo que dejamos empezado para marcharnos a las cinco. —Pasé la mirada por los rostros de todos y continué—: Mañana seguiremos haciendo nuestro trabajo lo mejor que sepamos hasta que Jonathan pueda volver y nos informe de cómo van a seguir las cosas.

Todos parecieron satisfechos con la respuesta. En el fondo, era lo que deseaban oír. La voz del sentido común.

Sonrieron y se dispersaron, cada uno hacia su trabajo. Los turistas se encaminaron hacia los tornos, despidiéndose de nosotros con mucha efusividad.

—¡Os seguiremos en redes!

—¡Sí! ¡Y os recomendaremos en Google!

—¡Cinco estrellas! —decían.

Sacudí la cabeza mientras me alejaba. Cada vez me parecía más ridículo el mundo fuera de Watermill.

Había sido un día muy intenso. Regresé a la granja y le conté a miss Milton todo lo ocurrido.

—Sabía que mister Ruskin no era trigo limpio —comentó, sacudiendo la cabeza con el ceño fruncido—. ¡Pobre Jonathan! Lo conozco desde que nació. Es un chico excelente. Después de tantas desgracias, no se merecía esto —suspiró—. Ojalá que la vida le trate bien a partir de ahora. —Me dio un apretoncito en el brazo.

Me sonrojé al comprender que con «la vida» se refería a mí.

Asentí con la cabeza.

—Intentaré hacerle feliz. Lo haré lo mejor que pueda —le prometí.

En realidad, me lo prometía a mí misma.

Había vuelto a tener una certeza a la que agarrarme.

Esa tarde volví al apartamento en mi coche. El lugar seguía tan cutre y desangelado como siempre.

Respiré hondo.

Mi móvil se había quedado sin batería y lo puse a cargar mientras me daba una ducha. La mosca muerta pegada en la cortina seguía allí.

Después me puse unos vaqueros y, como el piso no tenía lavadora, metí mi vestido de Watermill junto con más ropa sucia en una bolsa para llevarla a la lavandería.

Curiosamente, me sentía más a gusto en la lavandería que en casa. Sus luces fluorescentes me recordaban a las de los hospitales, pero el ruido de la lavadora siempre me ha parecido tranquilizador y relajante.

Y allí había muchas. Lavadoras y secadoras encendidas, haciendo bien su trabajo. Eficaces. Fiables. Sin pereza. Sin dudas. Sin miedo a nada.

Además, me encantaba el olor a jabón y a suavizante.

Así que me acomodé en la silla del rincón y me pasé una hora acunada por el runrún de las máquinas mientras chateaba con mi madre y luego hablaba por teléfono con Alex para contarle todo lo ocurrido.

No se había enterado de nada.

Él tampoco estaba bien. Se había escapado esa tarde de su puesto para ir al bosque en busca de Philip, su animal totémico. Pero no lo había encontrado. Acabó yendo al árbol quebrado.

Por su manera de hablar, noté que había bebido.

—Es por Lucy —me dijo—. Me estoy dando cuenta de que soy un idiota si pienso que lo nuestro va a funcionar algún día. ¡Qué digo funcionar! ¡Existir! Nunca ha ocurrido nada entre ella y yo.

—Ay, Alex, lo siento mucho…

No sabía qué más decir, la verdad. No quería herir sus sentimientos ni hablarle mal de Lucy.

—Todo lo que hay entre ella y yo está solo en mi imaginación. Pero no sé. En su manera de mirarme muchas veces me parece que hay algo. Que siente algo por mí…

Dudé un momento, pero decidí ser sincera.

—Alex, a mí me parece que está jugando contigo. Pero como juega con todos. Es su forma de ser. Le gusta sentirse el centro de atención. ¡Conmigo también ha coqueteado!

Hubo un silencio al otro lado de la línea.

—Sí. Tienes razón —suspiró—. Nunca he querido verlo, pero sí. Soy uno más en su corte de admiradores.

—Yo creo que en algún lugar te espera alguien mucho mejor.

—¿Mejor que ella?

—Definitivamente.

—Mejor que ella, imposible.

Se me escapó una carcajada.

—¡Claro que sí! Hay que reconocer que Lucy por fuera es extraordinaria —reconocí—. Cómo baila y toca el violín… ¡Y seguro que no encontraríamos a nadie con una piel y un pelo así en la vida! Pero por dentro… no sé yo. Creo que si tiras una piedra puedes encontrar a veinte con mejor corazón.

Hubo otro silencio.

¿Me había pasado? ¿Había dicho demasiado?

—Lucy no te cae bien —dijo él entonces.

Ahora el silencio fue el mío. Pero finalmente opté por decir la verdad.

—Bueno, al principio sí me caía bien. Pero la tarde que pasé con ella y con Jonathan, cuando fuimos a ver la casa que es casa y es mar, vi un lado suyo que no me gustó nada. Estaba como celosa de mí y dijo cosas desagradables. Siendo sincera, Alex, aunque te llame Alexander the Great, creo que está enamorada de Jonathan.

Alex soltó una carcajada. Una carcajada llena de dolor.

—No puede ser…

—Bueno, es mi impresión.

—Pues si es cierto, ¡buena suerte, Lucy! —exclamó con amargura—. No tiene nada que hacer. El chico está totalmente loco por ti.

—Eso espero —susurré.

—No lo dudes.

En ese momento de la conversación, Fiammetta vino a buscarme a la lavandería y me tuve que despedir de él. Pero antes le di ánimos e insistí en que él valía mucho más que Lucy. Ojalá se diera cuenta por fin.

Al ver a mi amiga italiana sentí como si una gran estrella hubiera aparecido de pronto en la lavandería. Era la protagonista de su propia película. Hermosa, divertida, con carácter, con estilo… No me cabía en la cabeza cómo ese tal… ¿Ryan, se llamaba?, no había luchado por ella.

Fiammetta y yo nos abrazamos y, mientras metía la ropa en la secadora, nos pusimos al día. Habían pasado tantas cosas…

Se había preocupado al no tener noticias mías en tres días. Empezaba a ser como una hermana para mí. Hablando con ella, me di cuenta de que los amigos que hacía ahora que estaba en el extranjero me calaban mucho más que los de mi tierra. Aliviaban la sensación de intemperie que tenía al estar lejos de los míos. Y gente que hasta hacía poco eran desconocidos absolutos se convertían en mi nueva familia aquí.

Sabía que podía contar con Fiammetta. En caso de necesidad, no se apartaría de mi lado. Como pronto comprobaría, la pequeña llama de su fuego no sería precisamente pequeña, sino una gran hoguera.

Esa noche me costó dormirme. Se me ocurrió que Jonathan podía mandarme algún mensaje y contarme cómo había ido todo en la comisaría y en el hospital. Porque también habría ido al hospital, ¿no?

Y escribirme no era tan difícil. Alex tenía mi número de móvil. Habría sido muy fácil pedírselo y mandarme un mensaje antes de dormir.

Pero no lo hizo.

Es verdad que yo tampoco le escribí. Yo también podía haberle pedido a Alex su número de móvil. El teléfono que había tenido en la mano tantas veces. Que me había servido de linterna cuando descubrí el pasadizo secreto en la granja, que nos había iluminado por el largo pasillo bajo tierra o mientras buscábamos las velas del cajón de su dormitorio, en nuestras noches juntos.

Sin embargo, no. No lo hice. Estaba sola, en mi apartamento. Y no podía quitarme de la cabeza que él, en su piso, tendría la compañía de Lucy. Seguro que aquella chica estaría desplegando todos sus encantos con él, como un pavo real, mientras Jonathan le contaba lo sucedido.

La imaginé con su melena luminosa, curándole en el cuarto de baño. Agarrándole la mano mientras le escuchaba hablar y restañaba la sangre de la herida con algodón y alcohol…

«¡Basta! —me dije a mí misma—. ¡Lucy, fuera de mi cabeza!».

Cogí *La cabaña del tío Tom* e intenté recuperar el hilo de lo que había leído antes de desmayarme el domingo. Pero fue imposible. Me costaba mantener la atención. Ya no podía pensar en nada que no fuera el presente.

Definitivamente, mi propia historia iba devorando todo lo que había a mi alrededor.

Por si no ha quedado claro, Jonathan no me escribió aquella noche.

A la mañana siguiente, solo tenía un GIF de buenos días que me había mandado mi madre (en España amanecía seis horas antes). Con el malestar que sentía, no estaba para hacerle ascos a vídeos de ositos abrazando estrellas.

«Gracias, mamá —le respondí con un emoji—. Que tengas un buen día tú también».

Jonathan no vino a Watermill durante todo el jueves. El equipo de trabajadores seguimos con constancia en nuestros puestos, como si no hubiera pasado nada, esperando que apareciese en algún momento.

Pero no lo hizo.

A las cinco, la carroza volvió a convertirse en calabaza y nos dirigimos todos hacia el parking, listos para sumergirnos en el siglo XXI.

Yo, hecha un mar de dudas y preocupación.

Me extrañaba tanto que no hubiera venido… «Nos vemos mañana», me había dicho con seguridad.

Algo malo le había tenido que pasar.

Al llegar al coche, saqué el móvil de mi bolso.

Ningún mensaje suyo.

Busqué a Alex por el aparcamiento, pero no se le veía por ningún lado. ¿Habría faltado también hoy al trabajo? Le mandé un mensaje, pidiéndole que comprobara que Jonathan estaba bien.

Y que me diera ya su número. Sentía que era el momento. Podía ser importante.

Pero hasta la noche no tuve respuesta suya.

¡Hola, Val!

Johnny no tiene el móvil encendido.
No le llegan mis mensajes.

☹

De todas formas, aquí tienes su número.
Inténtalo tú también y me cuentas.

Me pasó el número y le escribí. Pero me ocurrió lo mismo que a él. Jonathan tenía el móvil apagado o fuera de cobertura.

Yo también me sentía así, desconectada de él.

Apagada y fuera de cobertura.

El viernes fue una espera continua. Ayudé a miss Milton con el huerto, y al menos eso me mantuvo la cabeza en su sitio.

A la hora de comer, vi que la gente del personal estaba inquieta. Había corrillos en los que se hablaba en susurros, con cara de preocupación. Noté que varias personas me miraban de reojo y bajaban la voz.

Le pedí a Shannon un sándwich vegetal y me fui a comer al molino. Necesitaba salir de la taberna y estar al aire libre. Los lugares cerrados aumentaban mi sensación de inquietud y de angustia.

Al principio, el ruido de la corriente, sacudida constantemente por las palas del molino, no me dejaba pensar. Pero poco a poco el ruido desapareció de mi mente y me sumí en mis propios pensamientos.

Después de comerme el sándwich di un pequeño paseo por la orilla del lago.

De espaldas al bosque, metí los pies en el agua fría y cerré los ojos.

«Todo va a salir bien. Todo va a salir bien», me dije.

Al abrirlos después de unos minutos, volví a ser consciente de la belleza del paisaje. La fachada azul de la granja, con su sobria elegancia del siglo XVIII; las nubes algodonosas; los juncos bailando en la orilla…

El agua de la superficie brillaba con el sol. Pero, un momento. La arena… ¡también!

Alrededor de mis pies había pequeñas lascas que centelleaban con tonos nacarados.

Me agaché y cogí un puñado de tierra del fondo. La miré con atención. Sí. Entre los granos de arena había unas láminas finas y translúcidas que destellaban en diferentes tonos. Unas más verdosas, otras rosáceas, amarillas…

—¿Es que todo tiene que ser especial aquí? —dije en voz alta con una sonrisa, dirigiéndome a Watermill y a sus espíritus.

Volví a contemplar la arena en mi mano. ¿Qué tipo de mineral sería aquel?

Seleccioné diez o quince lascas iridiscentes y me las guardé en el bolsillo del vestido.

Al volver, pasé primero por la casita de miss Milton y se las enseñé.

—Es mica —me dijo con sencillez mientras echaba té verde en una tetera de agua hirviendo—. Está por todas partes en esta zona.

—¿Es normal entonces?

—¿A qué te refieres con «normal», cielo? ¿Tú eres normal? ¿Lo soy yo?

Tenía razón.

—Me refiero a que encontrar mica no es como encontrar un tesoro, ¿no?

—Querida, ¡mira a tu alrededor! ¡Todo es un tesoro! La mica es solo una cosa más. Pero si lo dices por traer una excavadora y sacar algo con lo que puedan hacer móviles o joyas finas, no. La mica no vale para hacerse rico. No es petróleo.

Sonreí.

—Bueno, me alegro. Nadie va a destruir Watermill para hacer una mina, ¿verdad?

—No, de momento estamos a salvo —me aseguró mientras vertía el té humeante en dos tazas.

Levanté la mía y exclamé:

—¡Que sea por muchos años!

Brindamos y nos miramos con complicidad.

Me quedé un momento pensando en ella. En cómo habría sido su vida, su familia… Le pregunté:

—Heather, ¿qué sabes de tus antepasados?

—Eran irlandeses, del condado de Mayo. Agricultores. Una tátara-tatarabuela mía, después de que se le murieran varios hijos por el hambre y las enfermedades, cogió al último niño que le quedaba y se vino en un barco para acá —me contó con los ojos brillantes—. Consiguió trabajo en las tierras de los Van Tassel.

Al ver mi interés, se levantó y dijo:

—Espera un momento, que te voy a enseñar una cosa. —Fue a la habitación contigua y abrió el cajón de una cómoda—. Mira, esto era de ella.

Dejó sobre la mesa un pañuelo de color sepia con unas iniciales bordadas.

—C. M. —leí—. ¿Cómo se llamaba?

—Catherine. Catherine McGarry.

—Catherine McGarry —repetí—. ¡Los McGarry! —exclamé, llevándome una mano al pecho.

Era una de las familias que había nombrado Jonathan. ¡Estaba en la lista del Ferrocarril Subterráneo! ¡Entre las personas de la zona que ayudaban a los esclavos en su ruta hacia Canadá!

—¿Qué te pasa, cielo?

—Heather, ¿sabes algo más sobre ella? —pregunté, intentando disimular que el corazón se me iba a salir.

—No —respondió sacudiendo la cabeza—. Pero ¿qué ocurre, niña? Te has puesto pálida. Habla, que me estás poniendo nerviosa.

Con un ligero temblor, puse mi mano sobre la suya.

—No te puedo contar nada todavía, Heather. Y no sabes cuánto lo siento… Lo he prometido. Pero Jonathan tiene que hablar contigo en cuanto vuelva a Watermill.

Miss Milton me clavó la mirada con preocupación.

—¿Qué pasa?

—Algo bueno —dije para tranquilizarla—. Muy bueno —sonreí—, ya verás. Catherine McGarry fue una gran mujer.

⋯⋯

Salí de la casita de miss Milton hecha un manojo de nervios. El corazón me latía a mil por hora. Debía hablar con Jonathan. Y Jonathan con ella.

«Jonathan, ¿dónde estás?», murmuré entre dientes mientras abría la valla de madera del huerto para volver a trabajar.

Durante la tarde el cielo se empezó a nublar, y cuando dieron las cinco, las nubes lo cubrían por completo. Amenazaba tormenta.

Corrí hacia el coche y miré si tenía algún mensaje en el móvil.

Había varios de un amigo de España, pero de Jonathan, nada.

Lo llamé directamente. Sin pudor.

Apagado o fuera de cobertura.

Llamé a Alex. No lo cogió. Debía de estar todavía en Watermill.

Decidí arrancar el coche y llegar a Worcester. Después de todo, el piso de Jonathan también estaba allí. Era un recorrido que por fuerza había que hacer.

Algo me decía que Jonathan no estaba bien.

Prefería ir a comprobarlo a su apartamento, aunque quedara como una tonta si me equivocaba y lo encontraba con Lucy, tan a gusto, desconectado del mundo.

Pero no podía quedarme de brazos cruzados. Sentía que había algo raro en todo lo que estaba ocurriendo.

Entonces me acordé de Fiammetta. Paré en un arcén y la llamé.

—*Little Fire!* —le dije.

—*¡Mi amiga!* —respondió ella alegremente en español.

—Verás, te llamo porque necesito que me ayudes. Jonathan lleva dos días sin dar señales de vida, desde su pelea con Ruskin. Sospecho que no está bien. Me gustaría ir a verlo a su apartamento. ¿Podrías acompañarme? Por favor.

—Cuenta conmigo. Hoy trabajo con otro compañero y seguro que no le importa cubrirme el tiempo que queda. ¿Sabes dónde vive?

—Pues... la verdad es que no. Pero voy a llamar a Alex otra vez, a ver si me lo coge y nos lo puede decir.

—Muy bien. Cuando tengas la dirección, mándamela y nos encontramos allí mismo.

Empezó a llover con fuerza sobre el coche, pero yo, en ese momento, sentí una enorme sensación de alivio.

—No sabes cuánto te lo agradezco. Muchísimas gracias, Fiammetta.

—De nada, te lo dije desde el primer día. Puedes contar conmigo para lo que sea. Italia y España...

—... ¡siempre unidas! —continué, con un nudo de emoción en la garganta.

—¡Venga! ¡Vamos al rescate! —exclamó antes de colgar.

Arranqué de nuevo el motor y encendí el limpiaparabrisas.

Verrà la morte e avrà i tuoi occhi [...].

Vendrá la muerte y tendrá tus ojos [...].

CESARE PAVESE

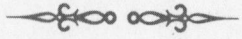

23

«Habla, amigo, y entra»

Llamé a Alex, pero seguía sin cogerlo, así que continué conduciendo bajo la tormenta hasta Worcester y aparqué el coche detrás de mi edificio.

Volví a llamarlo.

Esta vez, ¡menos mal!, sí respondió.

—Alex, Jonathan tampoco ha venido hoy y estoy preocupada. ¿Te importa que vayamos a su piso a ver si está bien?

—¿El plan que teníamos el otro día? *No problemo.* Eso es español, ¿no?

—Ja. Más o menos. ¿Dónde vive?

—En el 139 de Highland Street. Segundo piso.

—¿Nos vemos en el portal?

—Vale. Pero no voy a poder llegar antes de cuarenta y cinco minutos. Le dije a mi madre que le recogería unas medicinas en…

—No te preocupes. Ven cuando puedas. Fiammetta y yo ya estaremos allí.

—Perfecto. Me doy prisa de todas formas.

Nada más colgar, me mandó el GIF de Wonder Woman y yo le respondí con el de Superman que ya le había enviado una vez.

Me encantaba Alex. Siempre hacía que todo fuera más fácil.

Llamé a Fiammetta, le di la dirección y me puse en marcha.

Conforme iba siguiendo las instrucciones del navegador en mi coche, me di cuenta de que, al llegar a cierta altura, la calle de Jonathan y la mía se cruzaban. Casualidades del destino. Se me escapó una sonrisa.

Aparqué cerca de su manzana y me resguardé bajo el alero de su portal para esperar a Fiammetta.

El portal no parecía gran cosa. A decir verdad, el edificio era casi tan deprimente como el mío, pero me resultó especial porque era el de Jonathan. Habría mirado aquella puerta cientos de veces. Aquellos botones desgastados del telefonillo.

Poco después llegó Fiammetta y nos dimos un fuerte abrazo bajo la lluvia.

Tomé aire profundamente y llamé al segundo piso.

Nadie respondió.

Dejé pasar un par de minutos y volví a insistir.

Oí cómo descolgaban.

—¿Quién es?

Era la voz de Lucy.

—Soy yo, Valentina. Eliza —rectifiqué—, Viviane… —Ya no sabía ni por qué nombre me conocía.

Hubo un silencio.

—¡Ah, hola! —dijo al cabo de unos segundos con un tono falsamente alegre—. ¿Qué tal?

—Bien —respondí. Fui directamente al grano—: ¿Puedes abrir? Vengo a ver a Jonathan.

Hubo otro silencio. Demasiado largo.

—Jonathan no está —me indicó por fin—. Ha salido.

Fiammetta me lanzó una mirada seria, negando con la cabeza.

No podía dejar que Lucy colgara. Teníamos que cruzar esa puerta como fuera.

—Por favor, ¿nos puedes abrir de todas formas? —insistí. Puse la voz más amable que pude—. Quiero presentarte a una amiga. Y está lloviendo.

Titubeó.

—Sí, claro —respondió por fin, aparentando naturalidad.

Inmediatamente oímos el clic que desbloqueaba el cierre y pasamos dentro.

Me recogí los bajos mojados del vestido y subí los peldaños de tres en tres hasta llegar al segundo piso. Fiammetta venía detrás de mí.

Llamamos al timbre.

Lucy abrió una rendija de diez centímetros y asomó un ojo. Uno de aquellos ojos extraordinarios de albina que tenía. Ojos de color rosa.

Me vino a la cabeza de golpe la imagen de la esfinge, con sus garras de león, impidiendo el paso.

—¡Hola! —la saludé intentando ser simpática mientras me acercaba. Acerqué también con disimulo el pie a la abertura para impedir que cerrara la puerta si se daba el caso. Lucy lo notó y se puso a la defensiva. Redujo el tamaño de la rendija a la mitad. Siguió mirándonos sin decir nada, con aquel ojo extraño suyo.

—Te presento a Fiammetta —dije yo entonces para romper el hielo—. Es italiana.

—Encantada —respondió Lucy sin sonreír.

—¿Puedes abrir un poco para que podamos hablar? —le pregunté como si todo fuera muy normal.

—No sé. Es que Jonathan no está.

La miré fijamente. Parecía un animal acorralado, agazapado en la madriguera donde había escondido a sus crías.

Pero además, había algo turbio, muy turbio en su mirada. Decidí arriesgarme.

—¡Jonathan! —grité, estirando el cuello para que mi voz pasara por la ranura—. ¿Estás ahí?

—¡Te he dicho que no está! —gritó ella enfurecida, e intentó cerrar la puerta de golpe.

Afortunadamente metí la punta del pie y no lo logró. Fiammetta le dio un fuerte empujón y la puerta se abrió de par en par.

Lucy nos miró desconcertada durante un par de segundos. Para ser sincera, yo también lo estaba. No me esperaba la reacción de Fiammetta, pero me transmitió energía.

—¿Qué queréis? ¿Qué hacéis?

—Quiero verlo —dije yo, apartando a Lucy para avanzar por el vestíbulo—. Y no me lo vas a impedir —añadí en tono de amenaza.

—¡No! ¡Es mío! —gritó, agarrándome el vestido por detrás.

Fiammetta acudió en mi ayuda y me liberó.

—¡Pasa tú! ¡Yo me encargo de ella! —me dijo.

Caminé rápida hacia donde desembocaba el vestíbulo, mientras oía a mi espalda protestas y gritos de pelea.

Al entrar en el salón, me di la vuelta un segundo y vi que Lucy intentaba soltarse de Fiammetta con arañazos y codazos para seguirme. Estaba enloquecida, pero por el momento, mi amiga resistía sus embates.

—¡Corre! —me gritó Fiammetta.

Les di la espalda y crucé a toda prisa el salón hacia las habitaciones, siguiendo mi instinto.

—¡Jonathan! ¡Jonathan! —lo llamaba.

Pero nadie respondía. Sobre una mesa vi la pulsera que yo le había regalado, cortada en pedazos, y su móvil. El móvil apagado. Lo guardé todo precipitadamente en el bolso y continué buscándolo.

Entonces, al abrir la puerta de una habitación, lo encontré tumbado en la cama.

Estaba dormido.

Me acerqué a él. ¿Cómo podía estar dormido con todo el jaleo que estábamos armando?

—Jonathan —susurré, acercándome a él.

No respondió. Seguía dormido. Su cuerpo, cubierto por las sábanas, parecía estar en otro mundo. Me recordó una estatua antigua de mármol, sumida en un sueño perpetuo, con camiseta negra y vaqueros.

Estaba muy pálido. En el antebrazo herido, la venda revelaba una mancha grande de sangre seca.

Le acaricié la frente y volví a llamarle con suavidad.

—Jonathan, ¿estás bien?

Seguía sin responder. Comprendí que estaba drogado.

—¿Qué te ha hecho esa…? —murmuré entre dientes. No sabía ni cómo llamarla. Y no era la primera vez que me pasaba.

Oí gritos de pelea más cerca. Parecía que venían del salón.

Escuché también el timbre del telefonillo.

Me senté a su lado.

—Nos tenemos que ir —le dije, con apremio. Levanté su brazo sano, pero Jonathan era tan fuerte y alto que me iba a costar mucho sacarlo de allí si no podía caminar.

El timbre del telefonillo insistió. ¿Sería Alex?

Dejé con suavidad el brazo de Jonathan y me puse de pie.

—Ahora vengo —susurré. Antes de irme, le di un beso leve en los labios. No me lo devolvió.

Corrí por el pasillo hacia la izquierda, en dirección opuesta al salón, en busca del telefonillo. Estaba en la cocina.

¡Era Alex! ¡Sí! Le abrí.

Al parecer, la casa era circular, así que pasé por el vestíbulo y dejé la puerta entreabierta para que entrara sin llamar. Desde allí pude ver un momento a Fiammetta y a Lucy, que seguían peleando, ahora en el salón.

Eran como el yin y el yang.

Lucy, con su blancura, parecía un huracán brillante y caótico de golpes, mordiscos y amenazas. En cambio, Fiammetta, morena y bella, se defendía con firmeza, esquivando sus ataques con no sé qué técnica oriental. Era como si toda la energía que Lucy ponía en atacarla acabara siendo empleada contra ella, haciendo más duro el golpe en la caída, o más violento el choque contra la pared y los muebles. El salón estaba quedando destrozado.

Mi amiga parecía tenerlo todo bajo control. Sonreí.

—¡Es Alex! ¡Si lo ves, dile que estamos en una de las habitaciones! —le grité.

Fiammetta levantó el dedo pulgar en señal afirmativa y, cuando Lucy se abalanzó sobre ella, le hizo una llave que la dejó tirada de espaldas en el suelo.

Lucy volvió a levantarse inmediatamente, roja de rabia, pero no me quedé a ver cómo seguía la pelea.

Regresé junto a Jonathan.

Le cogí la mano.

—*Mi amor* —le dije en español—, tenemos que irnos de aquí.

Entonces, para mi sorpresa, abrió un poco los ojos.

Intentó hablar, pero no lo consiguió.

—No te preocupes. —Sonreí con alegría—. Voy a intentar levantarte.

Alcé otra vez su brazo, lo pasé por detrás de mi cuello y le agarré de la mano.

En ese momento entró Alex. Tenía el pelo mojado por la lluvia.

—¡Guau! ¡Vaya pelea de ninjas hay ahí detrás! —comentó entusiasmado, pero al ver a Jonathan en la cama, exclamó—: ¡Johnny! ¿Qué te ha pasado?

Este intentó hablar de nuevo, pero no le salía la voz.

—Déjalo. Ya nos lo contará después —dije yo—. Ayúdame a ponerlo en pie.

Alex se colocó al otro lado y se pasó sobre los hombros el brazo herido de Jonathan, que soltó un gemido. Entre los dos conseguimos levantarlo de la cama y sostenerlo.

Le costaba mantener la cabeza erguida. Sea lo que fuera lo que le había dado Lucy, era muy fuerte.

Echamos a andar hacia la puerta de la habitación.

A mí, después de dos días sin verlo, estar tan cerca de él me llenaba de no sé qué tipo de energía. Me sentía viva. Eléctrica. Capaz de todo.

Poco a poco parecía que las piernas de Jonathan comenzaban a responder.

Avanzamos en silencio por el pasillo que iba hacia la cocina para evitar el encuentro con Lucy y llegamos al vestíbulo. Las chicas seguían peleando en el salón. Abrimos la puerta intentando no hacer ruido y nos paramos en el rellano de la escalera. Llamé con ansiedad al ascensor.

—Hay que avisar a la policía, Alex —susurré.

Él asintió con la cabeza. Se llevó la mano al bolsillo y marcó el número de emergencia. Pero cuando iba a hablar, Lucy llegó hasta donde estábamos como una exhalación. Fiammetta la agarró por detrás para evitar que se lanzara sobre Jonathan.

—¡Déjalo en paz! —grité—. ¡Ya le has hecho demasiado daño! ¿Cuánto tiempo llevas drogándole? ¿Qué le has dado?

En el móvil de Alex, una voz preguntaba una y otra vez qué necesitábamos, pero Alex contemplaba la escena sobrecogido. Su mirada iba de Lucy a mí, y de mí a Lucy. Supongo que ver a tu gran amor en ese estado de locura debe de ser bastante impactante.

Lucy no me respondió, solo gritaba enfurecida.

Apoyé a Jonathan contra la pared y lo protegí con mi cuerpo para que Lucy no se le acercara en caso de que consiguiera liberarse.

Solo el hecho de mantenerse en pie era un gran esfuerzo para él. Tenía los ojos cerrados.

Fiammetta sujetaba a Lucy por detrás, pero ya se la veía bastante cansada. Mi amiga tenía una pequeña brecha en una ceja y la sangre le corría por la sien.

—Déjame que te ayude —dijo entonces Alex, olvidándose del móvil y acercándose a las dos chicas.

Lucy se sacudió varias veces para liberarse de Fiammetta, pero en cuanto vio que Alex la sujetaba, pareció relajarse. Al menos momentáneamente.

—¿Qué le has dado? —insistí con voz amenazadora.

Lucy me miró aviesa y respondió:

—Le he dado lo que necesita. Jonathan está mejor conmigo. En nuestra casa. Si crees que puedes llegar aquí y convertirte en la reina de todo, estás muy equivocada. ¡Que se iba a vivir contigo a Watermill, me dijo! —exclamó mirando hacia el techo, como si hablara para sí misma. Soltó una amarga risotada—. ¡Qué iluso! Por encima de mi cadáver. —Bajó los ojos para clavarlos en los míos y rectificó—: O del suyo.

Se sacudió para liberarse otra vez.

Yo me estremecí. No merecía la pena discutir con alguien que había perdido la razón de esa manera. Jonathan iba a salir de allí conmigo, y eso era lo importante. Solo esperaba que no fuera demasiado tarde.

—Hay que llevarlo a un hospital cuanto antes —le dije a Fiammetta, ignorando completamente a Lucy—. No sabemos lo que le ha metido en el cuerpo.

Esta asintió con la cabeza.

—No te preocupes, ve tú. La tenemos controlada.

La miré agradecida.

—Recuérdame que nunca discuta contigo —bromeé.

Mi amiga se rio.

El ascensor llegó a nuestra planta y, sujetando a Jonathan como pude, abrí la puerta y lo ayudé a pasar.

Entonces ocurrió algo que no me esperaba.

Lucy.

¡Cómo no, Lucy!

Lucy, la que jugaba a introducir en Watermill muñequitos de plástico, la que ocultaba un móvil en la liga… Lucy se sacó un último as de la manga.

Levantó la vista hacia Alex y lo besó en los labios.

Lo vi todo desde el ascensor abierto.

Vi cómo, para Alex, se detenía el tiempo.

Se creyó aquel beso que había esperado tantos años.

Cerró los ojos.

Se dejó llevar por el movimiento de los labios de ella. Le correspondió con los suyos.

Se relajó.

Y Lucy, al ver cómo la fuerza que la retenía aflojaba durante unos segundos y su presión se convertía en caricia, se separó de golpe de él y se abalanzó sobre nosotros.

—¡No te lo llevarás! —gritó con las garras extendidas, intentando llegar al ascensor—. ¡Jonathan!

Al momento, Fiammetta la retuvo y la empujó contra la pared. Alex, aturdido, ayudó a inmovilizarla de nuevo.

—Lo siento —musitó, enrojeciendo.

Entonces Lucy se echó a llorar.

Desconsoladamente.

Fue como si, por fin, su voluntad se quebrara.

Lucy se había rendido.

Cerré la puerta del ascensor y le di al botón de la planta baja.

El ruido de sus sollozos desgarrados se fue amortiguando conforme el ascensor nos alejaba de ella.

Sentí alivio y lástima a la vez. Me estaba llevando lo que Lucy más quería en el mundo.

Con toda probabilidad iría a la cárcel, pero fuera el que fuese su castigo, lo peor iba a ser aprender a vivir sin él. Sin Jonathan.

Se me puso un nudo en la garganta al pensar en que un día tuviera que enfrentarme yo a eso. Lo miré ahí, a mi lado, con los párpados cerrados y la espalda apoyada en el espejo. Demacrado.

Sentí miedo de lo que podía ocurrir.

Cuando salimos del portal seguía lloviendo a cántaros. Le pedí a la primera persona que pasó que me ayudara a llevar a Jonathan hasta el bordillo y a pedir un taxi.

Fui consciente de que nuestro aspecto era bastante chocante. Yo, vestida de época, y Jonathan caminando a duras penas, como si estuviera muy borracho, y con una venda ensangrentada en el brazo.

Sin embargo, el hombre que nos ayudó fue muy amable y nos echó una mano sin pensárselo dos veces. Nos cobijó bajo su paraguas y sujetó a Jonathan por el otro costado hasta llegar al borde de la acera. Rápidamente pidió un taxi con el móvil y en menos de cinco minutos ya estaba allí.

Entre el conductor y él me ayudaron a acomodar a Jonathan en el asiento trasero.

Jonathan echó la cabeza hacia atrás, con los ojos cerrados.

Una vez dentro yo también, me incorporé para hablar con el taxista.

—Vamos al hospital —le dije—. Pero no sé a cuál. Mi novio tiene una intoxicación grave.

—Al UMass Memorial —decidió el conductor sin dudar.

—¿Memorial? —Aquello me sonaba a muerte, a homenaje póstumo. Titubeé—. Pues... Vale, si usted cree que es ahí donde tenemos que ir... ¿Podemos ir rápido?

—Con esta lluvia hay tráfico, pero estamos cerca. Haré todo lo posible. —Arrancó con decisión.

En cuanto nos alejamos unos metros, vi por la ventanilla trasera que aparcaba escandalosamente ante el portal un coche de policía. Las gotas de lluvia del cristal se iluminaron con el azul y el rojo de sus luces.

Debían de haber rastreado el móvil para localizarnos.

Suspiré con alivio y me recosté en el asiento. No había nada más que hacer hasta que llegáramos al hospital.

Nos fuimos alejando del ruido de la sirena. La lluvia repiqueteaba contra las ventanillas y caía formando ríos.

Busqué la mano de Jonathan y entrelacé sus dedos con los míos. Entonces, escuché que decía con voz muy suave:

—¿Has dicho «mi novio»?

«What will happen to us?» I asked.
«There will always be us,» he answered.

«¿Qué será de nosotros?», pregunté.
«Siempre habrá un nosotros», respondió.

PATTI SMITH

24

La siguiente parada

Lo miré. Seguía con los ojos cerrados, pero en la comisura de sus labios asomaba una pequeña sonrisa.

Después de tanta tensión, se me escapó una carcajada.

—Creo que sí…

Por toda respuesta, me apretó la mano, y mantuvo la presión unos segundos hasta que noté que volvía a sumirse en el sueño. Entonces me apoyé sobre su pecho y lo abracé. Los latidos de su corazón eran lentos y constantes.

«Por favor, que todo salga bien —pensé con fuerza—. Protégelo, Dios mío, Virgen, santos, Madre Tierra, Calvino, Lutero o quienquiera que mande aquí en los cielos de los puritanos de Massachusetts».

Froté mi mejilla contra su camiseta y cerré los ojos para tranquilizarme. Pero seguían viniéndome a la cabeza algunas escenas que acababan de suceder. Como la risa incrédula y rebelde de Lucy al decir que Jonathan creía que se iba a vivir conmigo.

O sea, que Jonathan se lo había dicho. Y seguro que eso había sido el detonante de todo.

Un momento, ¿había sido ella la causante de sus ausencias de las últimas semanas? Aquellos mareos que le habían dejado en cama, ¿habían ocurrido después de contarle sus avances en nuestra relación?

Me incorporé, horrorizada.

«¡Todo tiene sentido!», pensé de golpe, tapándome instintivamente la boca con la mano. Recordé que una de las veces que estuvo «enfermo» fue después de nuestra tarde en la herrería.

¿Se lo habría contado a Lucy? Me costaba creer que Jonathan hubiera sido explícito sobre el tema, pero tal vez sí le había hablado de sus sentimientos. Y ella se había vengado de mí reteniéndole unos cuantos días fuera del mundo. Bajo su poder.

¿Haría algo con él mientras estaba drogado? Me estremecí solo de pensarlo.

Fui reconstruyendo como un puzle en mi cabeza las tres semanas que llevaba en Watermill y las veces que había estado con él. La historia encajaba. A nuestro encuentro en la escuela, cuando volvió de cabalgar y me dio el botón a cambio de mi nombre... ¡también le siguieron un par de días de ausencia!

Yo preocupada por las tonterías de Abigail, ¡y era Lucy mi verdadera enemiga! Quien había estado moviendo sus hilos, envenenándolo para alejarlo de mí todo este tiempo.

Me volví hacia Jonathan y lo abracé con fuerza. Él, medio despierto ahora, me pasó el brazo por la espalda.

—¿Estás mejor? —le pregunté.

Asintió suavemente y, agachando la cabeza, buscó mis labios con los suyos.

Pero justo en el momento en que me iba a besar, el taxista exclamó:

—¡Ahí está, señorita!

Señaló el hospital a nuestra izquierda. Me incorporé de golpe.

—Muchísimas gracias. —Busqué la tarjeta en el bolso y le pagué.

—Siguiente parada, Hospital Central —le dije a Jonathan, recordando cuando él y Alex me llevaron en carretilla—. ¡Que suban y bajen los pasajeros!

Le saqué una sonrisa.

—¡Hospital Central no! —repuso el taxista—. ¡Es el UMass Memorial!

—Sí, sí. No se preocupe. Era una broma —le expliqué, apurada.

Rápidamente me ayudó a sacar a Jonathan del taxi y nos acompañó hasta la puerta, donde enseguida apareció un auxiliar con una silla de ruedas para echarnos una mano y trasladar a Jonathan en ella.

La luz fluorescente del hospital nos dio la bienvenida. Nunca me ha gustado esa luz, pero aquel día me resultó más hermosa que la de ningún amanecer.

«Gracias», susurré mirando hacia arriba.

Todo iba a salir bien.

Visto y no visto, lo pasaron de la silla de ruedas a una camilla y lo llevaron a Urgencias. Dije que era su novia, y gracias a eso al principio me dejaron estar con él.

Los primeros momentos fueron muy estresantes, porque ni ellos ni yo sabíamos lo que le habían dado a Jonathan.

Comprobaron que no tuviera pinchazos. Una enfermera, mientras le miraba las pupilas, comentó:

—Parece un caso de Rohypnol. Vamos a llevarlo a hacerle análisis y a lavarle el estómago.

—Rohypnol —repetí. ¿De qué me sonaba aquello?

La enfermera, al verme la cara, me aclaró:

—La llaman la droga de las violaciones. Anula la voluntad, te deja inconsciente… Habéis llamado ya a la policía, ¿verdad?

Tragué saliva.

—Sí.

Enseguida se llevaron a Jonathan.

Me quedé sola en la sala de espera. Estuve un rato dándole mil vueltas a todo, dentro de un torbellino de emociones, hasta que me fui tranquilizando y se me ocurrió avisar a Alex y Fiammetta de que estábamos en el UMass Memorial. De paso, les conté lo que había dicho la enfermera. Mis amigos se lo transmitieron a los policías, que todavía estaban allí con ellos.

En cuanto pudieron, vinieron al hospital.

Nos dimos los tres un enorme abrazo. Todo había sido tan intenso… Se me saltaron las lágrimas.

—Mañana por la mañana vendrá un agente a hablar con Johnny —dijo Alex—. Quieren hacerle muchas preguntas. También quieren hablar con los médicos. Y contigo.

Asentí. Miré a Fiammetta con agradecimiento. Tenía varios arañazos por el cuello y se apretaba un pañuelo de papel contra la herida de la ceja.

—No me puedo creer lo valiente que eres. ¿Cómo sabes luchar así? —le pregunté.

—De donde yo vengo, una mujer debe saber defenderse —comentó con modestia.

Entonces Alex enrojeció, bajó la vista y se rascó la cabeza.

—Perdonad lo de antes. Que se me escapara Lucy. No sé qué me pasó cuando me dio aquel beso… —musitó, excusándose ante Fiammetta.

Yo sí que lo sabía. Claro que lo sabía. Y lo entendía perfectamente. Le acaricié el brazo con comprensión.

—No te preocupes, Alex. Todo ha acabado bien. —Después le dije a mi amiga—: Oye, Fiammetta, ya que estamos aquí, ¿por qué no vas a que te curen esa herida?

Ella asintió. Luego levantó la mirada hacia Alex y le preguntó, pestañeando de forma seductora.

—¿Me acompañas?

Lo miré de inmediato. «Alex va a cortocircuitar», pensé conteniendo la respiración. Esperaba que agachara la cabeza, que se pusiera más rojo todavía y comenzara a tartamudear, como cuando Lucy le provocaba.

Pero, para mi sorpresa, Alex miró a Fiammetta con los ojos brillantes y respondió con seguridad:

—Claro. Sé por dónde es…

—¿Nos avisas cuando haya noticias? —me preguntó entonces Fiammetta.

—Por supuesto —dije, soltando un suspiro de alivio disimuladamente—. Os mando un mensaje.

Alex y Fiammetta. ¿Cómo no se me había ocurrido antes?

Contemplé cómo se alejaban por el pasillo hacia el mostrador de Urgencias, hablando entre ellos. Se me escapó una sonrisa.

Y después, poco a poco, volví a pensar en mi propia vida, en Jonathan. Me senté en una de las sillas de plástico e intenté contener mi inquietud.

Eché de menos tener algún libro que leer. Algo absorbente, que me ayudara a escapar de preocupación, ese «gasto de energía»…

La espera prometía ser larga.

Me entretuve como pude con el móvil. Escribí mensajes, leí las noticias de España, vi unos cuantos vídeos de cocina y de animales haciendo tonterías…

Ya no sabía qué más hacer cuando una enfermera me avisó de que estaban llevando a Jonathan a planta.

Al escuchar la buena noticia fue como si me quitaran una losa de encima. Una losa de angustia. ¡Estaba fuera de peligro! Me sentía de pronto tan ligera que preferí subí por las escaleras.

Abrí la puerta de la habitación con suavidad.

Jonathan estaba despierto. Le habían limpiado la herida del brazo y tenía una venda nueva. Además, llevaba una vía en la muñeca por donde le pasaban suero. En una mesa supletoria había un vaso con un líquido que debía tomar cada poco tiempo.

Debo decir que estaba irresistible, incluso con la vía y aquel pijama de hospital que le habían puesto, abierto por la espalda.

—¿Cómo te puede sentar bien esta ropa? ¡No conozco a nadie que supere esa prueba! —bromeé.

Jonathan me sonrió y levantó el brazo vendado con esfuerzo para hacerme hueco en su pecho. Corrí inmediatamente a abrazarlo. Nos quedamos así más de un minuto, inmóviles en aquel abrazo. Después de todo lo que habíamos vivido, ese minuto con él fue lo más parecido al paraíso en la tierra que había sentido jamás.

Entonces me sacó de mis pensamientos:

—¿Vas a darles comida también a los espíritus de este lugar? —preguntó con voz ronca.

Levanté la vista hacia él. Recordé a Mur, el ratón de la granja.

—Claro —dije—. Ahora compro en la máquina un sándwich con queso y se lo dejo debajo de tu cama.

Jonathan soltó una carcajada.

—Ouch! No me hagas reír, que me duele todo —protestó, riéndose más todavía.

—Pero ¡si has empezado…!

Antes de que pudiera terminar, me dio un beso en los labios que me hizo ver las estrellas. Un beso que enlazó con el siguiente, y uno más, y el de más allá, y nos empezamos a enrollar en aquella cama hasta que tiré sin querer de la vía y Jonathan soltó un gemido.

—¡Perdón! —exclamé, separando mis labios de los suyos.

—Nada. Puedes seguir si quieres… —respondió él con aparente timidez.

Volví a besarle, y así estábamos cuando de repente oí detrás de mí:

—Pero bueno, ¿no podéis estaros quietos ni en el hospital?

Era Alex.

—Eso es buena señal —añadió Fiammetta entrando detrás de él. Le habían dado un par de puntos en la ceja—. Hemos traído sándwiches.

—Para los espíritus, ¿no? —bromeó Jonathan.

Me reí.

—¿Cómo? —preguntó Fiammetta, desconcertada—. ¿Es tradición en los hospitales…?

—Ajá —aseguró Jonathan, siguiendo la broma—. De las más antiguas. Es lo primero que hay que hacer al llegar.

—No le hagas caso. Son cosas nuestras. Jonathan, te presento a Fiammetta.

—¡Es una ninja! —añadió Alex—. No habríamos podido hacer nada sin ella. No veas cómo luchaba con Lucy…

—¿Lucy? —preguntó él, confuso—. ¿Qué ha pasado con Lucy? Alex, Fiammetta y yo nos miramos.

—Ups… —susurró Alex—. ¿No hay nada interesante en el minibar? —Recorrió la habitación, con nerviosismo.

—Esto es un hospital, no un hotel —comentó Jonathan.

Me mordí el labio y le cogí de la mano.

—Hay unas cuantas cosas que deberías saber.

Estuvimos hablando un buen rato los cuatro.

Jonathan estaba en shock. Volvía los ojos una y otra vez hacia la mesa supletoria, donde yo había dejado la pulsera que le había regalado. Cortada en pedazos. Y su móvil, apagado y sin batería.

Estaba en shock y, sin embargo, igual que me había pasado a mí, sentía que las cosas ahora encajaban en su cabeza. Y entendía los test que le habían hecho los médicos. Y las comprobaciones físicas. Y ciertas preguntas incómodas.

Hasta que yo entré en su vida, no recordaba haber tenido esos mareos que le dejaban imposibilitado durante días. Y todos habían tenido lugar después de conversaciones con Lucy en las que le había contado lo que sentía por mí.

Poco a poco su rostro fue adquiriendo un tinte sombrío. Amargo.

Me di cuenta de que ni siquiera los comentarios desenfadados de Alex lo animaban. Era normal. Supongo que tardaría días en asimilarlo.

Una doctora vino a verlo al cabo de un rato y habló en privado con él. Le dijo que no se preocupara, que estaba bien. Solo le habían hecho dormir. No obstante, se podía considerar un secuestro y debía denunciarlo.

Antes de irse, nos dijo a nosotros que era hora de dejarlo descansar, así que Fiammetta y Alex se despidieron y se fueron. Yo me quedé a pasar la noche en el sillón reclinable que había junto a la cama.

Pasé una noche incómoda, llena de sueños partidos y pesadillas, oyendo el continuo golpeteo de la lluvia en la ventana.

Pero, no sé cómo, al amanecer nos despertamos abrazados en la estrecha cama de hospital.

—Ejem… —carraspeó una enfermera, con una bandeja en la mano—. Señorita, la cama es para los pacientes —dijo con mal tono.

Levanté la cabeza y vi que mi vestido estaba abierto del todo por delante. Y que tenía la mano de Jonathan metida por dentro, rodeándome la cintura.

—Lo siento —susurré, y me desenredé como pude de él, todavía dormido. Luego me giré hacia la ventana para abrocharme los botones.

La enfermera dejó un momento la bandeja, lo despertó, le tomó la temperatura, le cambió el suero y colocó sobre la mesa supletoria un líquido naranja y una pastilla. Fue desagradablemente eficiente.

Cuando nos quedamos solos, Jonathan me preguntó:

—¿Qué día de la semana es hoy?

—Sábado —respondí.

Pareció reflexionar. Después me dijo:

—Me gustaría que fueras a Watermill para comprobar que todo sigue bien. La gente debe de estar algo perdida. ¿Les podrías decir a todos que continúen en los mismos puestos de esta semana? Volveré en cuanto me den el alta. Mañana, espero, como tarde. Me siento bastante bien ahora.

—Vale. Pero supongo que Alex va a ir hoy a trabajar. ¿No prefieres llamarle y que se lo diga él?

—No. Me gustaría que fueras tú la que hable con ellos —insistió, convencido—. Pronto va a haber cambios en Watermill y me gustaría hacerlos contigo. En cuanto salga de aquí… —siguió diciendo—, ¿nos vamos a vivir definitivamente a la granja?

Asentí, sintiendo que una luz intensa me iluminaba por dentro. Eran demasiadas cosas buenas de golpe. ¡Vivir con Jonathan! ¡En la granja de Watermill! Aquella casa antigua y preciosa de color azul. La casa que es casa y es mar. Con el pasadizo secreto; con una historia fascinante y misteriosa en su interior; con mi pequeño ratón, el espíritu del hogar...

Además, repetí en mi mente sus palabras: «Pronto va a haber cambios en Watermill y me gustaría hacerlos contigo».

En ese momento no podía ser más feliz.

Entonces Jonathan añadió:

—Si no te importa, avisa a miss Milton de que vamos a mudarnos ya.

—¡Miss Milton! —exclamé, recordando de golpe el pañuelo de Catherine McGarry—. Jonathan, ¡el apellido de la familia de miss Milton era McGarry! ¡Estaba en el mapa que encontramos en el escritorio!

—¡Sí! ¡Es verdad! ¡Lo recuerdo! —dijo él, animándose de pronto.

—Puedo decírselo, ¿verdad? La dejé en vilo cuando lo descubrí, estando en su casa. ¿Se lo digo o prefieres hacerlo tú?

—No, cuéntaselo —me respondió—, pero pídele que todo quede entre nosotros de momento. Ya hablaré yo también con ella cuando salga del hospital. A ver si mi amigo Steven, el de la universidad, me confirma algo pronto...

Miró un momento su móvil sin batería sobre la mesa. Se quedó callado unos segundos, perdido en sus pensamientos.

—Miss Milton... —repitió después, volviendo en sí, con una sonrisa—. Me gusta que seas tú quien le dé esta alegría.

Enseguida me puse en marcha.

Me peiné y aseé como pude en el cuarto de baño, me despedí de Jonathan con un beso y tomé un taxi. Después de recoger mi coche donde lo había aparcado el día anterior, en Highland Street, conduje hasta Watermill.

Había dejado de llover. El viento arrastraba enormes masas de nubes de un lado a otro del cielo. Cruzar los tornos sabiendo que Ruskin ya no reinaba en el lugar fue un verdadero alivio. Era como si Watermill respirara con libertad. Me vino una vaharada de perfume de flores al entrar.

Recorrí todos los puestos, uno por uno, saludando y dándole noticias de Jonathan a la gente.

Al parecer, desde la gran pelea entre él y Ruskin no se había sabido nada de Abigail. Ya había cobrado su sueldo de la segunda quincena de septiembre (el pago era quincenal), y todos pensaban que no iba a regresar. De hecho, alguien dijo que había visto su vestido en una de las papeleras del parking.

Recordé su estampado marrón verdoso y deseé no tener que volver a verlo nunca más. Ni al vestido, ni a su dueña.

Acabé mi visita en la granja y hablé con miss Milton, que acogió la noticia de que nos íbamos a vivir allí con mucho entusiasmo. Después, le pedí que me acompañara a la cocina y le enseñé la trampilla.

Abrió los ojos como platos.

—¡Con la de años que llevo utilizando este armario! —exclamó después, entre risas—. ¿Adónde lleva? —preguntó con curiosidad.

—Ya verás…

La acompañé por el túnel hasta la sala grande de las camas mientras le iba explicando para qué había servido aquel lugar. Miss Milton lo miraba todo sobrecogida. Me dijo que tenía un nudo en la garganta. Yo sentía lo mismo. Y aún más cuando fuimos al escritorio, abrí el cajón secreto, saqué el mapa con la lista de nombres y le enseñé el de su antepasada. McGarry. En tinta negra y letra cursiva.

Se echó a llorar de la emoción, y yo con ella. Nos abrazamos.

—Hija mía —me dijo, con aquellos ojos tan claros inundados de lágrimas—. Siempre me pareciste un ángel —sollozó—. Pero no podía imaginarme que me ibas a traer tanta felicidad.

Regresé al parking lentamente, por el camino más largo, para intentar serenarme.

El paseo me hizo bien.

Volví a pensar en mí misma y en el paso importante que iba a dar. El de irme a vivir con Jonathan.

Al arrancar el coche, me pareció buena idea pasar por mi piso a recoger las cuatro cosas que tenía. Tardaría poco.

No había nadie en el apartamento, así que dejé una breve nota de despedida en el salón y tiré la comida caducada. Justo antes de salir, me acordé de coger el paquete de café de Fiammetta (¡menos mal!). Después llamé al propietario para avisarle de que podía contar con mi habitación a partir de ese mismo día.

Cuando volví al hospital, a Jonathan ya le habían quitado la vía. Un policía estaba con él, haciéndole preguntas. Quiso hablar conmigo también. Le conté todo lo que sabía. Tras los análisis médicos y las conversaciones que tuvieron con todos nosotros, no había lugar a dudas: le habían administrado Rohypnol durante varios días sin que él fuera consciente. En definitiva, era un delito.

Me preguntó si estaría dispuesta a declarar en un juicio.

—Por supuesto —afirmé con seguridad—. Lo que sea necesario.

Miré a Jonathan. Tenía la mirada baja. Probablemente seguía pensando en Lucy.

Cuando se fue el agente, me dijo con tristeza:

—No me puedo creer que me haya hecho esto. Es peor que sentirse traicionado. Me ha estado haciendo daño de manera deliberada. Su amistad…

—No era amistad, era amor —le corregí—. Mal amor.

Recordé el árbol del amor, que era también el árbol de Judas.

—Primero Samuel, ahora Lucy… Parece que a mi alrededor el mundo se desmorona —continuó Jonathan—. Siento que solo tú estás conmigo. Solo tú me sostienes.

Le cogí la mano.

—No te olvides de Watermill —repuse.

—Watermill ahora mismo está prácticamente en la ruina. No sé qué voy a hacer para solucionarlo.

—Entonces piensa en Alex. ¡Y en Fiammetta!

—¡Sí, una completa desconocida!

—Fue ella la que detuvo a Lucy para que yo pudiera sacarte de allí —repliqué—. Sin sus artes marciales habría sido imposible. Lucy peleaba como una auténtica fiera.

—Tú eres capaz de todo —dijo apretándome la mano—. Seguro que lo habrías conseguido.

Recordé algo que me tenía preocupada.

—Anoche tuve muchos sueños —le comenté—. Pero en uno de ellos había una imagen que no me he podido quitar de la cabeza.

—¿Qué pasaba?

—Era muy gráfico, como una visión. —Sentí una punzada de angustia. Tragué saliva—: Todos, cada uno de nosotros, éramos coches en una carretera. Estábamos llenos de pájaros. Pero los pájaros se nos iban escapando durante la vida —continué—. Hasta que echaba a volar el último pájaro. Hasta que cada coche se quedaba vacío. Y se paraba.

Él permaneció un momento en silencio y me abrazó.

—No dejaré que se te escapen los pájaros —susurró. Al cabo de un instante, añadió con tono de broma—: ¿Y qué tipo de coche eras tú?

Me reí, intentando retener las lágrimas.

—En mi sueño, un dos caballos azul lleno de gaviotas. ¿Y tú? ¿Qué coche serías? —le pregunté.

—Yo... ¿no lo ves? ¡Un Ferrari! —bromeó él, sacando pecho—. Bueno, más bien una camioneta —confesó—. Algo estropeada, pero con mucho potencial —repuso con una sonrisa.

Le di un mordisquito en el lóbulo de la oreja y noté cómo se le erizaba el pelo del brazo.

—Uf... —suspiró—. Como sigas haciendo eso... vamos a acabar escandalizando a la enfermera si se le ocurre abrir la puerta.

Miré de inmediato hacia esa dirección.

La puerta estaba entreabierta. Recorrí la habitación con los ojos. Debía de haber alguna manera de tener... intimidad.

Entonces me di cuenta.

—¿Y si… nos vamos al cuarto de baño y nos encerramos allí? —le propuse.

Me miró como si hubiera dicho una locura. Pero una locura terriblemente atractiva.

—¿Lo dices en serio?

—Si te encuentras bien…

—Me encuentro muy bien. Demasiado bien —añadió—. Con el suero que me dieron anoche podría dar la vuelta al mundo.

Le cogí de la mano y tiré de él.

—Atrévete a darla por mi cuerpo. Vamos. Antes de que venga alguien.

—Acepto el reto —dijo levantándose—. Huy, qué mareo… —murmuró.

—¿Seguro que estás bien? —quise asegurarme.

—Sí, descuida. Es que llevo en la cama demasiadas horas.

Lo abracé. Respiré su olor y froté mi mejilla contra su pecho, que estaba a mi altura. Él agachó la cabeza y me besó en el cuello. Comencé a andar de espaldas hasta el baño mientras él me besaba. Una vez dentro, cerramos con pestillo.

Debo confesar que, acostumbrada a verlo con su ropa del siglo XIX (su camisa de mangas anchas con el cuello cerrado por un pañuelo, su chaleco elegante…), aquella tela fina y pálida de hospital le daba un nuevo aire a su figura. Todo el halo romántico que Jonathan tenía dentro de Watermill, esa nobleza, la seguía conservando a pesar del lugar tan aséptico, tan frío y antierótico en el que estábamos. Era como si aquella telucha no hiciera más que resaltar, con sus transparencias y su minimalismo, el cuerpo, la piel, los músculos de Jonathan.

—No me lo puedo creer, pero este pijama… ¡me da morbo! —me reí mientras se lo quitaba.

Jonathan se rio también con su sonrisa perfecta, levantando la mandíbula en un gesto muy de película americana.

—Si quieres, puedo ir a Watermill así vestido. Ya nadie nos puede impedir nada.

—Un momento, ¿quieres que nos duchemos juntos? —le propuse.

—¿Cómo se te ocurren estas cosas? —Jonathan comenzó a desabrocharme el vestido—. ¿Tienes tarifa plana en el mundo de las ideas brillantes?

Me besó.

—Me estás tomando el pelo —comenté.

—Sip —dijo, dándome otro beso—. Te diré que ya se me había ocurrido esto de meterte en la ducha. —Me besó otra vez—. Incluso antes de hoy —añadió, besándome de nuevo.

—¿Quieres decir que… necesito ducharme más? —bromeé.

Sostuvo caballerosamente la puerta de cristal para dejarme pasar.

—Solo estoy diciendo que he fantaseado con hacerlo contigo —aclaró, llevándome contra la pared y besándome de nuevo—. Muchas veces. Debajo del agua.

—Debajo del agua… —repetí en voz baja—. ¿Y en el aire? —pregunté, cerrando los ojos mientras sus labios bajaban por mi cuello.

—Ajá —murmuró, llegando hasta uno de mis pechos. Sentí un estremecimiento de placer que me recorrió el cuerpo entero.

—¿Y en la tierra? —conseguí decir.

—Ajá —asintió bajando hacia mi ombligo.

—¿Y… en el… fuego? —dije, casi sin voz.

Arrodillado delante de mí, levantó la vista hacia mis ojos y me susurró, pronunciando cada sílaba:

—Sobre todo en el fuego.

Después hundió la boca entre mis piernas y sentí que desaparecía el suelo bajo mis pies.

En cierto momento, noté que caían ríos de agua templada sobre nuestros cuerpos mientras nos besábamos, nos acariciábamos… Esta vez no fue como si se acabara el mundo, sino como si fuéramos conscientes de que todo a nuestro alrededor pendía de hilos muy frágiles que hubiera que proteger, que cuidar. Comenzando por nosotros mismos.

Apoyada contra la pared de la ducha, Jonathan entró dentro de mí y, como siempre que los sentimientos me sobrepasan, comencé a tener visiones de paisajes, colores, horizontes…

Yo era un instrumento que solo él sabía tocar. Solo él sabía llevarme al máximo de mi volumen, de mi música, de mi belleza.

—Me haces volar —gemí, rodeándole la cintura con las piernas.

—Te voy a llevar más alto todavía —susurró él, intentando provocarme más placer. Me levantó un brazo sobre los azulejos de la pared y me acarició el costado, desde el pecho hasta la cadera—. Tienes las curvas más peligrosas que he visto nunca. ¿Adónde llevan? —murmuró besándome el hombro.

Incliné la cabeza mientras subía por mi cuello y conseguí decir:
—Llevan… a ti.

Era verdad. Sentía que todo mi cuerpo, todas mis células iban hacia él. Yo era un camino, una corriente eléctrica, un río de luz desembocando en él.

No sé describir con detalle lo que ocurrió. Solo puedo decir que el movimiento de su cuerpo en mi interior, sus caricias y besos me fueron llevando más y más arriba, y acompañando sus gemidos de placer con los míos, me fui fundiendo con el cielo, con el universo, con la vida, con él, hasta que fuimos uno. Un todo, sacudido finalmente por el rayo, entre radiantes, luminosas, cegadoras oleadas de placer.

Silencio.

Plenitud.

—*I love you* —me pareció escuchar.

—*Te quiero* —me pareció que dijeron mis labios.

[…] de tu mirar de sombra
quiero llenar mi vaso.

Antonio Machado

25

A mil yardas de distancia

Por la tarde, estuvimos esperando que le dieran el alta.

La doctora que lo había atendido, que había vuelto por la mañana cuando yo no estaba, dijo que lo veía muy bien y que no creía que pasara otra noche en el hospital.

Pero esperamos y esperamos, y el papel con el alta no llegaba. Su móvil no tenía batería y el mío estaba a punto de apagarse, así que intenté no usarlo.

Me senté junto a él en la cama y nos contamos historias de cuando éramos adolescentes, vimos programas de la tele, intentando adivinar las respuestas antes que los concursantes, y jugamos al ahorcado con una hoja que le pedí a un enfermero.

Cuando dieron las siete y ya temíamos que íbamos a tener que pasar otra noche allí, mi teléfono sonó de pronto.

Era Alex.

—Al llegar a casa, mi compañero de piso me ha dado una carta que metieron ayer por debajo de la puerta. Es un anónimo.

—¿Un anónimo? —repetí, preocupada.

—Sí —respondió—. ¿Me puedes pasar a Jonathan? Es algo que le afecta a él directamente. Y mucho.

—Claro que sí. Aquí está.

Le tendí el teléfono. Mientras escuchaba, vi que sus facciones adquirían un gesto adusto y duro que no le había visto nunca. Bueno, solo con su padrastro.

Entendí algo por sus comentarios. La situación parecía grave. Escuché cómo le daba a Alex una dirección de Worcester.

Después de colgar, Jonathan me lo explicó todo con claridad. El anónimo decía:

SI TU AMIGO NO ACEPTA LA HERENCIA ANTES DE LAS DOCE DEL MEDIODÍA DEL 2 DE OCTUBRE, TODO QUEDARÁ EN MANOS DE RUSKIN.

—¡Ruskin! ¿Cómo puede ser? —le pregunté a Jonathan.

—No lo sé. No tenía ni idea de todo esto —reconoció él pasándose la mano por el pelo, con desesperación—. Alex sospechó que el anónimo tenía que ver con sus tíos. Ya te dije que mi abogado, mister Adahy, es familia suya. Así que Alex fue a su casa y habló con su tía. No le costó nada sonsacarle que lo había escrito ella.

—Sigue, por favor.

—Su tía le dijo que existía una cláusula en el contrato que mi madre había firmado antes de morir, cuando ya no podía ni leer, por la que si yo no aceptaba la herencia, mi padrastro se lo quedaría todo. Además, debía hacerlo treinta días antes de que se cumpliera el plazo. Treinta días antes de mi cumpleaños. O sea, pasado mañana.

—El 2 de octubre —dije—. Dios mío. ¡Y tu abogado no te dijo nada!

—No. —Jonathan apretó los puños—. Mi abogado ha estado conchabado con Samuel durante estos años. Se habrá llevado un buen dinero por ello…

—Entonces ¿lo puedes perder todo?

—Sí. Las tierras, el dinero… Lo poco que quede. Lo que no me haya robado ya Samuel. —Empezó a caminar por la habitación mientras hablaba—. Resulta que la tía de Alex lo sabía. Pero ya no puede vivir con los remordimientos y ha soltado la lengua, aunque está tirando piedras contra su propio tejado.

—Ahora va a tener problemas…

—Alex le ha prometido que no la delataríamos. Si no, se las puede ver con su marido. Resulta que mister Adahy es un tipo mucho más complicado de lo que yo pensaba.

—¿Podrías hacer que vaya a la cárcel?

—No lo sé. No hay pruebas de que mi madre no fuera consciente de lo que firmaba. —Noté cómo le temblaban las manos de rabia—. Me parece increíble que Samuel la haya utilizado de esta manera, en su lecho de muerte…

Le abracé unos instantes. Después, me separé de él e intenté traerlo al presente.

—¿Qué puedes hacer ahora para solucionarlo?

—Encontrar la escritura de la custodia, el testamento —me aclaró—, aceptar la herencia y conseguir que la sellen en una oficina para que llegue al juez de sucesiones y la firme. Y todo antes de pasado mañana a las doce.

Me mordí el labio instintivamente. El día siguiente era domingo y las oficinas estarían cerradas. ¿Pretendía resolver todo eso antes del mediodía del lunes? Yo me había pasado meses intentando conseguir un visado para trabajar en Estados Unidos. El papeleo no era nada fácil ni rápido.

Respiré hondo e intenté disimular mi preocupación.

—Cuenta conmigo para lo que haga falta.

—Gracias —me dijo con una sonrisa.

—¿Sabes dónde puede estar la escritura?

—No. Pero como no la encuentre pronto, estoy perdido. Alex va a ir a la casa de Samuel. Y yo… tengo la esperanza de que el documento esté en su despacho.

—¿En Watermill?

Asintió con la cabeza.

—Sí. Samuel podría haberlo guardado ahí.

—Voy contigo.

—Un momento. ¿Cómo va a entrar Alex en la casa de Ruskin?

Jonathan sonrió.

—A Reed, el alguacil, se le da muy bien abrir puertas. Irá con él.

Me tapé la boca con la mano para contener una carcajada.

—Vámonos —dijo Jonathan, sacando su ropa del armario.

—Pero ¿sin el alta?

Se acercó a mí y me dio un beso en los labios. Un beso ligero, natural. Ojalá hubiera durado más.

—Hay cosas más importantes —respondió.

❦∞ ∞❧

Cogimos mi coche y partimos hacia Watermill Village. Veinte minutos de trayecto, más o menos. Cuando íbamos ya por la carretera, Jonathan bromeó sobre mi forma de conducir:

—Estoy viendo crecer la hierba.

Me reí.

Reconozco que conduzco despacio. Soy muy distraída y me gusta ir con cuidado. Pero, además, llevaba el coche cargado con mis cosas. Decidí cambiar de tema.

—Me encantan las expresiones en inglés... ¿cómo es esa de la pintura?

—¿Que la pintura se seca con más velocidad que tú? —dijo, picándome otra vez.

—Ja, ja. En español decimos «ir pisando huevos».

—Es más gracioso en español.

—Sí. Otra cosa no sé, pero gracia no nos falta. Ni «huevos» para todo.

—Entonces... ¿vas a ir más rápido o qué?

—Ni hablar —rehusé entre risas—. Sé que vamos contra reloj, pero te aseguro que con lo mal que conduzco, es por tu bien. «Ande yo caliente, ríase la gente» —intenté decir en inglés.

—¿Que estás caliente? —preguntó Jonathan sorprendido.

—No… Corramos un estúpido velo.

—¿Cómo?

—Da igual —dije, tirando la toalla de las frases hechas.

Apoyó la mano sobre la mía, que estaba en la palanca de cambios, y conduje así el resto del camino.

Ya eran las ocho y pico cuando llegamos a Watermill.

Pasamos los tornos y Jonathan sacó las llaves de la casa central. Corrimos al despacho de Ruskin.

Al entrar allí sentí un estremecimiento. No tenía malos recuerdos de aquella habitación, pero después de todo lo ocurrido, cualquier cosa relacionada con Ruskin me producía un intenso desagrado. Por la cara que puso Jonathan, a él también.

Comenzamos a registrar los cajones y archivadores.

Nada.

Miré a mi alrededor. Había cuadros con escenas de caza, perros y caballos. Los levanté, en busca de alguna caja fuerte. Pero tampoco.

Jonathan estuvo intentando encontrar algún cajón secreto o resorte en la mesa como el que descubrió en el escritorio del pasadizo. Nada.

Revisé los tablones del suelo… Tampoco.

Nos miramos sin saber qué hacer. Entonces, una música fuerte nos sobresaltó. Era mi móvil.

—¡Alex! —exclamé, cogiéndolo.

—¡Lo tenemos! —gritó él—. ¡Yujuuu!

Puse el altavoz y levanté el móvil, para que Jonathan lo oyera.

—Me estoy quedando sin batería, así que…

—¿Tenéis de verdad el testamento? —intervino Jonathan—. ¿Podéis llevárnoslo a la granja? Nos mudamos ahora para allá. Además, me vendría bien que mañana me echaras una mano con lo de mi piso.

—Cuenta con ello —dijo Alex—. Fiammetta está conmigo. Puede ir ella también, ¿verdad?

—*Little Fire!* —exclamé contenta—. ¡Claro que sí! ¡Me encantará enseñarle Watermill, aunque sea de noche!

—Podéis quedaros a dormir —les invitó Jonathan.

—Genial. Porq…

El móvil se apagó.

Jonathan y yo nos miramos, perplejos. Perplejos, pero contentos. No habíamos acabado de resolverlo todo, pero al menos sí lo importante. Nuestros amigos tenían la escritura e iban a venir a entregárnosla.

—Necesito traer aquí mis cosas. Y mi camioneta. Debo volver a mi apartamento.

—No creo que te guste ver cómo ha quedado… Lucy y Fiammetta destrozaron el salón.

—Me da absolutamente igual.

—Lo mismo no te devuelven la fianza del alquiler.

Él me miró y, con media sonrisa, dijo:

—Con todo lo que está pasando, es el menor de mis problemas.

Tenía razón.

Volvimos al parking. Jonathan pulsó el botón de una llave y se levantó una barrera para coches que había en un lateral.

Era la primera vez que veía aquella barrera. La pasamos y fui conduciendo por los caminos de tierra por donde solía ir el coche de caballos desde La Encrucijada a la granja. Aparqué cerca de la puerta de atrás y saqué del maletero una bolsa con unas cuantas cosas: el pijama, el neceser y el cargador de mi móvil. Ya habría tiempo para lo demás.

Entramos por la cocina y durante un segundo pude vislumbrar a mi ratón escabulléndose hacia el pasadizo secreto.

—¡Hola, Mur! —lo saludé—. ¡Hemos vuelto! —dije encendiendo la luz.

Jonathan se rio. Luego fue a sentarse en uno de los sillones del salón. Estaba pálido.

Dejé mi bolsa y lo seguí. Me senté sobre sus rodillas, apoyé la cabeza en su hombro y nos quedamos así un rato, abrazados en silencio. Sin darnos cuenta, nos quedamos dormidos.

Nos despertaron las voces de Alex y Fiammetta acercándose a la granja mientras cantaban y reían en la oscuridad. No podían ocultar su felicidad y me alegré por ellos.

Enseguida llamaron al timbre.

Al abrir la puerta, Alex dejó la escritura en las manos de Jonathan y le dijo:

—¡Misión cumplida! ¿Siguiente reto?

Jonathan y yo nos miramos. De pronto, me sonaron las tripas.

—Siguiente reto… —repetí, pensando—. ¿Qué os parece una tortilla de patatas?

—¡Sí, por favor! —exclamaron todos.

—Pero pido no darle la vuelta… —comentó Alex.

Puso música en su móvil y, mientras pelábamos patatas y cocinábamos, seguimos hablando un rato de todo lo que había pasado y de lo que teníamos que hacer a continuación.

—El lunes hay que madrugar y estar en la oficina del juez lo antes posible —dijo Jonathan—. Antes de que abran.

—Me ha contado mi tía que este proceso suele durar semanas o meses en la administración, pero bueno. Creo en los milagros —afirmó Alex, mirando inmediatamente a Fiammetta.

Jonathan no parecía tan confiado.

—¿Por qué no te pasaron la nota antes? —le preguntó—. ¿No me dijiste que la dejaron el día anterior?

Alex se sonrojó un poco y se rascó la cabeza.

—Bueno… es que ayer no volví a casa a dormir.

Fiammetta dirigió la vista hacia otro lado y se sonrojó.

Me reí.

—No te preocupes —le dije a Alex frotándole el brazo—. Conseguiremos que llegue al juez antes del lunes a las doce. Estoy segura.

Asintió.

—Removeremos cielo y tierra si hace falta. Contad conmigo.

—Yo el lunes trabajo en la tienda —se justificó Fiammetta—. Pero si hay algo que pueda hacer, decídmelo y lo intentaré por todos los medios.

—Ah, bueno —intervino Alex—. Yo tengo trabajo mañana, pero el lunes no, así que aquí me tienes.

Jonathan le puso la mano en el hombro:

—¿Te importaría acompañarme mañana a mi piso en vez de ir a la alfarería?

—A sus órdenes, jefe —respondió Alex con una sonrisa.

—¿Tenéis otra ropa para ir a la oficina? —preguntó de pronto Fiammetta, que siempre cuidaba mucho su aspecto.

Jonathan y yo nos miramos de arriba abajo.

Yo había estado dos días sin quitarme el vestido de época y había dormido con él. Jonathan llevaba esa camiseta negra y esos vaqueros desde que Lucy le había dejado fuera de combate el miércoles por la tarde. Bueno, con la excepción del pijama de hospital…

—Mañana traeré toda la ropa de mi piso —dijo él—. Cogeré algo adecuado para ir a ver al juez.

—Yo tengo la mía en el maletero, la sacaré también mañana. ¡Y te enseñaremos Watermill, Fiammetta! —exclamé—. Me muero de ganas.

—Sí —añadió Alex—. Como es domingo habrá un montón de turistas. ¡Y concierto de…!

Dejó la frase sin terminar. Fue como si una nube hubiera ensombrecido sus ojos y los de Jonathan.

—Watermill te va a encantar —intervine—. Ya lo verás. Me apetece mucho enseñártelo todo.

Jonathan encendió la chimenea y cenamos sentados en los sofás. Alex se fue animando, y después de cenar aprovechó para preguntarle a Fiammetta, experta en móviles, sobre funciones y apps.

Al cabo de un rato, Jonathan y yo nos despedimos de ellos.

Les dejamos sábanas limpias encima de la cama de la primera habitación de arriba y nos fuimos a nuestro cuarto, cansados y somnolientos.

Jonathan no había vuelto a sonreír abiertamente desde el recuerdo inesperado de Lucy. Era como si su mente ya no estuviera allí. Tenía la mirada perdida. Como dicen en inglés, «a mil yardas» de distancia.

La traición de Lucy, la de Samuel Ruskin y su abogado, la posibilidad de perderlo todo… Era mucho lo que tenía que asimilar.

Nos metimos en la cama y hablamos un poco de cosas que ya no recuerdo. Intenté alegrarle con alguna tontería. Me quedé dormida abrazada a él, pero incluso en su abrazo noté que esas mil yardas eran una realidad.

Eran mil yardas de decepción y tristeza.

[...] la fraternidad misteriosa
que crea el hecho de llamar desde niños
a las mismas cosas con los mismos nombres.

PEDRO SALINAS

26

Un no sé qué

El domingo Jonathan y yo nos despertamos pronto. Cuando abrí la ventana de la habitación, vi que había llovido de madrugada.

El campo estaba húmedo y fresco.

Mientras Jonathan se duchaba, fui a la cocina. Miss Milton nos había dejado sobre la mesa pan, mantequilla, huevos y fruta. Subí las escaleras para dar unos golpecitos en la puerta de Alex y Fiammetta y bajé de nuevo a preparar el café.

Desayunamos los cuatro juntos en el porche.

—¡Mi café! —exclamó Fiammetta de pronto al reconocer el sabor de su paquete—. ¡Lo has recogido del piso!

—Sí —asentí devolviéndole la bolsa.

La abrazó como si fuera un tesoro. Alex bromeó:

—¡Quién fuera café!

Entonces Fiammetta se levantó y le dio un gran abrazo a él también. Un abrazo que acabó convertido en beso.

No habían dormido nada, pero se les veía llenos de energía, disfrutando con cada pequeña cosa.

Jonathan, en cambio, continuaba sombrío, aunque veía con claridad cuáles eran los pasos a seguir. Después de desayunar comprobaría que los trabajadores estaban en sus puestos y convocaría una reunión ese martes para todo el personal. Después, pensaba ir con Alex a recoger las cosas de su piso.

Yo sacaría del maletero las mías y me tomaría un rato para enseñarle Watermill a Fiammetta. Luego iría a ayudar a miss Milton en la granja.

Ese era más o menos el plan.

Y la verdad es que nos ceñimos bastante a él.

Mi amiga se enamoró del lugar, como no podía ser menos. Y en cierto momento, Fiammetta, Alex y yo vivimos algo bastante impactante.

Alex llevaba muchos meses sin ver a Philip, su animal totémico. Según me había contado unas cuantas veces, era un pájaro negro con manchas rojas en las alas. Un turpial alirrojo o tordo sargento, como aclaraba siempre. Yo no lo había visto nunca.

El caso es que, mientras le enseñábamos los lugares más especiales de Watermill a Fiammetta, un pájaro con esas mismas características apareció.

Vino volando desde el otro lado del río Perdido y, al llegar a nosotros, se detuvo a cantar unos instantes en el aire sobre nuestras cabezas.

Fui consciente de que estaba ocurriendo algo extraordinario desde que lo vi llegar. La expresión de Alex lo confirmó. Escuchamos su canto como quien contempla un milagro.

Cuando se fue, nos miramos el uno al otro, maravillados. Y después miramos a Fiammetta.

—Philip te da la bienvenida —le dijo Alex.

No me cupo la menor duda de que tenía razón.

Era como si el pájaro la hubiera bendecido.

El resto del día se desarrolló sin sobresaltos para mí. Lo agradecí después de tanta acción como había tenido últimamente.

Sin embargo, no fue así para Jonathan. Alex lo acompañó en coche hasta su piso y, a pesar de que le habíamos avisado, fue bastante sobrecogedor para él ver el precinto policial en la puerta y comprobar el estado en el que había quedado la casa. Había muebles y objetos rotos por todo el salón.

Él no recordaba nada.

Recogió sus objetos personales con la ayuda de Alex y luego volvió a Watermill conduciendo su propia camioneta, llena de trastos. El maletero y los asientos del coche de Alex también estaban cargados hasta arriba.

El corazón me dio un vuelco de alegría cuando vi que aparcaba junto a la granja y comenzaba a descargar sus cosas. ¡Íbamos a vivir juntos! ¡Era una realidad!

En ese momento yo estaba sacando mi ropa de la maleta y colocándola en el armario de nuestra habitación. «Nuestra habitación». Lo saludé desde la ventana y me sonrió.

Esa tarde, Alex y Fiammetta volvieron cada uno a su casa, y Jonathan y yo nos quedamos en la granja.

Intentamos descansar y coger fuerzas para el día siguiente. Habíamos quedado con Alex a las ocho en el juzgado, que abría a las ocho y media.

Teníamos hasta las doce para que sellaran el testamento y se lo pasaran al juez.

Nos esforzamos por estar tranquilos pero… había demasiado en juego.

—¿No tienen cita previa? —nos preguntó la secretaria cuando llegamos a la ventanilla después de estar media hora esperando en la puerta y una hora entera aguardando turno dentro del edificio.

Alex, Jonathan y yo nos miramos, sorprendidos.

—No —respondió Jonathan—. No se nos ocurrió que hiciera falta.

—Cojan un tíquet de esa otra máquina y esperen a que salga su número en la pantalla —nos dijo sin mirarnos a los ojos—. ¡Siguiente!

Hicimos lo que nos había dicho y estuvimos media hora más sentados en la sala de espera.

—Ya son las diez —murmuró Jonathan, mirando el reloj de su móvil.

Alex se frotó las manos. Yo me mordí el labio.

—Y si... —dije, pensando en voz alta qué otra cosa podíamos hacer.

«Bip», me interrumpió el sonido de la pantalla con nuestro número.

—¡Mesa nueve! —exclamó Alex—. ¡Vamos!

Jonathan cogió la carpeta con el testamento y nos apresuramos los tres hacia allí. Solo había una silla delante de la mesa, y tanto Alex como yo hicimos un gesto hacia Jonathan para que se sentara. Él quiso dejarme la silla a mí, pero yo insistí.

El funcionario nos miró, sorprendido.

—¿Vienen los tres juntos? —preguntó.

Era un hombre moreno, de complexión fuerte, bien trajeado.

—Sí —respondí.

—Aunque nosotros venimos a acompañarle a él —añadió Alex, señalando a Jonathan.

—Está en un apuro... —comenté, pero Alex me hizo un gesto para que dejara hablar a Jonathan.

Y este comenzó a explicar la situación. Debo decir que, a partir de determinado momento, dejé de esforzarme por entender el diálogo entre los dos. Duró un buen rato y era bastante técnico. Hablaban de documentos, de fideicomisos, *trust* en inglés... Jonathan le pasó el testamento y el funcionario lo hojeó. Pero su lenguaje corporal no dejaba lugar a dudas: negaba con la cabeza, tenía la espalda rígida y cruzaba los brazos cada cierto tiempo.

—Dice que él le puede sellar el documento —me susurró Alex—, pero hay muchos, muchísimos casos antes que el nuestro haciendo cola en la mesa del juez. Tardaría semanas.

—¡No tenemos semanas! —protesté, en voz más alta de lo que debía, mirando el reloj de la pared—. ¡Solo nos queda hora y media!

»Por favor, señor —dije dirigiéndome directamente al funcionario—, ayúdenos. Seguro que hay algo que pueda hacer…

Entonces el funcionario clavó su mirada en la mía y, de pronto, hubo algo entre nosotros. No sabría explicarlo, pero fue como una conexión, un no sé qué, una chispa de reconocimiento.

—¿*Hablas español?* —me preguntó en mi propia lengua.

—*Sí* —respondí. Una parte de mí se iluminó con calidez.

—¿*De dónde eres?* —quiso saber, tuteándome.

—*De España.*

—*Yo de República Dominicana.*

Nos sonreímos.

—*Encantada de conocerte* —lo tuteé también.

—¿*Qué estás haciendo aquí?* —dijo, pasando olímpicamente de Jonathan y Alex.

—*He empezado a trabajar en Watermill Village, y la verdad, ahora mismo estoy muy preocupada porque mi amigo…* —me corregí—: *mi novio va a perder su herencia injustamente. El hombre que se la administraba, su padrastro, le ha engañado. Le ha estado robando, y ahora, por culpa de una cláusula que ocultó a propósito, se lo va a quedar todo. Por favor, ¿podrías hacer algo para ayudarle?* —insistí—, ¿*podrías echarle una mano?*

Él bajó la vista y pareció pensárselo un momento.

—¿*Es bueno contigo tu novio?*

Respondí sin dudar:

—*Es lo mejor que me ha pasado en la vida.*

—*Entonces espera un momento* —me pidió. Luego, dirigiéndose a Jonathan y a Alex, añadió en inglés—: Ahora vuelvo.

Se levantó con parsimonia, recogió los documentos y se encaminó hacia unas puertas correderas blancas con el pomo dorado. Llamó y desapareció tras ellas.

Jonathan se dio la vuelta y levantó la vista hacia mí.

—Pero ¿qué has hecho? —me preguntó asombrado—. ¿Qué le has dicho? ¿Qué magia…?

—Solo le he dicho la verdad —respondí—. Lo mismo que tú, supongo.

—¡Siempre supe que tenías superpoderes! —exclamó Alex, entusiasmado.

—Eres una maga —añadió Jonathan.

Se me escapó una pequeña risa, más de nervios que de otra cosa. Sobre lo que acababa de pasar, yo era la primera sorprendida. Pero no podía negarlo, entre el funcionario y yo sí que había sucedido algo mágico.

En aquella fría institución, en un país en el que ambos éramos extranjeros, se nos había dado el misterio de la conexión. El milagro de la empatía. De la amistad.

La magia de entendernos en nuestra lengua materna.

El funcionario, que según su tarjeta se llamaba Jefferson, tardó bastante en salir de aquel despacho. Jonathan, Alex y yo íbamos siguiendo los avances del minutero del reloj con auténtica angustia. Cuando quedaban quince minutos para las doce, la angustia se convirtió en desesperación.

—¿Y si vamos y llamamos a la puerta? —pregunté.

—No —negó Jonathan, con firmeza.

—¿Por qué no? —protesté—. Quizá se le ha olvidado que había una hora…

Entonces, suavemente, las puertas correderas se abrieron y apareció Jefferson con los papeles en la mano: la escritura de la herencia, sellada por él y firmada por el juez.

No nos lo podíamos creer. De hecho, Alex y yo nos pusimos de pie y lo celebramos sin ningún pudor con aplausos y vítores. No pude evitar abrazarlo, y hasta Jonathan se levantó para darle la mano, emocionado. La gente de otras mesas se nos quedó mirando con suspicacia, pero nos dio igual. Momentos así eran los que hacían que la vida valiera la pena.

Después recogimos a Fiammetta y comimos los cuatro juntos en la ciudad para festejarlo.

Pedimos un cóctel nada más sentarnos. Mojitos y margaritas.

—¿Y ahora? —preguntó Fiammetta.

—Ahora…

—Ahora, voy a intentar a toda costa ser feliz —respondió Jonathan, apretándome la mano.

—Brindo por eso —dije levantando mi mojito—. ¡Yo también!

—Supongo que tendré que buscar otro abogado —añadió él.

Alex enrojeció como no he visto nunca enrojecer a nadie y agachó la cabeza. El flequillo le cayó sobre los ojos.

—Jonathan, yo… yo… —dijo titubeando—. No sé cómo mi tío ha podido hacer algo así.

—Tú no tienes nada que ver, Alex, no te preocupes. De momento, voy a denunciar a mi padrastro por incumplimiento del contrato de custodia. No sé hasta qué punto habrá pruebas contra tu tío, que ha sido cómplice en todo esto. Si las hay, perdóname, pero las usaré contra él.

—Lo que decidas me parecerá bien. No nos unen lazos de sangre. Se casó con mi tía, y lleva años tratándola mal. Ha resultado ser un mal bicho.

—Sí —asintió Jonathan—. De eso no me cabe duda. Descuida, que a ella no la delataré.

—¿Y Lucy? —preguntó Fiammetta, nombrando al elefante que había en la habitación, como dicen en inglés.

«Oh, oh…», pensé.

Los dos chicos se miraron. Reconocí el dolor en el brillo de sus ojos.

—Lucy también tendrá que pagar por lo que ha hecho —afirmó Jonathan con tono grave—. Pero me gustaría ir a verla en algún momento. Quizá haya algún tipo de terapia que la pueda ayudar… —Hizo una pausa, sumido en sus pensamientos—. Ahora no quiero pensar en eso, la verdad. Solo me apetece volver a Watermill. —Me miró y especificó—: A Watermill con Valentina. Y comenzar a hacer cambios para que sea el paraíso que puede llegar a ser.

Sonreí.

—Cuenta conmigo —le aseguré poniendo mi mano sobre la suya.

—¡Y conmigo! —exclamó Alex, haciendo lo mismo.

Fiammetta nos miró un momento con timidez y después colocó su mano sobre las nuestras:

—¡Pues conmigo también, claro que sí! España, Italia y Watermill…

—… ¡siempre unidas! —dije yo.

How do I love thee? Let me count the ways.

¿Cómo te quiero? Déjame contar las maneras.

ELIZABETH BARRETT BROWNING

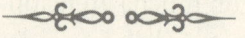

27

A caballo

Los días siguientes con Jonathan fueron preciosos. No me podía creer que estuviera viviendo allí con él, en aquel edén.

Eso sí, me costaba mucho dormir. Saber que Jonathan estaba a mi lado me daba tanta energía que me costaba despedirme de la realidad para entrar en el mundo de los sueños. La vida alternativa que me ofrecían no podía compararse con la felicidad de mi presente.

Y creo que a él le pasaba igual, porque nos despertábamos continuamente en mitad de la noche. Comenzábamos a hacerlo incluso medio dormidos. Nos acariciábamos, nos besábamos, seguíamos durmiendo, retomábamos…

Las noches eran largas e intensas y, sin embargo, cuando amanecía deseaba que hubieran durado un poco más.

Debo reconocer que desayunar juntos en el porche también era delicioso. Y despedirnos para ir cada uno a nuestros puestos en Watermill. Y quedar para comer… No había ningún momento malo.

Me gustaba especialmente cuando daban las cinco en el reloj de la torre e iba a buscarlo.

Jonathan siempre dedicaba unos minutos más a terminar lo que estaba haciendo. Era un placer contemplarlo trabajar. Mientras se ocupaba del campo o estaba atareado en los diferentes oficios, lo hacía siempre con mucha atención. Tanto si eran actividades físicas intensas como si el trabajo requería precisión. Con los animales no le faltaba nunca cuidado y respeto. Se entregaba a lo que hacía viviendo el presente, igual que cuando estaba conmigo.

Pero un día, fue él quien vino a buscarme, montado a caballo.

Cuando lo vi aparecer yo estaba al aire libre, delante de la cabaña de la tintorería, enseñándole a un matrimonio y a su hija pequeña cómo se teñían las madejas de lana. Las bañaba en barreños llenos de colores y las tendía después en una cuerda.

—¡Hola, preciosa! —me dijo desde lo alto de Ryder, su caballo castaño con las crines negras—. ¿Te vienes a dar un paseo conmigo? Me gustaría contarte algo importante. —Luego se dirigió a la familia que estaba allí—: Si nos disculpan... la necesito.

Los padres asintieron con comprensión y sonrieron, pero la niña protestó:

—¿Me llevas a mí también? —le pidió con su vocecilla infantil—. ¿Me necesitas también?

Jonathan se rio.

—Claro que sí. Descuida, que vendré a buscarte a ti después y te subiré al caballo —le aseguró con simpatía.

Me tendió la mano para que me montara y, apoyando el pie en el estribo, me subí con agilidad y me senté delante de él, entre sus brazos.

Sacudió las riendas con gesto firme y nos encaminamos a la granja. Al llegar allí, seguimos hacia el bosque.

Íbamos en silencio, disfrutando de los diferentes sonidos de la naturaleza, el canto de los pájaros, el crujir de las hojas secas bajo las pisadas del caballo... A la sombra de los árboles había un par de grados menos que al sol, pero no hacía frío. Era muy agradable.

Llegamos al árbol quebrado. Levanté la vista hacia sus ramas.

—«Abraza al árbol quebrado y encontrarás el camino», ¿recuerdas? —me dijo.

—Cómo no. ¿Ha habido noticias sobre el tema? —pregunté con interés, y me di la vuelta para mirarlo a la cara.

—Ajá —respondió él, asintiendo con la cabeza. El brillo en sus ojos no dejaba lugar a dudas: las noticias eran muy buenas—. Me llamó mi amigo Steven. Le pasó las fotos de los documentos que encontramos a un profesor de Historia de la universidad ¡y se lo ha confirmado! Los planos que había en el escritorio son la prueba de que Watermill fue uno de los refugios del Ferrocarril Subterráneo en Massachusetts. Y no un refugio más. Fue un centro de la organización.

—¡No me lo puedo creer! —grité entusiasmada—. ¡Esto puede salvarlo de la ruina!

Jonathan asintió con la cabeza.

—Es un milagro. Todavía no he estudiado el tema, pero ¡Watermill se podría convertir en uno de los lugares protegidos por Patrimonio Nacional! Nos ayudarían a mantenerlo, a restaurarlo…

—¡Qué maravilla! —exclamé.

—El profesor quiere venir la próxima semana con un equipo de especialistas de ese periodo histórico. Le gustaría ver el lugar y cada uno de los documentos.

»Dice que ya solo los planos y el cuaderno, con nombres, apellidos y localizaciones, aportan mucha luz a lo que se sabe del tema hasta ahora. La odisea de tantas vidas que se lo jugaron todo por encontrar la libertad. Vidas sobre las que se conoce tan poco… y que son parte de la historia de nuestro país. De nuestra historia, en letras grandes.

Añadió, pensativo:

—Es curioso. Watermill supuso durante varios años una obligación para mí, una atadura. Me parece un buen giro del destino poder unirlo ahora a la idea de libertad.

Me volví más todavía hacia él y lo abracé.

Jonathan se merecía una alegría después de tantas adversidades.

Desde que había salido del hospital se había volcado en mejorar las cosas. Estaba reformando la gestión del pueblo y había creado un comité de trabajadores. A partir de ahora, las condiciones laborales allí iban a ser más dignas. No habría despidos injustos, ni una selección discriminatoria del personal por raza, complexión física, edad…

Seguiría habiendo restricciones sobre la vestimenta y los accesorios, claro. Después de todo, ese era el atractivo principal para el turismo. Pero podríamos ser nosotros mismos.

Jonathan me quitó la capota para que pudiera apoyar la cabeza mejor en él. Las raíces de mi pelo, con mi color natural, ya habían crecido varios centímetros. Tarareó una canción mientras lo acariciaba:

—«Pasé los dedos por su pelo y el suelo se llenó de estrellas».

Reflexioné un momento.

—¿Alguna vez se te ha ocurrido que los músicos del pasado escribieron sus canciones pensando en ti? ¿Presintiendo que alguna vez existirías?

—¿Te refieres a Mozart o a Beethoven?

—Bueno, más bien a John Lennon, Kurt Kobain o Jim Morrison. Sé que es una fantasía, pero…

—¿Quién sabe? El mundo puede ser tan misterioso…

—Últimamente me pregunto si presentí alguna vez que tú existías. ¿Por qué, entre todas las posibilidades del universo…?

—Del multiverso… —intervino él.

—Sí —me reí—. Entre todas las posibilidades del multiverso, ¿por qué vine aquí?

—Para ser actriz, ¿no?

—Bueno, sí —asentí—. En Boston, en Nueva York… Pero creo que lo que he descubierto en Watermill es el papel de mi vida. Siento que cuando llegué era una secundaria en todas partes. Una figurante, una extra. Pero gracias a ti, a tu gente, al propio Watermill, me he convertido en la protagonista de mi historia.

Jonathan me apretó fuerte entre sus brazos. Terminé la frase:

—Y no puedo imaginar una historia más emocionante que esta. La nuestra.

Apoyé la espalda contra su pecho y contemplé una vez más el árbol quebrado. Después, Jonathan sacudió las riendas y emprendimos el camino de vuelta al pueblo.

Sobre la misma columna,
abrazados sueño y tiempo [...].

FEDERICO GARCÍA LORCA

28

La torre del reloj

Desde aquel día, el tiempo pasó con más lentitud. La naturaleza se estaba transformando con una última explosión de colores antes de que el sueño blanco y pardo del invierno lo invadiera todo.

Yo disfrutaba al máximo de cada momento en Watermill.

Los fines de semana volvía a inventarme personajes que dialogaban con los visitantes y enriquecían su experiencia allí. Retomé a la granjera irónica y también creé otros, como la apicultora perfeccionista, la hojalatera gruñona o la dama escrupulosa.

Jonathan contrató un nuevo grupo de música tradicional y Alex y yo bailábamos en los conciertos y animábamos a la gente a que se uniera a la fiesta.

En el futuro, ya veríamos, pero por ahora mi vocación artística estaba satisfecha. Sinceramente, había descubierto que no me interesaba nada la fama. En Watermill podía actuar e interactuar con el público todo el año.

Además, me sentía en armonía con la naturaleza. Las cosas que plantaba daban flor, daban fruto. Los animales de la granja prosperaban. Y Jonathan... ¿cómo decirlo? Vivir con él me llenaba. Me llenaba como nunca lo había hecho nadie.

Sin embargo, en el fondo de mi cabeza tenía la preocupación del visado. En pocos meses se me acabaría el permiso temporal para trabajar allí y tendría que regresar a España.

Pero intentaba no pensar en ello. Solo deseaba exprimir la vida y el momento.

Una mañana encontré sobre la mesa de la cocina un girasol silvestre, de los pocos que quedaban ya a orillas del río. Al lado había una carta de Jonathan. Igual que aquellas que me dejaba los primeros días.

La abrí.

Mi querida Valentina:

Encuéntrate conmigo delante de la torre del reloj. A las 11.40.

J.

«¿A las 11.40? Qué hora más extraña», pensé.

Sonreí divertida.

Pasé un par de horas trabajando el huerto. Después, me atusé un poco el pelo y me dirigí hacia allá envuelta en mi chal morado.

La verdad es que nunca había ido a la torre.

Era la torre de la iglesia. Una iglesia no muy grande, de madera pintada de blanco. La miré por primera vez de cerca y eché un vistazo al reloj desde abajo.

Ese reloj había estado allí desde el principio, marcando mis entradas y salidas. Sus campanadas habían pautado mi vida en Watermill: mis encuentros con Jonathan; mi tedio, los primeros días, entre las cuatro paredes de la escuela; mis descubrimientos en el jardín de hierbas; mis almuerzos en La Encrucijada...

—Encantada de conocerte por fin —le dije al reloj.

Entré en el templo. Por dentro también era blanco. Los bancos estaban divididos en compartimentos familiares, todos dirigidos hacia el púlpito. La ausencia de decoración y de imágenes y su minimalismo también lo hacían muy diferente de las iglesias españolas. Tampoco olía como ellas. Pero me gustó. Mucho.

Enseguida llegó Jonathan.

—¿Ya estás aquí? —me dijo.

Me acerqué a él. El pañuelo al cuello, el chaleco ajustado y las mangas anchas de su camisa le daban una imagen de protagonista de novela. Como siempre. Por mucho tiempo que pasara a su lado, seguía sin acostumbrarme a lo atractivo que era. Encontrarme con él, así, de pronto, me dejaba todavía sin palabras.

—Ven. —Me tendió la mano y me guio hacia una puertecilla que daba a unas escaleras.

—¿Subimos a la torre?

—Sí. Al reloj. Ya verás.

Me levanté los bajos del vestido y comenzamos a subir los peldaños. Tendría una altura de cuatro o cinco pisos.

Al llegar arriba contemplé el reloj. De cerca era enorme. Sus números romanos estaban pintados en oro sobre fondo blanco, con una tipografía elegante y estilizada.

Después me asomé a la barandilla. Jonathan se acercó a mí por detrás y me rodeó la cintura con los brazos. Nos quedamos callados unos minutos, disfrutando del sol y de la brisa.

La vista era maravillosa. Al fondo, el bosque otoñal vibraba con colores intensos. A nuestros pies se veía todo el pueblo de Watermill; el arroyo del Lobo, con sus pequeños puentes; el río Perdido; el molino; la granja y el espejo del lago.

Él y yo éramos dos personajes asomados a la torre de una iglesia de un pueblo americano.

—Me recuerda un poco a *Vértigo*, la película de Hitchcock. —Me volví hacia él y bromeé—: ¿Ahora es cuando me tiras desde aquí?

—¿Qué? —preguntó Jonathan sin comprender la referencia—. Las españolas tenéis un sentido del humor muy raro...

—No culpes a las españolas de mis cosas.

—No, descuida —dijo—. Ahora es cuando te digo que quiero que todo esto… también sea tuyo.

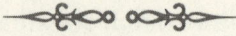

—¿Cómo? —pregunté, sin comprender bien lo que acababa de decir.

Jonathan me miró a los ojos con gravedad:

—Estoy hablando en serio. Me gustaría que fueras copropietaria de Watermill Village. Mi socia en esta aventura.

Me dio un vuelco el corazón. No sabía qué decir.

—Pero… —murmuré bajando la cabeza—. Es demasiado. No puedo aceptarlo…

—Escucha —me dijo con ímpetu—. Sin tu intervención en el juzgado lo habría perdido todo. Watermill ahora estaría en manos de Ruskin y, con su mala gestión, el pueblo acabaría en bancarrota en dos o tres años. Lo que has hecho tú por este lugar, tu descubrimiento del Ferrocarril Subterráneo, lo de Lucy… Valentina, nada de eso tiene precio. Has hecho por Watermill más que nadie. Más que yo mismo, en todos los años que llevo trabajando aquí.

Hizo una pausa y continuó:

—Sé que hay cosas que no se pueden compensar con lo material, pero… para mí sería un honor que lo aceptaras. Y para Watermill, sería una suerte. —Me ofreció la mano para sellar el trato—. ¿Sí? ¿Cuento contigo?

—De acuerdo —dije estrechándosela con orgullo.

—Menos mal —suspiró, e hizo como si se secara el sudor de la frente—. Porque ahora quiero pedirte algo más desde lo alto de esta iglesia. Algo importante.

Lo miré, extrañada.

—¿Más importante todavía?

—Ya que vas a ser dueña de la mitad de Watermill —comenzó a decir—, y que tú y yo podemos mirarnos a los ojos como iguales…

Jonathan se sacó un anillo del chaleco, bajó al suelo una rodilla y dijo:

—Valentina, «la que tiene valor», ¿quieres casarte conmigo?

Clavé los ojos en los suyos y sentí que se paraba el tiempo. «¿Me lo estás proponiendo de verdad?», le pregunté sin palabras.

La mirada segura y brillante de Jonathan me lo confirmó.

Fue como si todas las estrellas del mundo estallaran de golpe dentro de mí. Aun así, repuse:

—Es... ¡es una locura! Si lo piensas, nos acabamos de conocer —dije entre risas—. Y estamos en el siglo XXI...

—Siempre supe que el nuestro era un amor de otra época. ¿Qué me dices? —insistió—. ¿Te quieres casar conmigo?

Lo miré de nuevo a los ojos y respondí en español, sin dudar:

—¡Sí, sí y sí! ¡Mil veces sí!

—¿Eso es un sí? —me preguntó, arqueando la ceja.

Asentí con una gran sonrisa.

—¡Sí!

Se levantó y me puso el anillo en el dedo.

Después me besó.

A nuestra espalda, el reloj dio las doce tocando su alegre melodía, que resonó con fuerza en mi interior. Aquella música, el beso, el sol dorado de la mañana y la brisa se hicieron uno con nosotros.

Nunca había sentido tanta luz, tanta intensidad dentro del corazón.

Fue todo un viaje. Un viaje por la montaña rusa más potente del mundo.

—No puedo ser más feliz —le dije.

Una lágrima rodó por mi mejilla.

—Definitivamente, tienes el don de lágrimas —comentó.

Me reí.

Miré con atención el anillo que me había puesto. Su superficie irisada tenía brillos misteriosos.

—Nunca he visto nada así —reconocí fascinada—. ¿Qué es?

—Oro blanco y mica —respondió—. La mica que cogiste de la orilla del lago. La encontré guardada en un...

No pude dejar que terminara. Le cerré la boca con un beso.

El beso más lleno de amor que había dado jamás.

Después, apoyada en él, me paré a contemplar el mundo desde arriba. Nuestro mundo. Tenía la cabeza llena de sueños.

Lo celebraríamos, tal vez, en primavera. Una ceremonia pequeña en aquel templo precioso y blanco sobre el que estábamos ahora. Jonathan lo llenaría de flores. Flores silvestres de las que crecen por todas partes en Watermill.

Vendría mi madre. Y mis amigos de España. Podría enseñarles la belleza de aquel lugar. La vida sería una fiesta durante un breve espacio de tiempo.

¿El visado? Eso ya no sería un problema. Además, si habíamos podido superar hasta ahora cosas tan terribles, podríamos resolverlo todo.

Desde la torre del reloj, el horizonte se veía con claridad. Estaba nítido. El aire, limpio.

Jonathan y yo habíamos vivido entre el pasado y el presente. Ahora estábamos a punto de cruzar otro umbral. Las puertas del futuro se abrían para nosotros.

O tal vez, más que puertas, era un paisaje lo que se desplegaba a nuestros pies, como una gran alfombra. Sí, más bien parecía algo así. Un paisaje con bosques, por los que caminaríamos juntos.

Y resultaba fácil, natural, dar los primeros pasos.

Habría momentos de sombra, seguro, en los que la temperatura bajaría un par de grados.

Y nos podríamos perder.

Pero también encontraríamos señales que nos guiarían. Marcas en los árboles. Seres queridos que nos ayudarían a no perder el norte en el camino.

A caballo con él, entre sus brazos, el viaje no me daba ningún miedo.

Es más, estaba deseando comenzar.

Nota de la autora

Watermill Village está inspirado libremente en Old Sturbridge Village, en Massachusetts. En su concepción de pueblo de época, su paisaje y su atmósfera. Pero todos los conflictos, sucesos y personajes de la novela son ficticios. De hecho, muchos de los nombres propios hacen referencia a autores del pasado o a otros personajes literarios, a modo de homenaje.

He traducido personalmente todas las citas y los poemas y canciones que encabezan los capítulos salvo dos: la de Dylan Thomas (obra de los poetas Vanesa Pérez-Sauquillo y Niall Binns) y la de Percy B. Shelley (de Juan Abeleira y Alejandro Valero, también poetas).

La canción del árbol quebrado que aparece en la página 191 no es histórica. La compuse para este relato. Igual que los versos que Jonathan tararea delante de este mismo árbol, a caballo, casi al final del libro.

Espero que esta mezcla de realidad y ficción, como la que tenemos todos en nuestro interior —prosa y poesía, vida y literatura—, haya ayudado a enriquecer la novela.

ADA WEST

Agradecimientos

Como en la historia de Valentina, en mi vida también hay seres queridos que me han ayudado a no perder el norte durante el proceso de escritura.

Comienzo por mi marido, Paul, quien me habló por primera vez del Ferrocarril Subterráneo. Le agradezco las ideas y la inspiración que me ofrece diariamente, junto con el mejor regalo: su amor.

Gracias también a mi gran amiga Ana Belén, que apareció con una luz en lo más profundo del túnel.

A mi querido Peter, por su excelente asesoramiento sobre la botánica de Nueva Inglaterra. Y a Carol, por alentarme con su cariño.

A Pamela y a Guy. En su maravilloso hogar comencé y terminé de escribir este libro. Ellos me descubrieron el lugar que originó Watermill Village.

A Rita, que me dijo las palabras exactas que necesitaba oír cuando dudaba de si embarcarme en esta historia. Un abrazo muy fuerte para ella y para Íñigo, su bebé.

Gracias a mis amigos y familia que me ayudaron generosamente a pulir el texto final devolviéndome sus impresiones: Alicia, Carmen, Antonio, Isabel y Olalla. Conversar sobre la novela con vosotros ha sido muy iluminador.

A José Miguel, por su original asesoramiento jurídico y creativo.

A Marcos, a Chion y a Felicia, por resolver mis dudas sobre temas variados.

A Janice, Sandy y Nancy, por aportarme información legal y médica de Estados Unidos fundamental para la trama. A vosotras os dedico Wolf Creek, el arroyo del Lobo.

Gracias a Sofía, por cierta lluvia de estrellas. Digo de ideas.

A Lindsey y a su familia, que nos invitan todos los veranos a su lago, en el que brillan trozos de mica.

Para terminar, gracias a mis tres hijos por su paciencia, su poesía y su luz.

Aparte, quería agradecer de todo corazón al equipo editorial: a Gonzalo Albert, que me hizo la mejor llamada telefónica que he recibido jamás, y a Carol París. A Silvia García, que ha realizado una labor de edición exquisita y, como un hada madrina, ha cumplido todos mis deseos de diseño de interiores. Gracias también a los responsables de diseño y maquetación.

Me siento muy afortunada por haber recibido tantas muestras de apoyo, de interés y de amor.

Gracias, gracias, gracias.